高校野球 継投論

継投を制するものが甲子園を制す

大利 実【著】

竹書房

はじめに

「エースと心中」から「複数投手」の時代へ

1915（大正4）年に「全国中等学校優勝野球大会」として始まった大会は、1947（昭和22）年に「全国高等学校野球選手権大会」と名前を変え、1968（昭和43）年以降はすべての試合が阪神甲子園球場で行われるようになった。昭和の後半にはPL学園の黄金時代があり、わずか10年間で春夏7度の全国制覇を成し遂げた。

平成に入り、今も語り継がれる松山商の奇跡のバックホームは1996（平成7）年のこと。その2年後には松坂大輔（中日）を擁した横浜が、平成では初の春夏連覇を達成。2004（平成15）年からは駒大苫小牧が夏の甲子園連覇という、57年ぶりの大偉業を成し遂げた。平成最後の夏は、〝平成の大横綱〟である大阪桐蔭が史上初となる2度目の春夏連覇。大阪桐蔭は平成だけで甲子園通算63勝を挙げ、8度の日本一に輝いた。

そして、時代は新元号の令和へ。今年の夏は、「令和最初の甲子園」となる。

高校野球にとっては、大正、昭和、平成、令和と4つ目の元号を迎えることになった。

この間、木製バットから金属バットになったり、甲子園球場のラッキーゾーンが撤去されたり、女子マネージャーのベンチ入りが認められたり、甲子園のベンチ入りメンバーが14人、15人、16人、18人と少しずつ増えていったり、環境が変わっていった。

　技術面ではトレーニングの進化によって、投打ともパワーアップ。140キロを投げるのが珍しいことではなくなり、160キロを投げる高校生まで現れた。打つほうも、2017年に夏の甲子園の大会本塁打数の新記録が生まれるなど、年々力強さが増している。

　戦い方にも大きな変化が見られる。特に感じるのが、ピッチャーの起用法だ。「エースと心中」という言葉を耳にする機会が減り、複数投手で

［ 甲子園　先発投手　イニング・完投割合 ］

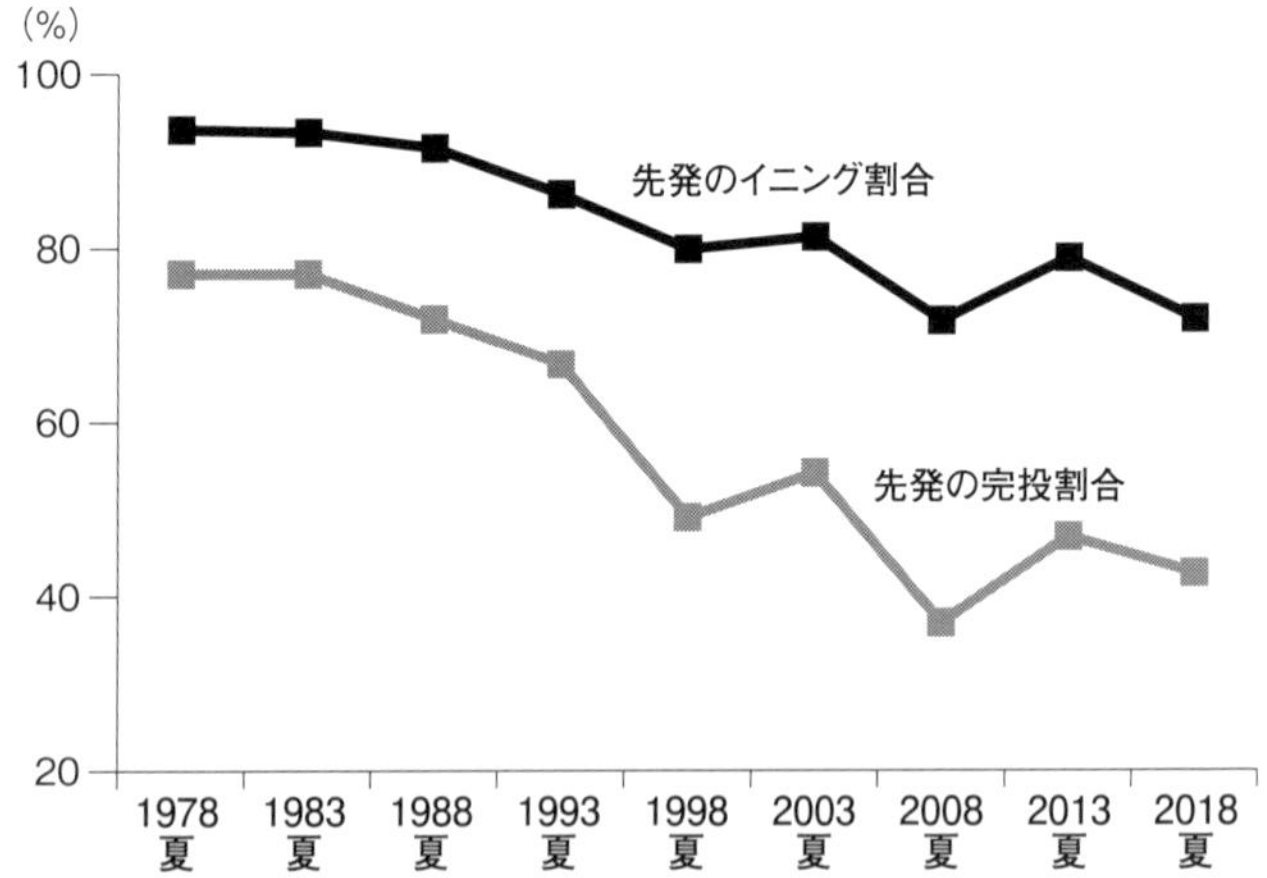

戦うのが当たり前になってきた。猛暑の中での連戦、そしてパワーアップしているバッティングに対応していくには、ひとりのピッチャーでは厳しい。また、投げすぎによる投球障害が大きな問題になり、新潟高野連では球数制限の導入まで検討されるようになった。夏の甲子園で、ひとりで投げ抜いて優勝したピッチャーは、1994年の佐賀商・峯謙介以降出ていない。

そこで見ていただきたいのが、前ページのグラフである。これは、1978年夏以降、5年ごとに調べたデータであるが、先発投手に対する比重が下がってきているのがわかる。

上の線が「先発投手のイニング割合」で、1大会の総イニングに対して、先発投手がどれぐらいのイニングを投げたかを表したものだ。たとえば、1978年夏は総イニング879回3分の2に対して、先発投手のイニング数は823。割合で言えば、総イニングの約94パーセントを先発が担っていたことになる。これが、40年経った平成最後の夏には、75パーセントにまで減っている。

もうひとつ、下のラインが「先発投手の完投割合」になる。見ての通り、その割合が減ってきているのがわかる。年によって多少の増減はあるだろうが、イニング割合も完投割合も今後減っていくのは間違いないだろう。

継投巧者に聞いた「継投必勝法」

先発完投の割合が減ると、必然的に継投が増える。監督としては、「お前（エース）に任せたよ」と言えたほうが楽だろうが、そうはいかないのが今の高校野球だ。ピッチャーを代えるタイミングや使い所を考える必要が出てきた。

監督の采配を考えたときに、継投ほど難しいものはない。先発を引っ張って打たれれば「何で代えなかったんだ！」と言われ、継投して打たれたら「何で代えたんだ。先発をそのまま投げさせれば勝てたのに！」と言われる。

実際に、引っ張った結果と継投した結果を比べることはできないので、どっちが正しかったかは結果論でしか語れない。でも、その結果が目に見えてわかるだけに、周りからどうしても突っ込まれやすい。甲子園を見ていても、「あそこの投手起用が……」と感じる試合は毎年必ずある。

現代の高校野球は、〝継投巧者〟でなければ、トーナメントを勝ち抜けなくなっている。もし、球数制限が導入されたとしても、継投重視で戦っている監督であれば、スムーズに対応できるはずだ。

そこで、本書では『高校野球継投論』と題して、継投で結果を残してきた名将７人に

「継投必勝法」を語ってもらった。

カウントの途中であっても迷いのない継投を見せる山梨学院・吉田洸二監督、左ピッチャーにこだわる創成館・稙田龍生監督、「3本の矢」で夏の甲子園準優勝を果たした近江・多賀章仁監督、キャッチャーをつなぐ「継捕」で試合を作る仙台育英・須江航監督、役割を明確に与えて継投でノーヒットノーランを遂げた健大高崎・青柳博文監督と葛原美峰元アドバイザー、柱となるエースの存在を重要視する東海大相模・門馬敬治監督と、多士済々の顔ぶれとなった。

さらに、データ分析のプロでセイバーメトリクスに詳しい株式会社DELTA代表取締役・岡田友輔氏、トミー・ジョン手術の権威である慶友整形外科病院・古島弘三先生、健大高崎や花咲徳栄ら強豪校をサポートする塚原謙太郎トレーナーも登場。監督とはまた違った視点から、継投を成功させるための策を教えてくれた。

本書を読めば、継投に対する見方が変わってくるはずだ。結果論だけで、継投を語ることがなくなるかもしれない。

まずは、清峰時代に「先発完投」でセンバツ優勝を成し遂げた、吉田洸二監督の継投論から紹介したい。

高校野球継投論　目次

第2章

創成館 稙田龍生監督

金属バットの怖さを知る監督の継投論

特別インタビュー 1

株式会社DELTA 代表取締役 岡田友輔

「セイバーメトリクス」の視点から考える継投論

第3章 近江高校 多賀章仁監督

「3本の矢」でつかんだ夏の甲子園準優勝

第4章

仙台育英 須江航 監督

キャッチャーをつなぐ「継捕」で甲子園出場

特別インタビュー3

健大高崎・花咲徳栄 塚原謙太郎トレーナー
甲子園常連校のトレーナーが伝授する「熱中症予防法」

第6章

東海大相模 門馬敬治監督
日本一3度の指揮官が語る「エース論」

第1章

山梨学院
吉田洸二監督

「先発完投」から「継投策」への転換

山梨学院

吉田洸二

（よしだ・こうじ）

1969年生まれ、長崎県出身。佐世保商〜山梨学院大。長崎県立清峰の監督として春夏５度、甲子園の土を踏み、2009年には今村猛（広島）を擁して、センバツ制覇。2013年に山梨学院の監督となり、今春を合わせて、春夏５度の甲子園出場。現在、夏の山梨大会３連覇中で、今夏は県内史上２校目の４連覇がかかる。

前任の長崎県立清峰高校で、春夏合わせて5度の甲子園出場を果たした吉田洸二監督。２００９年春にはエース今村猛（広島）を擁して、長崎県勢初の全国制覇を成し遂げるなど、通算13勝４敗と高い勝率を誇った。

清峰時代の投手起用を振り返ってみると、先発完投が多く、甲子園17試合中８試合でひとりのピッチャーが最後まで投げ抜いている。２００５年夏、３回戦まで進んだときは左腕・古川秀一（元オリックス）、２００６年春準優勝のときにも左腕・有迫亮（元三菱重工長崎）、２００９年は今村と絶対的なエースがいて、「エースに任せておけば」という戦い方だった（清峰　２００９年春甲子園　継投表参照）。二人三脚でタッグを組み、主にピッチャー指導を担当していた清水央彦部長（現・長崎県立大崎高校監督）の存在も大きかった。

その後、吉田監督は清峰での実績を買われて、２０１３年４月から山梨学院の監督に就いた。「なぜ、長崎から山梨に？」と思う人も多いだろうが、吉田監督が山梨学院大の出身という縁もあり、「うちで監督をやってほしい」と誘いを受けていたのだ。

山梨学院でも春夏5度、甲子園に出場。まだ、甲子園でインパクトのある活躍はできていないが、夏の山梨大会３連覇中と、着々と実績を積み重ねている。

清峰時代と大きく変わったのは、先発完投から継投策に変化したところだ。これ

[清峰 2009年春甲子園　継投表]

年	大会	対戦		一	二	三	四	五	六	七	八	九	計
2009春	甲子園	1回戦	清峰	0	2	0	1	0	0	0	1	0	4
		(3/23)	日本文理	0	0	0	0	0	0	0	0	0	0
		P　今村猛 (9)											
		2回戦	清峰	0	0	0	0	1	0	0	0	0	1
		(3/28)	福知山成美	0	0	0	0	0	0	0	0	0	0
		P　今村 (9)											
		準々決勝	箕島	0	0	0	0	0	0	0	0	2	2
		(3/30)	清峰	0	0	1	1	1	0	1	4	×	8
		P　今村 (8) →中野浩平 (1)											
		準決勝	報徳学園	0	0	0	0	0	0	0	1	0	1
		(4/1)	清峰	0	1	2	0	1	0	0	0	×	4
		P　今村 (9)											
		決勝	清峰	0	0	0	0	0	0	1	0	0	1
		(4/2)	花巻東	0	0	0	0	0	0	0	0	0	0
		P　今村 (9)											

※カッコ内の数字は投球イニング

まで甲子園で7試合戦っているが、すべて継投策で挑んでいる（山梨学院　2014年春〜19年春甲子園　継投表参照）。「それだけのピッチャーがいないということです。いかに清峰のピッチャーがすごかったのか、今になって実感しています」と苦笑いを浮かべるが、大エースがいないからこそ、継投を深く考えるようになった。誰を投げさせるか、どこで代えるか、どのようにつなぐか。野球をやるのは選手であるが、誰を使うかを決めるのは監督の仕事である。

山梨学院には教員ではなく、監督として雇われた。四六時中、野球のことを考え、野球と向き合うことができる。ゆえに、清峰時代とは比較にならないぐらい、成果が求められる立場にもなった。

「本当はエースひとりに任せたほうが、監督としてはずっと楽なんですけどね。『お前に任せた』で終わりですから」

でも、そんなピッチャーはそうそう育たない。継投策を取り入れてから、エースひとりのときとはまた違ったメリットや面白さを感じているという。

まずは、2016年夏の甲子園で、吉田監督が見せた驚きの継投から紹介していきたい。相手は長崎商。6回の途中に、先発の吉松塁（日大2年）から栗尾勇摩（立大2年）にスイッチしたが、そのタイミングが非常に珍しいものだった。

[山梨学院 2014年春~19年春甲子園　継投表]

年	大会	対戦		一	二	三	四	五	六	七	八	九	計
2014春	甲子園	1回戦	山梨学院	0	0	0	0	0	2	0	0	0	2
		(3/21)	福知山成美	0	0	0	4	0	0	1	1	×	6
		P　山口大輔 (4 1/3) →上原進 (3) →牛奥凌輔 (2/3)											
2016夏	甲子園	1回戦	長崎商	0	0	0	0	0	0	0	1	2	3
		(8/9)	山梨学院	2	0	1	0	0	0	2	0	×	5
		P　吉松塁 (5 2/3) →栗尾勇摩 (3 1/3)											
		2回戦	山梨学院	0	0	0	0	2	0	0	0	0	2
		(8/14)	いなべ総合	0	1	0	0	1	0	0	5	×	7
		P　吉松 (5) →栗尾 (3)											
2017夏	甲子園	1回戦	前橋育英	1	0	5	0	1	4	1	0	0	12
		(8/9)	山梨学院	0	0	0	3	0	2	0	0	0	5
		P　吉松 (2 2/3) →宮内大河 (1/3) →石井友樹 (2 2/3) → 栗尾 (2 1/3) →垣越建伸 (1)											
2018夏	甲子園	1回戦	山梨学院	1	0	0	0	8	1	2	0	0	12
		(8/6)	高知商	0	1	2	4	0	4	3	0	0	14
		P　垣越 (5 1/3) →鈴木博之 (0) →相澤利俊 (1) →鈴木 (1 2/3)											
2019春	甲子園	1回戦	札幌第一	0	1	1	0	1	0	0	0	2	5
		(3/25)	山梨学院	10	2	0	3	2	2	0	5	×	24
		P　相澤 (4) →佐藤裕士 (4) →中込陽翔 (1/3)											
		2回戦	筑陽学園	1	0	0	0	0	0	1	1	0	3
		(3/29)	山梨学院	1	0	0	0	0	0	0	1	0	2
		P　佐藤 (6 2/3) →相澤 (2 1/3)											

カウント途中で見せる必殺の継投策

2016年夏、監督として初めて山梨大会を制した吉田監督。甲子園初戦の相手は、吉田監督が生まれ育った長崎の代表・長崎商だった。どんな相手でも勝利が欲しいが、このときはより一層の力が入った。先発に送り出したのは、左の吉松（当時2年）。キレの良さとコントロールで試合を作るタイプで、大崩れしないのが強みだった。

試合は3回までに3点を挙げた山梨学院のペース。先発の吉松は前半5イニングを3安打2四球無失点とベンチの期待に応え、6イニング目に入った。6回も簡単に2アウトを取ったが、ピッチャー内野安打とストレートのフォアボールで一、二塁のピンチ。続く四番の小出凌太郎（日本文理大2年）にもボールがふたつ先行した。ここから、見逃しストライクふたつでカウント2ボール2ストライク。「次が勝負の1球」と誰もが思ったところで、吉田監督が動いた。

吉松に代えて、185センチ80キロの大型右腕、背番号1の栗尾（当時2年）を投入した。栗尾はもっとも自信を持つスライダーを投じ、1球でレフトフライに打ち取り、ピンチを脱した。その後は終盤に追い上げられたが、5対3で逃げ切り、吉田監督にとって山梨学院での甲子園初勝利を挙げた。

じつは、このカウント途中での継投は、山梨大会の決勝でも見せていた。相手は東海大甲府。2対0とリードする展開も、先発の吉松が4回表に4連打などで一挙4点を失い、なおもピンチ。次打者をファァウル2球で追い込んだあと、栗尾にスイッチして、空振り三振に仕留めた。

さらに言えば、この年の秋に行われた関東大会の初戦、対霞ヶ浦との試合でも9回裏1アウト一塁、カウント2－2の場面で、吉松から栗尾にスイッチ。直後のスライダーで見逃し三振に奪い、ピンチをしのいでいる。

大会のたびに、こうした継投をやるということは、絶対的な根拠があるはずだ。そうでなければ、カウントの途中でわざわざ代える必要がない。

「先発投手の代え時が来ているのが前提になりますが、追い込んでからの絶対的な決め球を持っていないピッチャーの場合は、こういう継投を使います。吉松がまさにこのタイプで、追い込むまではいいけれど、勝負球が弱い。過去に2ストライクから打たれるケースを何度も見てきました」

ストライク先行で攻めることはできるが、最後のウイニングショットに課題がある。このようなタイプは、どの学校にもいるのではないだろうか。

追い込み方にも、ポイントがある。ベストボールが2球続いたときは、逆に要注意。3球続けてベストボールが来る可能性は、低くなるからだ。

「バッターからするとベストボールを見ているだけに、次の球が少しでも中に入ってくると、ずいぶんと甘く感じるものです。これは結構、打たれるパターンですね。試合の序盤で、まだまだ体力があって、集中力があるときなら3球続くこともあるかもしれませんが、代え時にさしかかっているときに3球続くことはまずないと思ったほうがいいでしょう」

バッターの反応にも目を凝らす。追い込まれているにも関わらず、余裕を持った待ち方をしていたら、これも要注意だ。カウントとしては追い込んでいるが、バッターに追い込まれた気持ちはまったくない。このときに、スパッと次のピッチャーを投入すれば、バッター心理からすると「え？　ここで？」となるだろう。何せ、ストライクをあと1球取られたら、三振で終わってしまうのだ。

投入された側には、ウイニングショットがあったほうがよさそうだが、「2ストライクからの1球だけでいいので、そこまで必要はない」というのが吉田監督の考えである。いろいろな駆け引きができるのが、ピッチング練習の7球の使い方だ。あえて複数の球種を見せて、バッターに考えさせるやり方もある一方で、7球すべてストレートを投げて、プレイボール後の1球は変化球という手もある。あるいは……、投球練習を7球も使わずに2〜3球で終わらせる手もある。相手に「見せない」という策略を取る。

実際、山梨学院の場合は、試合中の継投が多くなってくると、3〜4球で終わらせる場合もある。継投が増えるとどうしても時間が長くなり、守備のテンポが悪くなるからだ。

それを防ぐためにパパパッと投げて、すぐに試合を始める。

手持ちのカードをどれだけ増やせるか

カウント途中での継投は、「清峰のときはやっていません。エースが安定していたので」と吉田監督。たしかに、先発したエースが力を持っていたら代える必要がない。カウント途中で代えることとは、ある意味では奇策であり、横綱がやることではないだろう。

「絶対的なエースがいない中で、どのようにして継投していくか。これはもう山梨に来て、職業監督になってから余計に考えるようになりました。職業監督としては、負けることが一番ダメなんです。監督業を仕事にしているわけですから。授業も持っていないので、どうやったら勝つ確率を高められるかをずっと考えています。勝利に対して、どれだけベストを尽くせるか。攻撃側に立ったときに、四番打者がいいファウルを2球打って、タイミングが合ってきたと思ったところで、ピッチャーを代えられたらイヤなものですよ。だから、できるだけ相手が嫌がることをやりたいですよね」

言うまでもなく、野球には相手がいる。特にバッターは受動的な立場であり、ピッチャーのタイミングや投げてくるボールに対応できなければ、高い打率をマークすることはできない。

だからこそ、さまざまなピッチャーを使うことに意味が出てくる。Aというピッチャーは攻略されても、Bなら通用することがあるから。あるいは、Cは左バッターだけなら抑えられることもありうる。

そのためにも、手持ちのカードを増やしておかなければいけない。エースひとりしかいなければ、エースが攻略されたときには立て直せなくなってしまう。相手の特徴を見て、誰を選択するか。二者択一では、カードとしては少ないだろう。最低でも、四者択一ぐらいには手札を増やしておきたい。

近年の山梨学院は、絶対的なエースはいない代わりに、さまざまなタイプが揃う。

2016年のチームは、当時2年生の吉松が左上で、栗尾が右上。翌2017年には右サイドの石井友樹（國學院大2年）や、左上の宮内大河（明大2年）が台頭し、下級生の左腕・垣越建伸（中日）も成長してきた。そして、2018年はエース垣越を中心に、左上の星野健太（山梨学院大1年）、右サイドの鈴木博之（山梨学院大1年）、左上の相澤利俊という布陣になった。今年の代は相澤、左上の駒井祐亮、右サイドの佐藤裕士、右上の中込陽翔、左上の木村渓人ら、例年以上にバラエティーに富んだ投手陣を形成している。

右上、左上はもちろん、その中に速球派がいて、技巧派がいて、さらに毎年のように右サイドがいる。中学生をリクルートする段階から、ピッチャー陣全体のバランスを考えて、タイプに偏りがないように声をかけている。

「右投手、左投手は絶対として、左なら速いタイプと遅いタイプ、あとは右のサイドですね。今年の左を見ると、緩急が武器の相澤と、ストレートがいい駒井。木村は190センチの身長があり、それだけでほかにはない大きな特徴になっています」

継投策に欠かせないサイドスローの存在

毎年、必ずと言っていいほどベンチに入っているのが、右のサイドスローだ。

中学時代からサイドで投げていた選手は稀で、そのほとんどが高校入学後に、サイドに転向している。自分よりも能力の高いオーバースローがいるとわかれば、出場機会を求めて、腕の角度を下げるピッチャーが多いようだ。

「私から伝えるときもありますし、本人が自らサイドに変えているときもあります。特徴を出さないと試合に出られないのは、自分たちがわかっていますから。たとえば、2017年の石井は上で投げていたときは135キロぐらいでしたが、サイドにしてから140キロを超えるようになり、昨年の鈴木も高校の途中でサイドにして、143キロを投げるまでに成長しました」

どんなタイプが、サイドスローに合っているのだろうか。

「腰の回転が横の子は、やっぱりサイドが合いますね。でも、それ以上に重要なのは、サイド特有の角度が出るかです。右バッターであれば、外に逃げていくような角度が出ているのか。サイドに変更しても、この球筋が出ないのであれば、サイドの利点がなくなってしまいます」

横から投げているだけのピッチャーとなり、サイドの強みを生かせなくなる。

現在3年生の佐藤も、高校入学後にサイドに転向した。佐藤が指揮官の期待以上のピッチングを見せたのが、昨秋の関東大会初戦、千葉1位の中央学院との試合だった。スタメンに右バッターがズラリと8人並ぶ中央学院に対して、吉田監督は公式戦初先発となる佐藤を送った。

佐藤は右バッターの外に、ストレートとスライダーを丁寧に投げ込み、6回まで6安打無四球1失点と、上々のピッチングを見せた。ネット裏から見ていると、吉田監督が重視する「サイドスローの球筋」が見事に出ていて、特に外のスライダーがストライクゾーンからボールゾーンに鋭く曲がっていた。この試合で、佐藤は6つの三振を奪ったが、結果球はすべて外のストレートかスライダーだった。

「あの試合は奇跡ですね。中央学院にはまともにやったら勝てないと思っていました。もし、私が中央学院の監督だったら、中込か相澤の先発を読んだと思います。佐藤だけは絶対にない。なぜなら、県大会で1度も先発していませんから。県大会でやっていないことを、大事な関東大会でやることはさすがに難しい。でも、普通に戦ったら勝てない相手なので、何か策を講じたい。中央学院のビデオを見たときに、8人が右バッターで、スイングの軌道を見てみるとサイドスローの外の出し入れに弱いんじゃないかと感じたんです。完投してほしいなんてまったく思わずに、最長5回でいい。あとは相澤でかわしていく。うちが勝つとしたら、それしかないと思っていました」

7回から想定通りに相澤にスイッチし、7対2で逃げ切った。

高校野球特有のストライクゾーンを生かす

さらに付け加えると、「サイドの球筋」という点で、高校野球ならではのメリットがあるという。それは、ストライクゾーンの広さだ。特に、外の広い審判が多い。

「これは、長年の経験から感じていることですけど、高校野球の場合はホームベースとバッターボックスの内側のラインの間まではストライクになりやすい。その空間に、サイドの球筋でストレートやスライダーを投げることができたら、球が遅くても5回まではいけるという持論があります」

右バッターに対するとしたら、ホームベースの外側と左バッターボックスの内側の空間までがストライクになるイメージだ。ここでストライクを取れるようになると、いわゆる〝アウトコースの出し入れ〟がより効果を発揮する。

また、攻撃側として厄介なのが、サイドの球筋はピッチングマシンではなかなか再現できないところにある。ピッチングマシンの位置を少しずらして、斜めの角度を作り出すチームもあるが、ホンモノのサイドスローとはやはり違う。

右サイドの需要があるのなら、左サイドスローはより希少価値が高そうだが、「なかなか難しいですよね」と吉田監督。その理由を聞いて、納得した。

「右サイドは実例が多いので、指導者も選手も、絵をイメージしやすい。でも、左サイドは世の中にほとんどいないので、参考にできるピッチャーが少ない。指導者としても、過去の成功例が少ないので教えるのが難しくなります。中学生で左のサイドがいたら、魅力的ですけどね、さすがになかなかいません」

プロ野球を見れば、嘉弥真新也（ソフトバンク）や高梨雄平（楽天）ら、変則の左サイドが活躍しているが、彼らも高校時代からサイドだったわけではない。そう考えると、高校生の左サイドは育成が難しいことがわかる。

高校野球を勝ち抜くには左腕が必要不可欠

サイドスローとともに特徴的なのが、継投の中に左ピッチャーが必ず加わっていることだ。右だけで投手陣を編成することはまずない。

「清峰時代を振り返ってみても、今村を除けば、勝っているときは左ピッチャーが中心になっています。清峰のときは古川、有迫がいて、山梨学院で最初に甲子園に出たときは山口（大輔）が左。その後も吉松、垣越、今年の相澤と、左が絡んでいます。こういう理由もあるのか、中学の指導者から『吉田監督は左が好きだから』と伸びシロのある左ピッチャーを送ってもらえるようにもなりました」

実際のところ、左の利点はどこにあるのだろうか。

「間違いなく、高校野球は左ピッチャーが有利。これには理由がふたつあって、ひとつは一塁ランナーの足を止めることができるから。もうひとつは、ポイントとなる打順に右投左打が多く、特に外のボールを当てにいくタイプが多い。左腕と対決している絶対数も少ないはずです」

走塁を極めている指導者は、「左ピッチャーのほうが走りやすい」と語るが、これはかなりハイレベルな話。ランナーと向き合っている左ピッチャーのほうが、リードを取るにしても神経を使う。

また、ノーアウト一塁で送りバントが想定されるケースでも、左ピッチャーのほうがさまざまなサインプレーを仕掛けることができる。ファーストが一塁ベースからチャージを仕掛けるパターンと、2～3歩チャージしたあとすぐに一塁ベースに戻ってけん制を入れるパターンを作っておくと、この組み合わせだけで、ランナーのスタートが遅れる。ときには、ホームに投げているのに、一塁ランナーが戻っていることもある。こうなると、よっぽどいいバントを転がさなくては、二塁で封殺されてしまう。

ふたつ目の理由に関しては、「左投対左打は、ほかの投打の対戦に比べてＯＰＳが低い」というデータの通り（89ページ参照）、どのカテゴリーでも左対左はピッチャーが有利な傾向にある。

昨年秋の関東大会を例にとると、中央学院に勝った次の相手が前橋育英だった。この試合を勝てば、関東大会ベスト4となり、センバツ出場がほぼ決まる。前橋育英はスタメンのうち5人が左バッターで、カギとなる一番・三番・四番に座っていた。それもあり、スライダーやチェンジアップなど、変化球を得意とする左の相澤を先発に使った。

「一番安定しているのが相澤なので、まずは先発で試合を作る。そのあと、チームで一番ストレートが速い、左の駒井につなぐ。あのときのストレートの最速が、相澤が127キロで、駒井が142キロ。遅いストレートから速いストレートになれば、バッターも差し込まれるんじゃないかと考えていました。あとは、あの日は第三試合でナイターになると思っていたので、駒井の球がバッターからするとプラス3キロぐらいの体感速度になるのではと、期待もありました」

左腕2枚で勝負をかけ、センバツ切符をつかみとるプランだった。試合は、序盤から打線が爆発して、9対1（7回コールド）と予想外の大差で快勝した。

相澤は3回まで1失点。4回の先頭にヒットを許すも、けん制で一塁走者を刺して、1アウトランナーなし。相澤は一塁けん制の達人であり、この試合ふたつ目のけん制死だった。カウントは1－1。すると、ここで吉田監督が動き、駒井にスイッチした。いい流れのまま、今大会初登板となる駒井に気持ちよく投げてもらう考えだったが、3連続ボールでフォアボール。それでも、その後はストレート中心に7人連続でアウトに取るなど、のびのびとしたピッチングで試合を締めた。

「同じ左でも、相澤と駒井ではタイプがまったく違う。継投のポイントとしては、前のピッチャーとは違うタイプを使うこと。そうすれば、相手も対応するまでに時間がかかるので、アウトを積み重ねていくことができます」

ピッチャーの「性格」を重視した継投策

ピッチャーを起用する順番や代え時、役割はどのように考えているのだろうか。セオリーで考えると、コントロール型は先発で、球が速いピッチャーほど後ろに置いておく監督が多い。

「ぼくの場合は、性格重視ですね。性格にムラがないピッチャーを先発に使っていきたい。あとは、やっぱりコントロールですよね。立ち上がりからガンガン打たれることはじつは少なくて、立ち上がりの失点の大半はフォアボールが絡んでいます。リリーフにも同じことが言えて、無駄なフォアボールさえ出さなければ、2〜3点のリードを守ることはできるものです」

今年のセンバツでは、キャプテンの相澤がエース番号を背負った。140キロのストレートを投げるわけではないが、変化球でカウントを取ることができ、試合を作れる安定感がある。

「相澤は生活が安定しているので、ピッチングも安定している。周りもそれがわかっているので、相澤が投げているときはチームに安心感が生まれます。キャプテンでもありますから」

ただ、ピッチャーのタイプと同じように、性格にもタイプがある。タイプが違っていたほうが、起用方法に幅が生まれる。

「左の駒井は、相澤とはまったく違う性格をしています。調子がいいときはいい。言葉は悪いですが、一か八かの展開になったときは駒井のようなタイプのほうが、力を発揮するときがあります」

2018年秋の県大会準々決勝、対駿台甲府。2対1でリードした終盤の守り、2アウト満塁のピンチで右打ちの四番打者を迎えた。マウンドには好投を続けていた右の中込。ここで、駒井をつぎ込んだ。

「野球のセオリーでいくと、ここで左の駒井を投げさせることはまずありません。でも、性格的なことを考えると、こういうしびれる場面で腕を振れるのは、駒井が一番。期待通りに、ショートゴロに打ち取ってくれました」

日頃の練習から、どんな性格を持っているのか、よく見るようにしている。それが、継投に生きてくるからだ。

「一番性格がわかるのは、冬のトレーニングです。追い込まれて、苦しくなってきたときに、どういう態度になるのか。苦しくても、真面目にコツコツと頑張って、周りにも声をかけられるのか。中には、疲れてくることによって、態度が荒っぽくなる選手もいます。でも、高校生の場合は一生懸命にやりすぎると、プレッシャーに弱くなることもあるんです。『結果が出なかったらどうしよう』と、真面目な子ほど緊張しやすい。うちは真面目にやる子が多いので、公式戦の前にはあえて緩めるようにしています」

たとえば、2018年秋のシーズン。県大会では接戦の連続で何とか勝ち上がり、決勝は東海大甲府に2対5で敗れた。「今年の山梨学院は落ちる」との評判だったが、関東大会で2勝を挙げてセンバツ切符を勝ち取ると、センバツでも初戦を突破した。

じつは、新チームが始まるときから、横浜を常勝軍団に築き上げた小倉清一郎氏が臨時コーチに就任し、月に3~4回ほど指導に来ていた。小倉コーチの指導は、奥深い分、難しい。さらに、べらんめぇ口調で怒ることも多いので、それに慣れていない選手は気持ちが落ちていくことがある。県大会は自信を失いかけた中での戦いだった。

そこで、関東大会に入る前に、吉田監督がミーティングを開いた。

「楽しくやろう！　うちの持ち味はお祭り野球だ！」

関東大会では守備が終わるごとに、監督がベンチの外に出て、選手を笑顔で迎え入れた。1回戦の試合前には、主砲の野村健太に「昨日、お前がホームランを打って、勝つ夢を見た」と話すと、その通りにホームランを打った。清峰時代から定評があったことだが、選手の気持ちを乗せる言葉がけがうまい。

また、1回戦では驚きの選手起用があった。県大会でベンチにすら入っていなかった、1年生の下野けんぞうを一番センターで起用。1打席目は初球を思い切りよく空振りすると、3球目を打ってサードゴロ。2打席目はライトフライに終わると、その直後、本来はレギュラーの渡辺嵩馬に交代した。

「はじめから、ヒットを打ったとしても2打席で交代でした。下野は、何も考えずにガンガンいけるのが強み。プレッシャーを感じずに、はちゃめちゃにいける。それでチームの緊張が和らいでくれれば、と思って使いました。関東大会の初戦なので、硬くなるのは間違いありませんから。求めたのは、『ドカベン』の岩鬼の役割です」

口に葉っぱをくわえた岩鬼正美。とんでもないボール球をホームランにする悪球打ちだ。岩鬼には常識が通用しない。下野もいい意味で枠にとらわれないプレーヤーで、吉田監督はそこに期待を込めた。

ピッチャーに「まだいけるか？」と聞くのは厳禁

代え時の話を、もう少し続けたい。

「ベンチから見ていて感じるのは、疲れてきたり、余裕がなくなったりしてくると、1球1球の間が短くなってきます。テンポがどんどん早くなり、一定のリズムになってしまう。けん制を入れたとしても、形だけ。どんなに速い球を投げていても、バッターとしてはタイミングを合わせやすくなり、集中打につながります」

ここまで来るともう交代であるが、そうなる前に伝令を送る。そこで時間を作ることによって、持ち直すピッチャーもいるからだ。伝令に誰を送るか、これも監督の腕の見せ所である。

「伝令は、ピッチャーの性格とは相反する子を送ったほうがいい。そのほうが、効果がありますね。もし、相澤が投げているのなら、マウンド上でバカなことが言える子を送る。伝令を出すということは、ピッチャーの視野が狭くなっているわけで、『あそこで応援している子、めちゃくちゃかわいいぞ』とか言って、少しでも余裕が戻ってくればいいんです」

代え時に関しては、キャッチャーに「どうだ？」と聞くこともある。「球の力が落ちてきたので、そろそろです」と言えば、その意見を頭に入れたうえで、交代のタイミングを探る。

「勝っているときにはいいキャッチャーがいます。2016年の五十嵐（寛人／明大2年）は、肩は強くはありませんでしたが、ピッチャーの状態を把握する感覚を持っていました。監督から『どうだ？』と聞かれたときに、たいていのキャッチャーは、ピッチャーの気持ちを感じて『まだいけます』と答えがち。でも、客観的に見たときに、どう感じているのか。それを素直に伝えてほしいのです」

これはブルペンキャッチャーにも言える。山梨学院の場合は、基本的に正捕手は固定で、ブルペンにはリリーフ陣を送り出す専用のキャッチャーが入る。「調子が悪い。球が来ていません」という報告を受ければ、次の継投に入る準備がしやすくなる。「こう言ったら、ピッチャーが傷つくかな……」といった気づかいは、勝負には一切必要がない。

こうした情報を仕入れたうえで、投手交代の鉄則をふたつもうけている。

「自分の中で、迷ったら交代です。監督を迷わせたところで、そのピッチャーの役割は終わりですね」

今年に関しては、エースで中軸を打つ相澤や、サイドスローの佐藤をファーストに残せることも大きい。誰かの調子が悪ければ、相澤をすぐにつぎ込むことができる。

「県大会は20名、甲子園は18名の中でやりくりしていかなければいけません。昨秋の県大会準決勝（対甲府工）では、終盤に相手の打順を考えて、佐藤、相澤、佐藤、相澤の継投をしていますが、このときもファーストに残すことができました」

もうひとつの鉄則は、ピッチャー本人には「まだいけるか？」と聞かないこと。ピッチャーの性格上、「もう無理です」と言わないことはわかっているからだ。

「若いときに、ピッチャーに聞いて何度も失敗しました。ピッチャーに聞いたら、絶対にダメですね」

そこで、「『あの子は練習を頑張ってきたから、もうちょっと投げさせよう』といった情がわきませんか？」と聞くと、「それは、ないですね」と即答だった。

「だって、みんな頑張っているから。スタンドで応援しているメンバー外にも、レギュラー以上に頑張っている選手がいる。だから、そうした気持ちがわくことはありません」

見事な答えだった。

秋春夏それぞれの大会で継投の狙いが変わる

高校野球には新チーム以降、秋、春、夏と3つの公式戦がある。そのうち、甲子園につながるのは秋と夏の2大会。吉田監督はそれぞれの季節ごとに、ピッチャーの起用法を変えている。

まずは秋。過去の継投を見ていくと、２０１７年秋の県大会決勝で、エースの垣越が東海大甲府相手に9回14失点という試合があった。しかも、準決勝からの連投で、8回表の1イニングだけで10点を失っている。ここまで失点していたら、交代してもよさそうだが……。

「垣越を大きく育てたかったので、代えませんでした。公式戦でしか得られないものがありますから。でも、あそこまでの展開で代えないのはあのときが初めてです」

それだけ、垣越への期待が大きかったと言えるだろう。

ただ、心配になるのは、ピッチャーとしての自信を失わないか……という点だ。吉田監督に聞くと、なるほどと思える言葉が返ってきた。

「自信がなくなるから、冬場に練習をするんです。それでいい。だから、春の大会ではこういう使い方はしません。春に自信を失ったら、夏には間に合いませんから」

このとき、垣越はエース番号を背負っていた。その後の秋の関東大会では初戦で敗れたが、明秀日立に5回5失点で降板した。周りに言われなくても、エースとしての責任を感じたはずだ。この年の冬、山梨学院のトレーニングを取材に行ったが、厳しいメニューを先頭切って引っ張っていたのが垣越だった。

年が明けたあとの春は、「教育リーグ」と位置付けている。勝利と育成のバランスを考えながら、ピッチャーを起用していく。

春の県大会でもっとも驚かされた起用が、2018年の決勝だ。東海大甲府に対して、先発の相澤がわずか3分の1イニング（打者ひとり）で交代し、すぐに右サイドの鈴木にスイッチした。スタメンでは鈴木がファーストに入っていて、打者ふたり目から相澤と鈴木が入れ替わる形となった。決して、アクシデントがあったわけではない。

「あのときの鈴木は、公式戦での経験がまだ少なかった。決勝という大きな舞台で投げることによって、自信を得てほしかったんです。そう考えたときに、東海大甲府の一番打者が左。鈴木は、左に対する攻め幅がまだ少ない。いきなり先頭の左に打たれて、ずるずるいってしまう心配がありました。そこで自信をなくしてしまうと、夏に間に合わないかもしれない。だから、はじめは左に強い相澤を使って、そのあとから鈴木を投入するプランでした」

想定通りに、相澤がレフトフライに打ち取ると、すぐに鈴木に交代。鈴木はその直後に1点を失うも、2回から4回まで0を並べた。仮に、最初の打者に相澤が打たれたとしても、別に大きな問題ではなかったという。

「そこは確率の問題ですから。左を抑えるとしたら、相澤のほうが可能性は高い。すべてがうまくいくはずがありません。でも、野球には確率があるわけで、確率を高くするためにどれだけベストを尽くせたか。監督として一番、心がけていることです」

打つべき手を打ったうえで、負けたのなら仕方がない。大事なことは、最善の策を打てたかだ。

球種を隠すことで相手をかく乱させる

夏は、勝負の大会。職業監督として負けるわけにはいかない。一戦必勝が基本ではあるが、決勝から逆算して投手起用を練る。2018年は、この逆算がうまくいった。

「マスコミのみなさんには申し訳ないですが、うちは垣越、星野の〝2枚看板〟だとずっと言っていて、春に少しだけ投げた鈴木を隠していました。春の関東大会でも垣越と星野の継投。夏の組み合わせを見たときに、山となるのは準決勝の甲府工でした。そこで、鈴木を先発させると決めていました。甲府工には左打者が5人。おそらく、今までのピッチャーの使い方を見て、甲府工は左投手の対策をしていたと思います」

前年秋の準々決勝で対戦し、このときは山梨学院が3対1で勝利している。

2018年の夏、鈴木は3回戦（対日大明誠）で5回から1イニング、準々決勝（対都留）では4回から3イニングに登板し、計4イニングを1失点に抑えていた。ただし、吉田監督の指示によって球種を限定したうえでのピッチングだった。

「『フォークを使わないように』と指示を出しました。準々決勝は登板した時点で2対3

と負けていましたが、5回裏に逆転して5対3。競っていたこともあって、キャッチャーから『フォーク使いますか?』と聞かれたんですが、『使わなくていい。後半に点差が離れるから』と言って、投げさせませんでした」

監督の読み通り、終盤に点差が開き、8対4で勝利した。

そして、3日後の甲府工戦に先発すると、先制点こそ取られたが、4回2安打1失点の好投を見せて、5回からは垣越にバトンを渡した。鈴木は隠していたフォークを効果的に配し、左打線を封じた。チームは5回に追いつくと、その後も小刻みに得点を奪い、5対1で快勝した。

「甲府工とは僅差の戦いになると思っていました。その中で勝つ確率を上げていくためには、相手の先発の読みを外すこと。そして、球種を隠しておくことで、『あのボール、何?フォーク?　チェンジ?』と確認している間に、3~4イニングは進んでいくものです」

夏の大会となれば、ライバル校はトーナメントの序盤から偵察に来ているものだ。特に重点的に分析するのがピッチャーとなる。球速、球種、クセ、クイックの秒数など、分析事項は多岐に及ぶ。だからこそ、それを逆手にとって、「投げない」「見せない」という対策を立てることができる。

複数投手がいるからこそ厳しい練習ができる

現在、夏の県大会3連覇中。複数投手による継投策が、山梨学院の強みとして定着してきた。

「継投の一番いいところは、『みんなで勝った』という充実感があることです。マウンドに送り出したブルペンキャッチャーも喜ぶことができる。ピッチャーで言えば、試合で投げるチャンスが増えるので、生徒たち自身で生きる道を探すようになりました」

継投策を取り入れることで、練習メニューにも変化が出た。

「走り込みにしてもトレーニングにしても、ケガを恐れることなく鍛えられるようになりました。実際にケガをするとそれは困るのですが、そのギリギリのラインまで追い込めるのが、うちの強さ。これが、ひとりの大エースしかいないとなれば、なかなかそうはいきません。何年か前まで、〝吉田は春に強い監督〟と見られていたんですけど、最近は夏も勝っています。県大会では負けそうなところから逆転勝ちをするなど、最後に粘ることができている。それは、トレーニングで追い込めている強さがあるからだと思いますね」

山梨学院は年間通して、ウエイトトレーニングや走り込みに力を入れているが、特に12月下旬に行う「佐世保合宿（4泊5日）」がきつい。選手からは「2度とやりたくない」

という声が漏れてくるほどだ。清峰時代にも利用していた古川岳を使って、坂道ダッシュで徹底的に追い込む。最終日には、勾配の違う3種類の坂を、6時間近く走り続ける。動画を見せてもらったことがあるが、最後の1本を走り終えたときは、山の頂上で「よくやった、よくやった！」と涙を流しながら、互いの頑張りを称えていた。

「走り込みこそ、最高のメンタルトレーニングです。高校生の場合、『あそこまでやり切った』『厳しい練習を乗り越えた』という自信は、夏の土壇場で必ず生きてきます」

なお、1年でもっとも走るのが冬の時期だとしたら、その次に走るのが5月だ。冬ほどは追い込まないが、ほかの月の1・5倍近くは走り込む。

「夏の大会を乗り切るには、どこかで走り込んでおかなければ、体力が持ちません。以前までは6月に追い込んでいたんですが、近年のこの暑さでは、7月になっても体の状態が上がってこないことがある。だから、今は5月に追い込むようにしています」

山梨の夏は、ニュースになるぐらい暑い。盆地特有の暑さで、湿度が高い。シード校であれば、2回戦から決勝まで5試合。連戦は最後の準決勝と決勝だけで、出場校の多い都道府県に比べれば、比較的緩やかな日程ではあるが、それでも体力的にも精神的にも負荷はかかる。

「うちはやっていないですけど、連投での完投は本当にきついと思いますよ。継投をしていかないと、山梨の夏は戦えません」

もし、球数制限が導入されたら、必然的に継投策が増えるわけだが、吉田監督は少し違う考えを持っている。

「球数に制限をかけるのなら、連投を制限したほうが、チーム間の差がなくなると思います。1日に100球を投げたら、連投は禁止にするなど、そういった考えもあるのではないでしょうか」

吉田監督の戦い方から考えると、たとえ何らかの制限がかけられたとしても、十分に対応できるだろう。

この夏は県大会4連覇がかかるとともに、山梨学院としては初めてとなる春夏連続の甲子園出場がかかる。

「高校野球は、負ければ監督の責任。継投はそれがわかりやすく出る。今年の夏も、相手を見ながら、4~5人のピッチャーで勝負していきたいと思います」

仮に、カウント途中で代えたことが裏目に出れば、「何で?」と思われるだろうが、それが継投というものだ。いい結果も悪い結果も、すべてを受け入れる覚悟を持って、最善の一手を打つ。

第2章

創成館
稙田龍生監督

金属バットの怖さを知る監督の継投論

創成館

稙田龍生

（わさだ・たつお）

1964年生まれ、大分県出身。別府大付（現・明豊）～九州三菱自動車。現役時代は内野手として活躍。1999年から九州三菱自動車川崎の監督を務め、日本選手権に2度出場。2008年9月から創成館の監督に就き、これまで春夏5度の甲子園出場を果たした。心理カウンセラーとメンタルトレーナーの資格を持ち、高校生の心を伸ばしている。

本書で取材をお願いした監督に、「継投が上手な監督は誰ですか？」と聞いたところ、何人かの名が挙がる中でただひとり、〝2票〟入ったのが創成館の稙田龍生監督だった。

票を入れたのは、山梨学院の吉田洸二監督（15ページ）と健大高崎の青柳博文監督（205ページ）である。ともに、公式戦で創成館と戦った経験を持ち、吉田監督は清峰時代に長崎大会で戦い、吉田監督の1勝2敗。健大高崎は2015年夏の甲子園2回戦でぶつかり、健大高崎が8対3で勝利している。

稙田監督は別府大付属（現・明豊）から九州三菱自動車に進み、内野手として活躍。1999年から九州三菱自動車の監督となり、日本選手権に2度出場し、2005年にはベスト8に勝ち進んだ。この社会人時代の経験が、今の投手起用の原点になっているという。

「あのときの社会人は、金属バット全盛時代でした。ピッチャーひとりでは抑えることが難しかったので、継投で戦うのが当たり前になっていました」

2008年9月に創成館の監督に就任したときから、「甲子園で勝つには継投しかない」と考えていたそうだ。いかに、複数のピッチャーを育て、ひとりにかかる負担を減らしていくか。甲子園ではこれまで春夏8試合戦い、そのうち7試合が継投。継投で試合を作ることが、創成館の伝統になっている（創成館　春夏甲子園8

試合　継投表参照）。

特に、昨年度のチームはエース級のピッチャーが揃っていた。

２０１７年秋の明治神宮大会準決勝では、七俵陸（神奈川大１年）－川原陸（阪神）－伊藤大和（三菱重工名古屋）のリレーで大阪桐蔭を４失点に抑え、７対４で競り勝った。その後、春夏連覇を果たす大阪桐蔭にとって、公式戦の敗戦はこの１試合のみだった。

翌春のセンバツでは、３試合すべて継投策でベスト８入り。準々決勝の智弁和歌山戦では４投手を送り出すも、強打線の前に失点を重ね、延長10回10対11の逆転サヨナラ負けを喫した。夏も長崎大会を勝ち抜き、甲子園に出場するも、初戦で創志学園の剛腕・西純矢の前に16三振を奪われる完敗を喫した。

それでも、学校として初となる春夏連続での甲子園出場を果たした。１４０キロを超えるストレートと多彩な変化球が持ち味のエース川原を中心に、複数のピッチャーで勝負できたことが躍進の大きな原動力だった。

「今の高校野球は、私がやっていた頃の社会人野球みたいなもの。６点ぐらいのリードでは、どうなるかわかりません」

金属バットの怖さを知る植田監督だからこそ、継投の重要性を十二分に理解している。

[創成館　春夏甲子園8試合　継投表]

年	大会	対戦		一	二	三	四	五	六	七	八	九	十	計
2013春	甲子園	2回戦	仙台育英	3	2	0	0	0	0	0	2	0		7
		(3/25)	創成館	0	0	2	0	0	0	0	0	0		2
		P　大野拓麻(9)												
2014春	甲子園	1回戦	創成館	0	0	0	0	0	0	0	0	0		0
		(3/22)	駒大苫小牧	0	0	2	0	1	0	0	0	×		3
		P　廣渡勇樹(7)→立部峻長(1)												
2015夏	甲子園	1回戦	天理	0	0	0	2	0	0	0	0	0		2
		(8/9)	創成館	0	0	0	2	0	0	0	0	1×		3
		P　藤崎紹光(7 1/3)→水永悠斗(1 2/3)												
		2回戦	創成館	1	0	0	0	0	0	1	1	0		3
		(8/14)	健大高崎	0	0	0	0	3	0	0	5	×		8
		P　藤崎(4 2/3)→水永(2 1/3)→鷲崎淳(1)												
2018春	甲子園	2回戦	下関国際	0	1	0	0	0	0	0	0	0		1
		(3/26)	創成館	2	0	0	0	0	0	1	0	×		3
		P　川原陸(6)→伊藤大和(3)												
		3回戦	智弁学園	0	0	1	0	0	0	0	0	0		1
		(3/30)	創成館	0	0	0	0	0	0	0	1	1×		2
		P　七俵陸(3)→酒井駿輔(6)→川原(1)												
		準々決勝	創成館	3	0	1	1	2	0	2	0	0	1	10
		(4/1)	智弁和歌山	0	1	1	0	4	0	1	0	2	2×	11
		P　戸田達也(3)→伊藤(1 1/3)→川原(4 1/3)→酒井(1)												
2018夏	甲子園	1回戦	創志学園	0	0	0	4	0	0	3	0	0		7
		(8/9)	創成館	0	0	0	0	0	0	0	0	0		0
		P　川原(3 2/3)→戸田(2 2/3)→酒井(0/3)→七俵(1 2/3)→伊藤(1)												

信頼できるピッチャーを後ろに残す

まずは、2018年に春夏連続甲子園出場を果たしたチームの話から始めたい。豊富な投手陣を、どのような考えで起用していたのだろうか。

「昨年は5～6人のピッチャーの中から、誰を使うかを決めていました。難しかったのが、大会ごとに信頼できるピッチャーが違っていたこと。今、誰の状態がいいのか。それを見極めることを大事にしていました」

2017年秋の九州大会、明治神宮大会ではサイドスローから威力のあるストレートを投げ込む伊藤、年が明けた2018年春はストレートとチェンジアップのコンビネーションが冴える酒井駿輔、夏はフォークやスライダーが武器の戸田達也の調子がよかったという。それぞれ違うピッチャーの名前が挙がるのは、それだけ投手層が厚い証だ。

興味深いのが、上記の3人がその時期に1度も先発していないことだ。状態はいいにも関わらず、先発には使っていない。これは、どういうことだろうか。

「考え方としては、信頼できるピッチャーこそ後ろに置いておく。そのほうが、先発ピッチャーも思い切って投げることができます」

たとえば、大阪桐蔭を破った明治神宮大会。まだ経験の浅かった七俵を「何とか、一回り抑えてくれれば」という期待を込めて先発で起用し、3回3失点。4回からはエース川原につなぎ、8回途中からは状態が一番よかった伊藤を送り出した。伊藤が後ろにいたからこそ、前のふたりも思い切って投げることができた。

翌春のセンバツ3回戦では、智弁学園とロースコアの接戦となり、延長10回2対1でサヨナラ勝ちを収めた。キーマンになったのが二番手で送り出した酒井だ。「あそこまで投げられるとは思っていなかった」と稙田監督が驚くほどのピッチングを見せて、4回から9回まで1安打6三振無失点。球数は78。武器である緩急が冴えた。9回裏に代打を出した関係で、10回からは川原を送る継投となったが、それがなければもっと引っ張る予定だった。

「酒井は、打たれる気配がありませんでした。よく、球数を心配する方がいますけど、私は肩自体のスタミナは気にしていなくて、疲労がくるのはむしろ下半身のほう。下半身が疲れることで、フォームのバランスが崩れていく。そこが安定していれば、1日に120球、130球投げても問題はないと思っています」

10回裏に逆転サヨナラ負けを喫した準々決勝の智弁和歌山戦は、「智弁の打撃もすごかったですけど、想像以上にうちも悪かった。ああいう打撃戦になること自体、うちの負けパターンです」と悔しそうに振り返る。

秋に好調だった伊藤が股関節を痛めたこともあり、万全の状態ではなかった。二番手で送り出すも、1回3分の1で4失点と苦しんだ。

プロ野球選手も高校生も一緒だが、1年中調子がいいことなどまずありえない。調子にも体調にも波があるのが当たり前。ゆえに、ピッチャーの状態を見極めることが、継投を成功させるための重要ポイントになる。

相手が苦手なピッチャーを見つけておく

春夏連続出場を狙った夏は、川原の状態がそこまでよくはなかった。そのため、使うとしたら先発しかない。昨夏、川原は甲子園を含めて5試合に登板しているが、そのすべてが先発での起用だった。

「川原には、『5回ぐらいまでゲームを作ってくれ。あとは戸田がいるから』と伝えていました」

象徴的だったのが、県大会準々決勝の長崎日大戦だ。先発の川原が4回2安打無失点で試合を作ると、5回からは夏に好調だった戸田にスイッチ。9回までの5イニングを1安打5三振無失点の快投で、4対0で快勝した。

「長崎日大とは夏の大会前に練習試合をしていて、戸田の球がまったく打てていませんでした。戸田を使えば抑えられるのはわかっていたんですけど、もし先に使って後半にバテてしまったら、後ろのピッチャーがいなくなる。それに、戸田を打ったとなれば、向こうも勢いに乗ってしまう。川原で粘り、途中から戸田を投入するプランでした」

まさに、プラン通りの継投になった。後ろに、好調なピッチャーを残しておくことで、チーム全体に〝安心〟〝信頼〟という名の保険を掛けておくことができる。

創成館は、続く準決勝で佐世保工を7対1で下し、決勝では6対1で海星を退け、甲子園出場を決めた。

「長崎の場合、準決勝と決勝だけが連戦になります。いつも考えているのは、準決勝で負けるのも、決勝で負けるのも一緒ということ。決勝の相手が海星になった場合は、川原を先発に使うと決めていました。そのためにも、準決勝はほかのピッチャーで勝負しました」

佐世保工との準決勝は、酒井（2回2／3）－伊藤（1／3）－戸田（5回1／3）－佐藤泰稀（2／3）の4人でつなぎ、7対1で勝利。狙い通りに、川原を温存することができた。

なぜ、決勝は川原と決めていたのか。そこには、海星との相性があった。

「海星は左バッターが多いこともあって、左ピッチャーに弱い。川原なら打たれないと思っていました。秋から他校の試合をずっと見て、うちのピッチャーの誰が苦手なのかをずっと考えています」

ここは指導者の腕の見せ所だろう。自チームのどのピッチャーをぶつければ、相手は嫌がるのか。速いストレートには得意な反面、緩急には脆さが見えるチームもある。高校野球の場合、指導者の色が濃く出るため、スタメンのほとんどが同じような打ち方をしていることが多い。

「社会人野球は対応能力が高いですが、高校野球の場合は打てないピッチャーはとことん打てないですね」

社会人は、一度完全に抑えられたピッチャーがいれば、チーム全体で対策を練って、次回以降の戦いでは違ったアプローチで臨んでくる。でも、高校生はまだ技術能力が高くないため、たとえ対策を講じたとしても、試合で実践するのが難しい。

川原はベンチの期待に応えて、9回7安打1失点で完投。つかまりかければ、戸田を投入する予定もあったが、安定したピッチングで最後まで投げ抜いた。

「はじめから継投ありきではなくて、ピッチャーの状態がよくて、バッターのタイミングが合っていないと感じれば、完投させます。川原の場合は悪くなってくると、スライダーのスピードが極端に落ちてくるのですが、そういう面も見られませんでした」

しかも、決勝が終われば、夏の甲子園まで1週間以上の時間が空く。いいピッチングをしているピッチャーを、わざわざ代えることはない。

バッテリーミーティングで継投順を伝える

試合前には、バッテリーだけのミーティングを必ず開く。そこで、ピッチャーの起用順を伝えて、心の準備をさせる。

「順番を伝えないと、ピッチャーも準備ができません。たとえばですが、先発が川原だとしたら、プレイボールと同時に作るのが酒井。川原が打球を受けて降板するようなアクシデントもあるので、必ずもうひとり準備させておきます。川原が1、2回で打たれるようであれば、3回以降は伊藤で行く。川原が抑えていれば、5回以降は戸田につなぐ。戸田がマウンドに行ったら、戸田のアクシデントのために、七俵がブルペンに入る。前半の先発のサブと、5回以降のリリーフのサブを必ず作るようにしています」

夏になれば、ピッチャーが熱中症で交代せざるをえないときもある。だからこそ、準備には万全を期す。

「9回に大差で勝っているような展開でも、ブルペンでは誰かしら準備をしています。急にケガをすることだってあるし、最後まで何が起きるかわかりません」

味方が守備のときは、ブルペンは常に稼働している状態となる。そこを受け持つのが、背番号12を着けた2枚目のキャッチャーだ。例年、正捕手は固定で、ケガ等のアクシデントがない限り、植田監督はキャッチャーを代えない。それだけ正捕手に信頼を寄せている。

「県大会のときは20人中2～3人がキャッチャーで、甲子園に行けば18人中2人がキャッチャーです。キャッチャーが3人必要になることはめったにない。ただ、甲子園も20人入れるようになれば、3人のキャッチャーを入れられるんですけどね」

3人いれば、ブルペンを担当するキャッチャーと、イニング間の投球練習を受けるキャッチャーを使い分けることができる。この仕事をひとりでやるのは、意外と大変だ。

「社会人のベンチ入りは25名だったので、18名で試合をするのはかなり大変だと感じます。高校野球もベンチ入りが増えれば、もっと違った野球ができると思います。いろんな選手にチャンスが出てくる。個人的な想いとしては、DHを採用してほしいんですけどね」

バッティングには自信があるけど守備は苦手……、という選手に活躍の場が生まれる。

「これは現実的ではないですが、大会に30名登録して、試合ごとにベンチ入りメンバー20名を決めるとなるのが理想です。『部員が多い私立が有利になる』という声が出るでしょうが、選手のことを考えたら、それが一番いいのではないでしょうか」

現在の規定では、大会中にベンチ入りメンバーがケガをしても、代替選手を登録し直すことはできない。球数制限の論議も必要ではあるが、ベンチ入りを増やすことによって対処できることもあるはずだ。

ベースがひとつ空いている状態で継投する

継投のタイミングを考えるときに、植田監督にはひとつ決めている鉄則がある。

「途中から投げさせるのであれば、できるだけベースがひとつ空いている状況で、次のピッチャーを使うようにしています。たとえば、接戦の6回にノーアウトから出塁を許したとします。もう、次のピッチャーの準備はできている。でも、そこでは代えずに、相手に送りバントをさせて、1アウト二塁になったところで交代する。ノーアウト一塁と1アウト二塁では、ピッチャーの心理状態はまったく違いますから。ベースがひとつ空いているほうが、思い切って投げることができる。ピッチャーには、『1アウト二塁から行くからな。フォアボールでもいいから、思い切って投げてこい』と話しています」

2018年夏の甲子園1回戦、創志学園との試合でこれに近い継投があった。0対4のビハインドで迎えた7回表、二番手の戸田がノーアウトからヒットを打たれると、次のバッターのセカンドゴロで1アウト二塁。ここで、三番手の酒井につないだ。送りバントではなかったが、一塁が空いたところでの継投となった。

「もちろん、そんなことを言ってはいられない状況もありますけど、できる限りは楽な気持ちでマウンドに上がれるところで代えてあげたい。それが、1アウト二、三塁であってもいいと思っています」

継投をすればするほど、ピッチャーにとってもっとも難しい「立ち上がり」が増えることになる。4人でつなぐとなれば、4回の立ち上がりがあるわけで、ここの入り方が試合に大きく影響を及ぼす。イニング頭から交代できるのが理想であるが、そういう展開ばかりではない。もし、イニング途中から行くのであれば、精神的な負担を少しでも軽くし、力が発揮しやすい状況を意識的に作り出している。

試合がいつ始まったのかわからない練習では意味がない

稙田監督は日頃のブルペンから、立ち上がりに対する意識付けをさせている。何となくピッチング練習を始めるピッチャーがいたら、厳しい声をかけることもある。

「プレイボールがいつかかったのか、わからない投球練習をしてないか？　これが試合やったら、もうプレイボールがかかっているんやぞ。キャッチャーが座ったときには、スイッチを入れろ」

立ち投げを何球かやったあとに、キャッチャーを座らせてピッチング練習が始まる。球数の違いこそあるが、この流れは多くのピッチャーに共通していることであろう。稙田監督が不満を感じるのは、外から見ているときに、試合が始まっているように見えないピッチャーだ。ブルペンが試合のマウンドだったら、そんな気持ちで投げ始めることはないはずだ。試合を想定して投げなければ、ブルペンと試合がつながらなくなる。

「いきなりボール、ボールで入っていく。こういうピッチャーは、試合でも同じことをやります。ピッチャーに言っているのは、『最初と最後が肝心。はじめとおわりをしっかりとしなさい』。ピッチングというのは、はじめにうまく立ち上がることができれば、その流れに乗っていけるものです」

立ち上がりは、交代直後だけではない。稙田監督はイニングの頭、つまり先頭打者への入りを特に重視させている。そのために大事になるのが、自チームの攻撃時にベンチ前で行うキャッチボールだ。

「あのときに適当に投げているピッチャーは、だいたい立ち上がりが悪い。適当に投げることによって、体が開くクセが付いてしまうことがあるんです。『キャッチボールから意識を高く持って投げるように』と話しています」

攻撃時のキャッチボールは、肩慣らしではなく、フォームのバランスを再確認する大事な時間。どこか崩れているなと思えば、ブルペンに入り直して、フォームの修正をはかってもいい。攻撃時の時間をどう使うかによって、次のイニングの入り方が変わってくる。

ブルペンの話を補足すると、球場による環境の違いもあり、高校生はこれに慣れるまで時間がかかる。稙田監督の話を聞いて、「なるほどな」と感じたことがある。

「長崎のメイン球場である長崎県営野球場は、室内にブルペンがあります。室内で投げているると、キャッチャーのミットの音が響くので、気持ちよく投げることができるのです。でも、それで自分の調子がいいと勘違いするピッチャーがいる。いざ、マウンドに上がってみると、ボールが来ていない。冷静に、自分の調子を判断できるピッチャーでなければいけません」

稙田監督の経験上、「ブルペンで調子が悪いと感じているピッチャーのほうが、試合で結果を出す」。調子の悪さを自覚することで、無理をせず、冷静に丁寧に投げようとするからではないかと推測している。室内に反響する音に、騙されてはいけない。

立ち上がりは細かくなりすぎず大胆に

立ち上がりをうまく切り抜けるためには、配球を考える必要がある。立ち上がりが悪いピッチャーの最大の原因は、ストライクが入らないこと。いきなり、フォアボールを与えると、ベンチからすると「何やってんだよ……」となりがちだ。ただ、技術的にストライクが入らないのか、配球面でストライクが取れないのかは別問題。配球を見直すことによって、うまくいくこともある。

「高校生に多いのが、『打たれたくない』と思うのか、難しいボールから入っていって、自分でカウントを悪くするケースです。いきなり、ストライクからボールになるスライダーを要求しても、なかなか投げ切れない。ボール、ボールと続いて、ストライクを取りにいって打たれる。はじめから厳しいコースを攻めていくと、そこから中に入ってくる球は、バッターは甘く感じて打ちやすくなるのです」

キャッチャーの構えにも問題がある。代わった直後の1球目に、インコースの厳しいところに構えても、よっぽど力のあるピッチャーでなければ腕は振れない。また、コントロールが悪いピッチャーに対して、コースに寄って構えても、そこに行く確率は低い。「真ん中に構えても、どうせ左右に散るでしょう」と大胆に考えていたほうが、うまくいくものだ。

ポイントは、どれだけ簡単にストライクを取れるか。「カウント球」のバリエーションを持っているピッチャーほど、立ち上がりが安定しているものだ。裏を返せば、カウント球が少ないと、ピッチングそのものが苦しくなる。

「初球に緩いカーブやインコースからのスライダーを放って、ストライクを取れれば、あとが楽になります。初球から、こういう球種を待っているバッターはめったにいませんから。どうやって、ファーストストライクを取るか。そう考えると、ストレート以外で、最低でも2種類の変化球でカウントを取れるようにしておかないと、今の高校野球ではなかなか抑えられないですね」

引き出しが多ければ多いほど、狙い球を絞られにくくなる。

ただし、ピッチャーとしての原点は、昔からよく言われるようにアウトローのストレート。金属バットであったとしても、目から遠いところほど、確率的に長打の危険性が少なくなる。アウトローにズバンと行けば、狙われていてもファウルでカウントを稼げるものだ。植田監督は、特に左ピッチャーの能力をはかるときに、アウトコースの球筋をよく見るようにしている。

左腕の基本は右打者の外のナチュラルシュート

「高校野球で勝ちやすいのは左ピッチャーです。『このボールを持っていたら勝てる』というのが、左のほうがはっきりしている。右よりも左のほうが、抑えるイメージがわきやすいですね」

昨年は川原と七俵が左腕。その前に初めて夏の甲子園に出場した2015年は、背番号1の水永悠斗が左上で、背番号10の藤崎紹光が左のサイドだった。社会人時代の教え子でプロに進んだ選手には、帆足和幸（元ソフトバンクなど）と有銘兼久（元楽天など）らがいるが、偶然か必然か、このふたりもサウスポーである。そして、今年の新入生は左ピッチャーが6人もいるという。左腕にいかに重きを置いているかが、わかる数字だ。

中学生を見る段階から、「左ピッチャーを軸に探しています」と明かす。重視しているのは、ストレートの球筋だ。右バッターの外に、シュート回転のかかったストレートを投げることができるか。ここが、左腕の基本線になる。

「左はクロスファイアーが基本という話も聞きますが、そんなことはありません。右バッターのアウトコースに、しっかりと投げられるか。ナチュラルシュートで逃げていくような軌道が理想。これが、スライダー回転で中に入ってくるような球筋では、なかなか抑えることができません」

左腕＝クロスファイアー。このイメージはたしかに強い。右ピッチャーが投じるクロスボールとはまた違った、鋭い角度を感じる。

「いろんなボールがあった中でのクロスファイアーならいいですが、バッティングカウントで簡単にクロスファイアーを放るのは危ない。右バッターはここを待っていますから。それにヘッドが一番走るところなので、少しでも甘くなると長打になりやすい。金属バットなので、少々芯を外れても飛んでいきます。基本線は、バッターの目から遠いところ。クロスファイアーのイメージが強ければ強いほど、〝逆のボール〟が有効になってきます」

木製バットであれば、クロスファイアーで詰まらせることもできるだろう。金属バットゆえの怖さがある。

6人の1年生左腕の中で、「将来が楽しみ。今まで見てきた中で一番の素材」と語るのが193センチ80キロの鴨打瑛二である。佐賀の黄城ボーイズ時代から注目されていた逸材で、中3時に130キロ台中盤のストレートを投げていた。甲子園常連校との争奪戦の末に、創成館入学が決まった。この鴨打も、右バッターのアウトコースにシュート回転のストレートを持つ。193センチから投げ下ろしてくるだけに、バッターとしてはその球筋に慣れるまでに時間がかかるだろう。

そんな逸材をどうやって口説いたのか。稙田監督は鴨打の誕生日を知って、運命を感じたという。

「私の誕生日は4年に1回しか来ない2月29日です。じつは、鴨打も2月29日。『東京オリンピックを一緒に迎えようや』と、誘いました」

顔がほころぶ稙田監督。次の閏年は2020年のオリンピックイヤーとなる。

ひとつの球種でふたつの握り方を用意する

左ピッチャーにとって必須の球種がもうひとつ。右バッターの外に逃げるチェンジアップである。これも、クロスファイアーから見て〝逆の球〟となる。

握り方はピッチャーそれぞれの感覚に任せているが、必ず言っているのが「ひとつの球種で、ふたつの握りを作っておきなさい」ということだ。

「その日の状態によって、『今日は変化球がよくないな』ということがあります。そのときに、ひとつの握りしかないと対応できなくなってしまいます」

この握りがダメなら、こっちの握りに変える。日頃のブルペンから、調子が悪いときの対処法を磨いておく。次の一手が用意できていれば、マウンド上で焦ることもなくなる。こういった引き出しが多ければ多いほど、立ち上がりに「あれ、おかしいな？」と思っても、柔軟に対処することができるだろう。

左対左のときは、外に逃げていくカットボールを投げられるのが理想。曲がりの大きなスライダーよりも、ストレートと同じ球筋からバッターの手元で小さく曲がるカットボールのほうが、バッターが手を出してきやすい。

ただ、昨年に関しては、ピッチャー育成の面で反省があるという。

「変化球のことを言いすぎて、ストレートが上がってきませんでした。秋の時点で140キロを投げていたんですが、そこからスピードが伸びてこない。目の前の試合に勝ちたいために、変化球を投げさせすぎてしまった。もっと、ストレートを投げさせるべきでした。指にかけたストレートを、しっかりと投げることをやらなければいけなかったですね」

チェンジアップに頼りすぎると、どうしても腕の振りが緩んできやすい。スライダーやカットボールは、ヒジを下げたほうが変化させやすいので、知らず知らずのうちに腕の角度が下がってくるピッチャーがいる。変化球は便利な球種である反面、ストレートに与えるリスクもある。

「高校生はどうしても〝曲げよう〟〝落とそう〟としたくなる。変化球で大事なのは、ストレートと同じ腕の振りで投げること。腕の振りが緩むと、レベルの高いバッターには『変化球が来る』と読まれて、対応されてしまいます」

ピッチャーの原点はストレートにあり。ブルペンで投げ込むときにも、ストレートと変化球の割合に気をつけさせている。

サイドスローは内野手から転向させる

右投手で言えば、「今の高校野球では、速球派のピッチャーでは抑えきれない」と正直な感想を語る。それだけ、強豪校のバッティングのレベルが上がってきている。右が勝つとしたら、戸田が得意にしていたチェンジアップやフォークのタテ変化が必要。スライダー系の横変化は、どうしても対応されやすい。

横変化で勝負をするのなら、右サイドスローを育てる。健大高崎の青柳博文監督は、「サイドスローに関しては、中学時代からサイドで投げているピッチャーに声をかける」と話していたが、稙田監督の考えはまったく逆だ。サイドスローは、高校からの転向で十分戦力になる。

昨年の伊藤は、オーバースローで入学してきたが、腰に痛みを抱えていた。自分で腰に負担のない投げ方を模索する中で、たどりついたのがサイドスローだった。

「もともとヒジが柔らかい子だったのですが、サイドにしてからボールの質が変わりました。サイドに向いているのは、腰の回転が横であることと、ヒジを柔らかく使える子。ヒジの使い方は、内野手のスナップスローを見ていると、よくわかります」

内野手が6－4－3や4－6－3の動きで使う、横からのスナップスロー。稙田監督はこの動きを見ながら、サイドスローの可能性を持った選手を探しているという。

「私は、二遊間を守っている選手をサイドにすることが多いんです。スナップスローでヒジを柔らかく使えて、肩も強い。でも、内野手としてバリバリのレギュラーとして活躍するのは難しい。こういう子は本人の意志を尊重したうえで、ピッチャーに転向させます」

過去に、内野手から転身してサイドスローで活躍した選手がいる。

たとえば、2012年にひとつ下の大野拓麻（鷺宮製作所）と二本柱を形成し、春は九州大会、夏は県ベスト8に勝ち進んだ児玉亮太。ショートで入学してきたが、ヒジの柔らかさを見て、サイドスローへの挑戦をすすめた。卒業後は神奈川大で活躍し、今はJR東日本東北で投げている。

2014年夏、県準優勝を果たしたときの奥住太貴も、ショートからの転向組だ。春の九州大会では準々決勝、準決勝ともに二番手で好投して、投手陣の一角を担った。その後は第一工大に進み、全日本大学選手権出場を果たしている。

「高校生のバッターが、これまで一番対戦してきているのは右上のピッチャーです。右上に対してはどうやって打ったらいいかのイメージがつきやすい。でも、右のサイドはそんなにいませんよね。これは左ピッチャーにも言えますけど、対戦経験が少ないと、打てるイメージがわかないんですよね。このあたりが、高校野球でサイドが活躍しやすい利点だと思います」

ちなみに、2015年夏の甲子園に出場したときの藤崎は左サイドスロー。ポニーリーグの佐賀ビクトリー時代から、サイドスローで投げていて、「これは面白い」と稙田監督が声をかけた。

「左のサイドこそ、バッターにはイメージがないですよね。藤崎は左サイドからシンカーを投げていて、左バッターの外に逃げるスライダーもキレがありました」

夏は甲子園を含めて、登板6試合中5試合が先発。ほかのピッチャーが持っていない球筋が武器の藤崎を使い、相手が少しずつ慣れ始めてきたところで背番号1の左腕・水永悠斗に代えるのが必勝リレーだった。甲子園の1回戦では、藤崎（7回1／3）‐水永（1回2／3）の継投で、天理に3対2のサヨナラ勝ちを収めている。

ただし、横から投げれば何でもいいわけではなく、特に右サイドの場合はシンカーと、左バッターのインコースを突くコントロールが必要不可欠となる。

「野球部では定期的に、『適性能力』を知るためのアンケートを取っています。ピッチャーであればどんな球種を持っていて、何が得意か。バッターであれば得意なコースや、苦手なコースなどを書いて、1年後にまた同じように書かせています。そこでの変化を見ることで、選手の成長を知ることができます」

意外に感じるが、苦手なタイプとして、サイドスローやアンダースローを書く左バッターが多いという。

「インコースを攻められて、外にシンカーを落とされる。抑えられているときは、このイメージが強いのだと思います」

野球界では、「右サイドは左バッターに相性が悪い」と言われているが、内と外にしっかりと投げ切ることができれば、封じる手立ては十分にある。

クセが出ないようにグラブの中で握りを替える

変化球を投げるときに気をつけたいのが、投球時のクセだ。ストレートと変化球で、何らかの違いが出ることが多い。それがたとえ小さな違いであっても、強豪校になるほど見抜いてくる。

「私は社会人のときから、ピッチャーのクセを見抜くのが得意でした。だから、相手のデータを取ってくるビデオ班の選手にも、クセが出やすいポイントを教えています。そこで大事なのは、相手だけでなく、自分たちのピッチャーのクセも見抜くこと。自分たちが見抜かれていたら、勝てないわけですから。まずは、自分たちのクセをなくす。そのためにも、クセを指摘するようにしています」

一例を挙げると、キャッチャーからのサインを見終わって、利き手で持ったボールをグラブに収めるときに、クセが出るピッチャーがいる。

「変化球のときは握り替えながら持ってくるので、グラブに入れるスピードが少し遅い。ストレートのときはそのままでいいので、グラブにスッと入る。わずかなところですけど、よく見ていれば見抜くことができます」

プロ野球の場合は、クセが出ないようにグラブの中にボールを入れて、サインを見ていることが多い。グラブの中で、握り替えを行う。ただし、これをするとけん制が遅くなる。手にボールを持っていなければ、サイン交換中にランナーの隙を突いてけん制することができなくなってしまうからだ。

「徹底させているのは、ボールを手に持っていたとしても、『グラブの中で握り替えをしなさい』ということ。グラブに入れる前に、握りを替えるからクセが出てしまうのです」

ただし、フォークボールを投げるピッチャーは要注意。ボールを挟もうとするため、グラブが膨れ上がったり、前腕の動きが変わったり、バッターからすると〝あれ、何か違うぞ〟と思われやすい。これにも対処法がある。

「フォークを武器にしているピッチャーに関しては、はじめからフォークの握りでサインを見させることで、グラブの中で余計な動きをする必要がなくなります」

ストレートであれば、挟んでいた指の幅を狭くするだけでいいので、グラブが膨らむことはない。

ランナーからの球種伝達は禁止されているが、ランナーが「次はフォークを投げる」とわかれば、盗塁を仕掛ける絶好のタイミングとなり、ワンバウンドゴーに対する備えもやりやすくなる。フォークの握りからけん制することは少ないうえに、ストレートよりもワンバウンドする可能性が高いため、キャッチャーは捕りづらく投げにくい。

相手に情報を与えて得することは何ひとつないので、日頃のブルペンから、クセには十分な注意を払っておく。自分ではわからないことが多いため、クセの改善には周りの目が必要になってくる。

バッター視点でピッチャーを見ることが大事

現役時代は、内野手として活躍していた稙田監督。ピッチャーとしての経験はないため、2016年に就任した林田大輔ピッチングコーチと松本真一ピッチングコーチに、フォームや精神的な指導は任せることが多い。林田コーチは長崎商のOBで、大学卒業後に入行した親和銀行で軟式野球部のエースとして活躍し、引退後は長崎県選抜（国体）の監督も務めた。松本コーチは植田監督の社会人時代の教え子であり、三菱重工長崎の補強選手として、1999年の都市対抗で準優勝を遂げた実績を持つ。

さらに、昨年からは週1回の頻度で、こちらも植田監督の教え子の平野佑介氏が指導に来ている。2002年の都市対抗では、ホンダ熊本の補強選手として若獅子賞を獲得した本格派だ。

林田コーチと松本コーチは右上で、平野氏は左上。「右投げと左投げは違うもの」との考え方もあり、そういった意味でもバランスが取れている。そもそも、ピッチングコーチが3人いること自体が珍しく、それだけピッチャーの育成に力を入れていることがわかる。

とはいえ、ピッチャー指導をコーチにすべて任せているわけではない。植田監督が指導するのは、バッターからの視点だ。打席に入ったときに、ピッチャーがどう見えているのか。ピッチャー側から見るだけではわからない感覚がある。

「大事にしているのは、いい球を投げるのではなく、いかに打ちにくい球を投げるか。バッターからすると、どういう球が打ちにくいのか、必ず伝えるようにしています。たとえば、腕を思い切り振っているのに、なかなか来ないボールとか、ストレートなのに低めに来ると勝手に落ちるとか、こういうのは打ちにくいですね」

えてして、ピッチャーは自分のフォームと戦いがちだ。投げているボールよりも、フォームに目がいってしまう。じつは、ピッチャー出身の指導者にもこういったタイプが多い。フォームはたしかに大事だが、フォームがいいからといってバッターを抑えられるわけではない。

「私がブルペンでよく言っているのは、『バッターをどうやって抑えようとしているのか、それが伝わってこない』。実戦を意識せずに、自己満足のピッチングをしていたら、試合ではなかなか使えません」

ピッチャーの仕事はいいボールを投げることでも、速いボールを投げることでもなく、バッターを抑えること。それを忘れないためにも、バッターから見た感覚を常に伝えるようにしている。

さまざまなメーカーのボールに慣れておく

大会が近づいてくると、ブルペンで行うピッチング練習に新しいボールを投入する。すべて、ニューボールだ。

「さまざまなメーカーのボールを揃えて、投げさせています。大会によって使うボールの質が違うので、どんなボールでも投げられるようにしておく必要があるのです。そういうことを考えていない高校生は、普段から自分が投げやすいボールだけを選んで投げている。これでは、公式戦でボールが手に合わなかったときに対応できません」

硬式球の規格は統一されているが、縫い目の高さや、革に触れたときの感覚は、メーカーによってわずかな違いがある。この違いを気にするピッチャーもいれば、まったく気にならないピッチャーもいる。

「ボールに関しては、気にしないピッチャーのほうがうまく投げられますね」

「鈍感力」とでも言えばいいだろうか。繊細すぎると、環境の変化に対応できなくなってしまう。

ブルペンについて補足すると、試合ではファウルが飛ぶたびに違うボールを手にすることになるが、ブルペンでは同じボールを100球でも150球でも投げ続ける。これは、試合では絶対にありえないことだ。「練習のための練習にならないように」と昔からよく言われるが、これこそまさに練習のための練習で、実戦につながっていかない。

すべてニューボールを使うのは、なかなか贅沢な話になってしまうが、何球か投げるたびにボールを替えていくことで、「試合のための練習」に変わっていく。

痛みや違和感を伝えられる組織を作る

じつは、植田監督は心理カウンセラーとメンタルトレーナーの資格を持っている。3年ほど前に資格を取得した。

「私が監督になったときは1学年15名ぐらいの野球部で、1台のバスで移動することができました。それが、今は学年40名ぐらいの大所帯になり、一人ひとりと接する機会が減ってきています。寮で一緒に生活はしているのですが、すべての選手と話すのは難しい。選手との距離を感じるようになって、彼らの心を知るために、資格を取りました」

心の勉強をすればするほど、理不尽に感情的に怒ることは減ったという。怒鳴り散らしても、うまくなるわけではない。練習から外したとしても、教育的な効果は少ない。選手への問いかけを増やし、1対1で話す機会をできるかぎりもうけている。

「感情で怒れば、感情でしか返ってきません。もし、言いすぎたなと思ったことがあれば、そのあとに呼んで、怒った理由を話すようにしています」

こうしてコミュニケーションを密にして、信頼関係を築いておくことが、ピッチャーのオーバーワークを防ぐことにもつながっていく。

「ピッチャーには、『痛かったり、違和感があったり、何かおかしいなと感じたら、必ず言うように』と伝えています。私からも練習試合のときは、『大丈夫か?』と聞きますね。今の子たちは、痛みを隠さず、素直に言ってくる。たとえ私に言えなかったとしても、周りにいるコーチや、週3回来ている理学療法士に言っています。その情報が、私のもとに入ってくるようになっているので、痛みを我慢してまで投げるようなことはありません」

これは、創成館のチーム内に「ちょっと違和感があります」と言える空気があるのが大きいのではないだろうか。野球部によっては、監督の存在があまりに強く、痛みをなかなか言い出せない状況のチームもある。

「ただ、最近思うのは、ちょっとでも違和感を覚えると言ってくるので、『自分をかわいがりすぎてもダメだぞ』と話しました」

このあたりは、難しいところでもある。「張り」や「重い」といった感覚は本人しかわからず、無理をすることで痛みに変わることもある。理学療法士が診ているので、重症化にまで至ることはないだろうが、稙田監督にしてみれば「もうちょっと頑張れるんじゃないか?」と感じるときもあるようだ。

見方を変えれば、こうして言い出せるのも複数のピッチャーがいる強みである。主力投手であっても、無理をさせずに済み、投手陣全体で負担を軽減することができる。

試合で結果を出すことが自信につながる

人の心理を勉強すればするほど、言ってはいけないNGワードに気づくようになった。

「子どもの頃から、『お前は気持ちが弱いんだ!』と言われ続けている子は、自分のことを弱いと思って、本当に弱くなってしまうんです。私は絶対に言いません。小学校や中学校の指導者にも、ぜひお願いしたいところです」

根性論全盛の時代は、ナニクソと思って、這い上がってきた選手もいるかもしれない。でも、今はそんな時代ではないし、昔にしても這い上がれずに終わってしまった選手のほうが多い可能性もある。

「高校生は、自信ひとつで変わります。自信が付いたら、気持ちも強くなる。うちの場合は、バッティングピッチャーをよくやらせるのですが、バッターと本気の勝負。そこで結果を出して、練習試合では短いイニングから始めて、少しずつイニングを伸ばしていく。結果が出ることで、自信が付いてくるようになります」

春までの練習試合では、ピッチャーをイニングの頭から使い、あらかじめ決めておいたイニングを、責任を持って投げさせる。

「公式戦になれば、ピンチの場面で代えることがありますが、練習試合からそれをやっていると、自分の力でピンチをしのぐ経験が減ってしまいます。これでは、ピッチャーとしての自信が付かず、成長していかない。大量失点したらまた別ですけど、なるべく責任を持たせるようにしています」

ただし、5月以降は別。夏の大会の準備として、ノーアウト満塁のピンチなどで次のピッチャーを投入し、リリーフ適性を見極める。夏を想定して、土曜日に先発、日曜日に短いイニングのリリーフと、連投を試すのも春が終わってからになる。

例年であれば、春の時期には投手陣の編成が見えてきているものだが、今年は未知数な部分が多い。というのも、昨年活躍したピッチャーはオール3年生で、総入れ替えとなったからだ。昨秋は県大会2回戦で壱岐に1対5、春は準々決勝で長崎商に4対6で敗れた。創成館の強みであるピッチャーの数だ。それを象徴しているのが、登板しているピッチャーの数だ。秋は4人、春は5人の継投で敗れたが、両方の試合に投げているのは、2年生の坂口英幸しかいない。

それでも、取材時（4月下旬）には、「ピッチャーがようやく上がってきました」と手応えを口にしていた。キレ味鋭いスライダーが光る高橋遼平、変化球の精度が高い坂口、期待の1年生左腕・鴨打が中心となり、さらに30人以上いるピッチャーが激しいメンバー争いを繰り広げ、熾烈なアピール合戦を続けている。

大エース不在だからこそ、ピッチャーをつなぐことに意味が出てくる。この夏、もっとも信頼できるピッチャーは誰か、そして誰がどの学校に相性がいいのか。社会人時代から磨き続けてきた眼力を存分に活かし、継投策で勝負をかける。

特別インタビュー
1

株式会社DELTA 岡田友輔 代表取締役

「セイバーメトリクス」の視点から考える継投論

岡田友輔（おかだ・ゆうすけ）

1975年生まれ、神奈川県出身。株式会社DELTA代表取締役。2002年から日本テレビのプロ野球中継スタッフを務め、2006年にデータスタジアム株式会社入社。2011年に合同会社DELTA（デルタ）を設立した。プロ野球球団との結びつきが強く、データ面からのサポートを行っている。

セイバーメトリクス――。

野球に関わる人であれば、1度は耳にしたことがある言葉だろう。ざっくりと表現すると、「セイバーメトリクス＝野球についての客観的・統計的な研究」と定義できる。野球統計の専門家であったビル・ジェームズ氏によって、1970年代に提唱され始めた。

たとえば、攻撃面であれば「無死一塁から送りバントをすることが、戦術的に本当に有効なのか？」といった疑問を、さまざまな統計を使って分析していく。投手の成績においては、「勝利数や勝率、防御率は、投手の力ではコントロールできないもの」と評価するなど、これまでとは違った分析法を広めている。

「数字のことは難しくて、よくわからない……」と敬遠する人もいるかもしれないが、膨大な量のデータから導き出された傾向や特徴を知ることによって、今までになかった視点で野球を考えることができるのが、セイバーメトリクスの魅力のひとつである。

今回、インタビューをお願いしたのは、株式会社DELTA（デルタ）の代表取締役・岡田友輔さんである。2011年にスポーツデータの分析を手掛ける合同会社DELTAを設立したのち、2015年8月に株式会社DELTAに組織を変更。プロ野球球団へのデータ提供や、野球ファン向けにセイバーメトリクスの指標を公開するなど、幅広く活動をしている（https://1point02.jp/op/index.aspx）。

岡田さんには、「セイバーメトリクスの視点から考える継投」をテーマにして、投手に関わるさまざまなデータを解説してもらった。今、球界で話題になっている「オープナー」についても、疑問をぶつけてきた。オープナーにはどんな意味があり、どのような効果があるのか。

そして、セイバーメトリクスで評価する「いい投手」とはどんな投手なのか。数字的に何が優れているのか。これを知ることによって、今までとは違った目で投手を評価できるようになるはずだ。埋もれている才能を発掘することもできるかもしれない。

記事中に登場するプロ野球やメジャーリーグに関するデータや資料は、株式会社ＤＥＬＴＡによる提供である（一部、見やすいように編集している）。高校野球に関するデータは著者が集計し、表やグラフにまとめた。両者のデータを見比べることで、プロの世界の話が高校野球にもリンクしていることを感じ取っていただければと思う。

打順が回るほど打者有利になるのが野球の鉄則

――本書のテーマは「高校野球における継投」です。普段、岡田さんはプロ野球（NPB）やメジャーリーグ（MLB）のデータ分析をされていますが、継投の優位性をどのように考えていますか。

岡田　継投の必要性を表すデータとして、一番わかりやすいのが「対戦巡目」です。「巡目」とは1巡目、2巡目、3巡目という打線の巡りのことで、対戦を重ねていくごとに打者が有利になるというデータが出ています（データ1参照）。縦軸にあるwOBA（Weighted On Base Average）とは簡単に言えば、1打席あたりにチームの得点増にどれだけ貢献しているかを評価する指標で、NPBのリーグ平均が3割3分前後。これを見ると、フレッシュな先発はそこまで打たれることがなく、打順が回るにつれて、つかまりやすくなることがわかります。4巡目の数字がそこまで上がっていないのは、好調な先発投手やエース級の割合が高まるからです。

――3巡目までの数字を見ると、球数による疲労が関係しているのでしょうか。

岡田　それもちろんあるでしょうし、配球に対する読みや、打者が投手のボールに慣れてくることも、理由に挙がると思います。

――そう考えると、対戦巡が進む前に継投に入ったほうが、失点を抑えられる可能性が高いということですね。

岡田　投手層にはよりますが、可能であれば、フレッシュな投手をつぎ込んでいったほうがいいですね。一般的にわかりやすい指標として、ＯＰＳ（On-base plus slugging／出塁率＋長打率）がありますが、ＯＰＳで見てみても、対戦巡が進むにつれて打者有利の数字になっているのがわかります（データ２参照）。どの野球のカテゴリーでも、似たような傾向が出てくるはずです。

岡田さんの言う通り、高校野球でも明らかな傾向が出ていた（データ３参照）。対戦巡が回るほど、打撃成績が上がっていることがわかる。

データ❶［wOBA　対戦巡目］

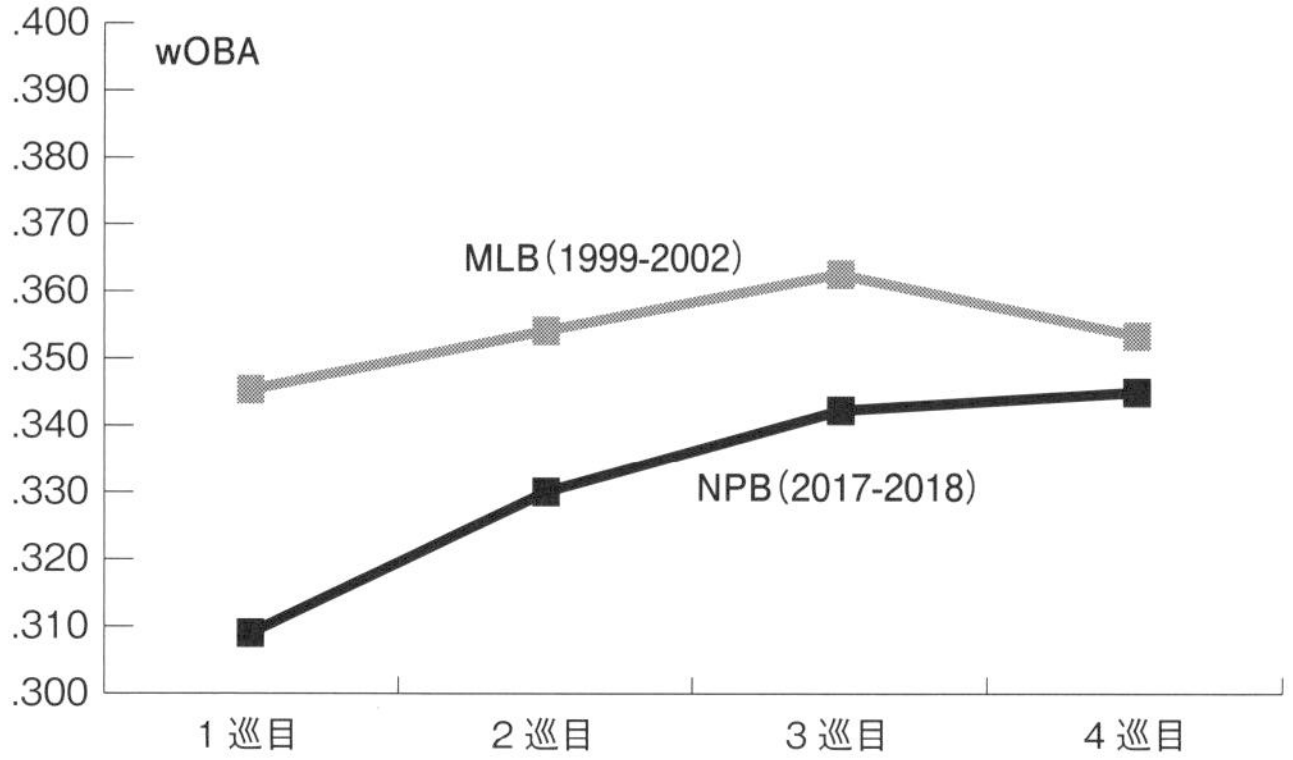

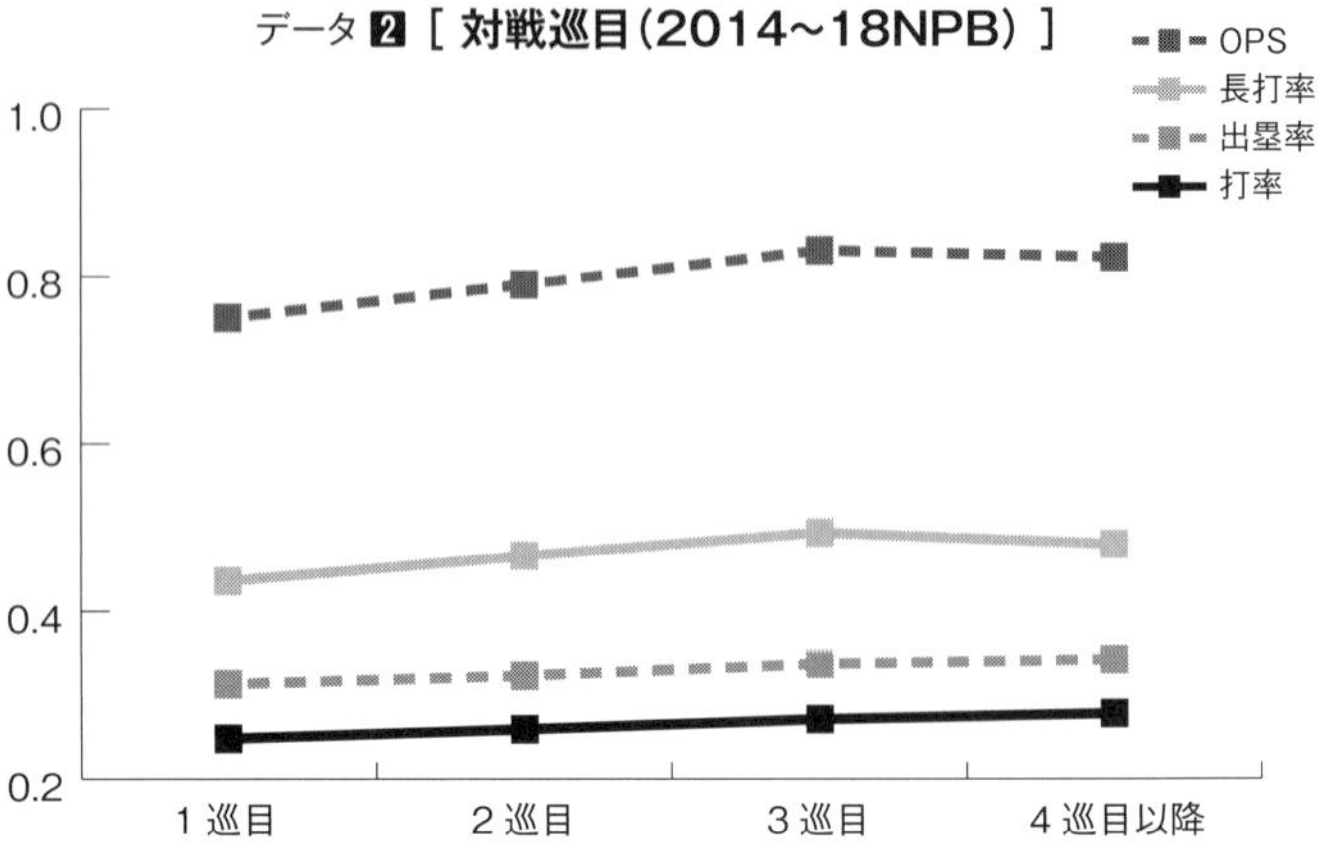
データ❷［対戦巡目(2014~18NPB)］
OPS
長打率
出塁率
打率
1.0
0.8
0.6
0.4
0.2
1巡目
2巡目
3巡目
4巡目以降

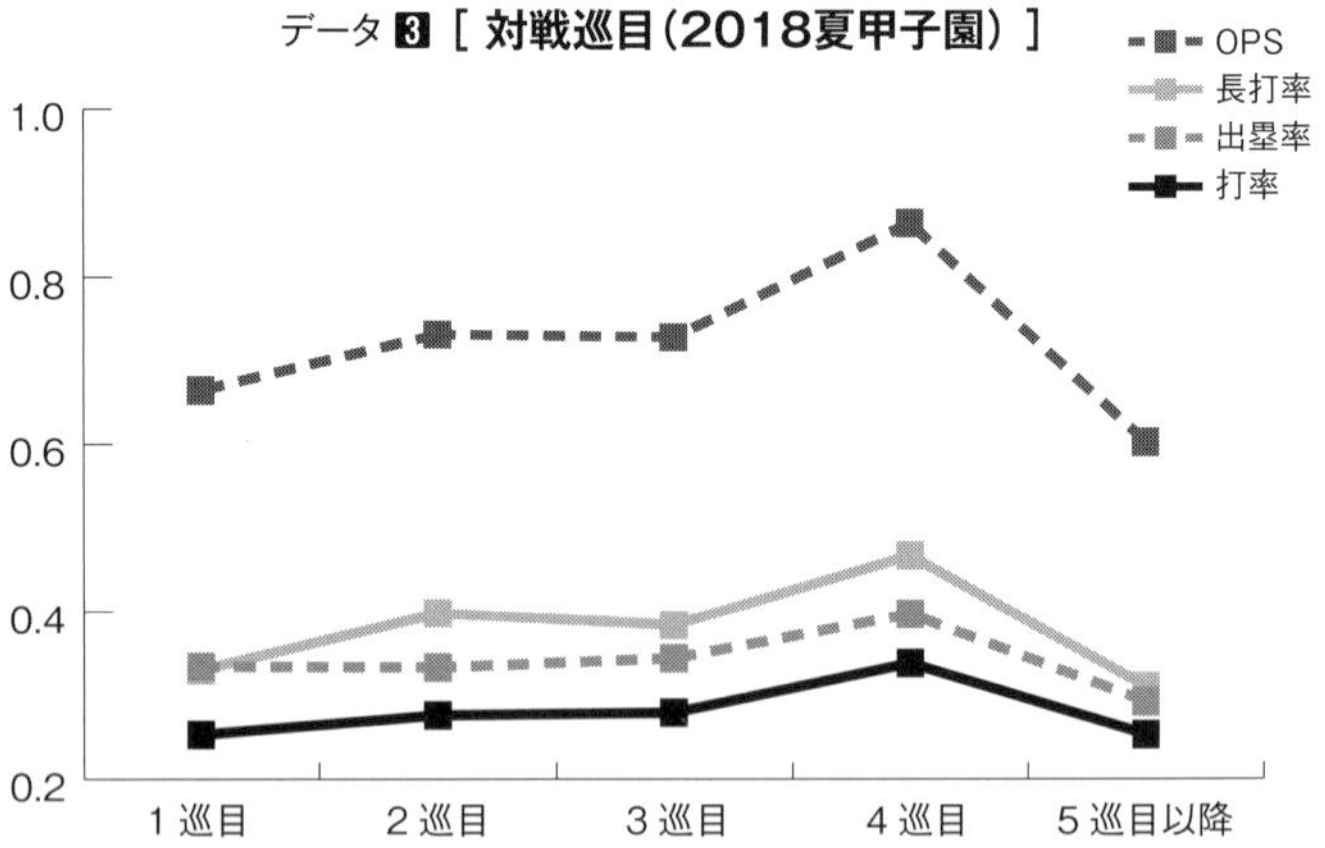
データ❸［対戦巡目(2018夏甲子園)］
OPS
長打率
出塁率
打率
1.0
0.8
0.6
0.4
0.2
1巡目
2巡目
3巡目
4巡目
5巡目以降

111ページに登場する近江の多賀章仁監督が、2001年夏に準優勝を果たしたときの勝利の方程式として、「先発投手は、相手の3巡目にもっとも攻略されやすい。そこで、力のある島脇を使うことを考えていた」と話をしていた。まさに、データに沿った継投法と言えるだろう。

高校野球は「終盤の逆転劇が多い」と言われるが、この数字を見れば、当然のことだと考えることができる。もし、最後まで投げ切れたとしても、打者3巡目〜4巡目でピンチを迎えているケースが多いはずだ。

新時代の継投術「オープナー」が有効な理由

――対戦巡に関するお話を聞いていると、2018年からMLBで話題になっている「オープナー」の意味合いが見えてくる気がします。

岡田　本来であれば、リリーフで登板する投手を先発に起用して、初回を任せる。そして2回からは、事実上の先発を投入するのがオープナーです。2018年5月に、タンパベイ・レイズがオープナーを使ってきました。普段はリリーフで投げるジオ・ロモ投手が2試合続けて先発し、初回をしのいだあと、2回から継投策に入ったのです（※5月19日は初回三者凡退に抑えて、2回から交代。20日は2回一死の場面で交代）。そこから、他球団にも少しずつ広まっていきました。

――NPBではなかった斬新な発想ですよね。

岡田　なぜオープナーが有効かとなると、対戦巡を後ろにずらすことができるからです。初回にオープナーを使うことによって、2回から投げる先発投手は少なくとも一番から三番打者までの対決を避けることができ、下位打線に入っていくところで登板することができます。

――打者の力が少しずつ下がっていくと。

岡田　そういうことになります。そして、ここが大きなポイントになりますが、一番危ない3巡目の上位打線に対して、本来の先発投手はまだ2巡目の対戦になるわけです。つまりは、強打者との対戦を遅らせることができる。3巡目に入るときには、また投手を交代してもいいわけです。

――なるほど、わかりやすいですね。1試合でひとりの投手が同じ打者と3度、4度と対戦することを避けていく。

岡田　もうひとつ、先発投手の立ち上がりの不安さが挙げられます。データを見ても、初回に得点が入りやすいという数字があり、どの投手も立ち上がりは不安なもの。ところが、リリーフの場合は短いイニングを抑える専門職で、先発タイプよりも立ち上がりの不安が少なく、1イニングに全力を出し切ることにも慣れています。

——立ち上がりが不安な先発にとっては、初回の一番打者からの投球よりも、2回の四番や五番打者から始まるほうが気持ち的にも楽かもしれません。

岡田　MLBでは6～7年前に、「8回に投げるセットアッパーを、初回に使うほうが効率的だ」という主張がなされました。それが数年経って、2018年に実現したわけです。MLBではリリーフ陣のことを「ブルペン」と呼びますが、「ブルペンの最適な運用」が長年にわたって考えられています。

——ただ、こういう起用法をすると、「勝ち投手の権利」がどこかに行ってしまいますよね。

岡田　その通りです。ただ、それは日本人的な発想で、MLBでは投手の勝ち星にさほどこだわっていませんし、投手の能力として大きく評価されるものでもないのです。それはまた、のちほどお話ししたいと思います。

野球界のセオリー「左投手対左打者」は本当に投手有利なのか？

——プロ野球の継投でよく目にするのが、左打者に対して左腕をぶつける投手起用です。「左対左は投手が有利」という言葉がありますが、本当にそうなのでしょうか。

岡田　2014年から2018年のNPBにおける、右投手対右打者、右投手対左打者、左投手対右打者、左投手対左打者で打率、出塁率、長打率、ＯＰＳを示したので参考にしてみてください（データ４参照）。ここからわかるのは、右投手対左打者、左投手対右打者のように、対角線で体に入ってくるボールのほうが、ＯＰＳが高いということです。

――左投手対左打者は打率や出塁率はほかの対戦とさほど変わりませんが、長打率が低くなるのですね。この理由はどこにあるのでしょうか。

岡田　野球界では以前から言われていることですが、対戦打数が少ないのが一番の理由だと思います。単打で出ることはできても、フルスイングで長打を打つのはほかの対戦よりも難しい。

――２０１４年からの４年間の対戦打数を見ると、右投手対右打者＝１０８３３６、右投手対左打者＝１０１２４７、左投手対右打者＝４７８８９、左投手対左打者＝３０９１５となっています。左腕との対戦はどうしても減ってしまいますね。

岡田　これが、「力のあるトップクラスの左腕」と限定すると、対戦機会はもっと減っていきます。そうなると、必然的に投手のほうが有利になるのではないでしょうか。プロのスカウトと話していると、「高校生や大学生の左腕は、右投手以上によく見える」という感想を耳にします。それは、左打者を抑える場面が多いから。ドラフトで左腕が高評価になりやすいのは、こうした側面もあるように思います。

――たしかに左腕のほうが、評価が上になる印象があります。

データ❹［左右別　打者成績（2014～18　NPB）］

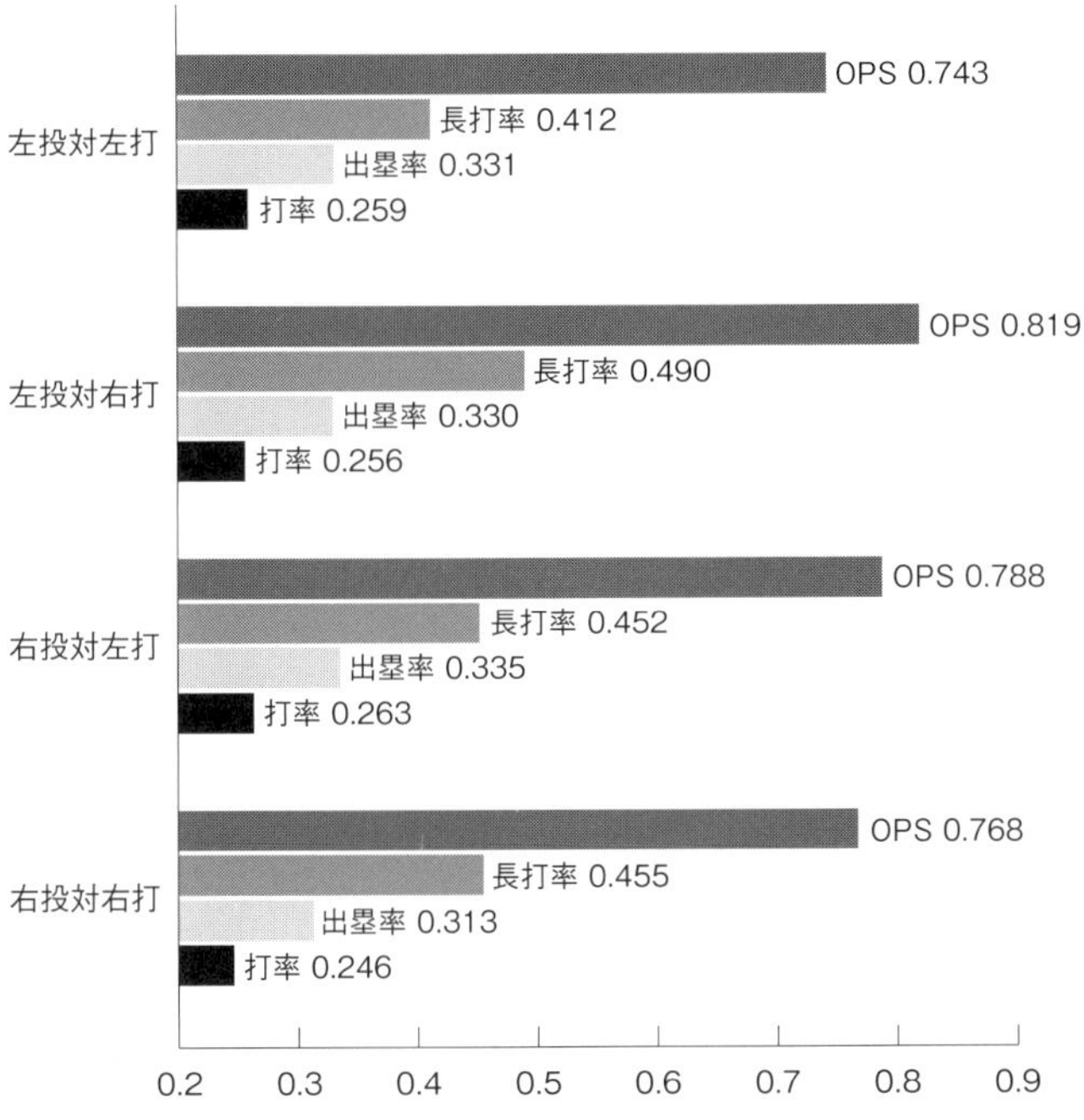

データ❺［左右別　打者成績（2018夏甲子園）］

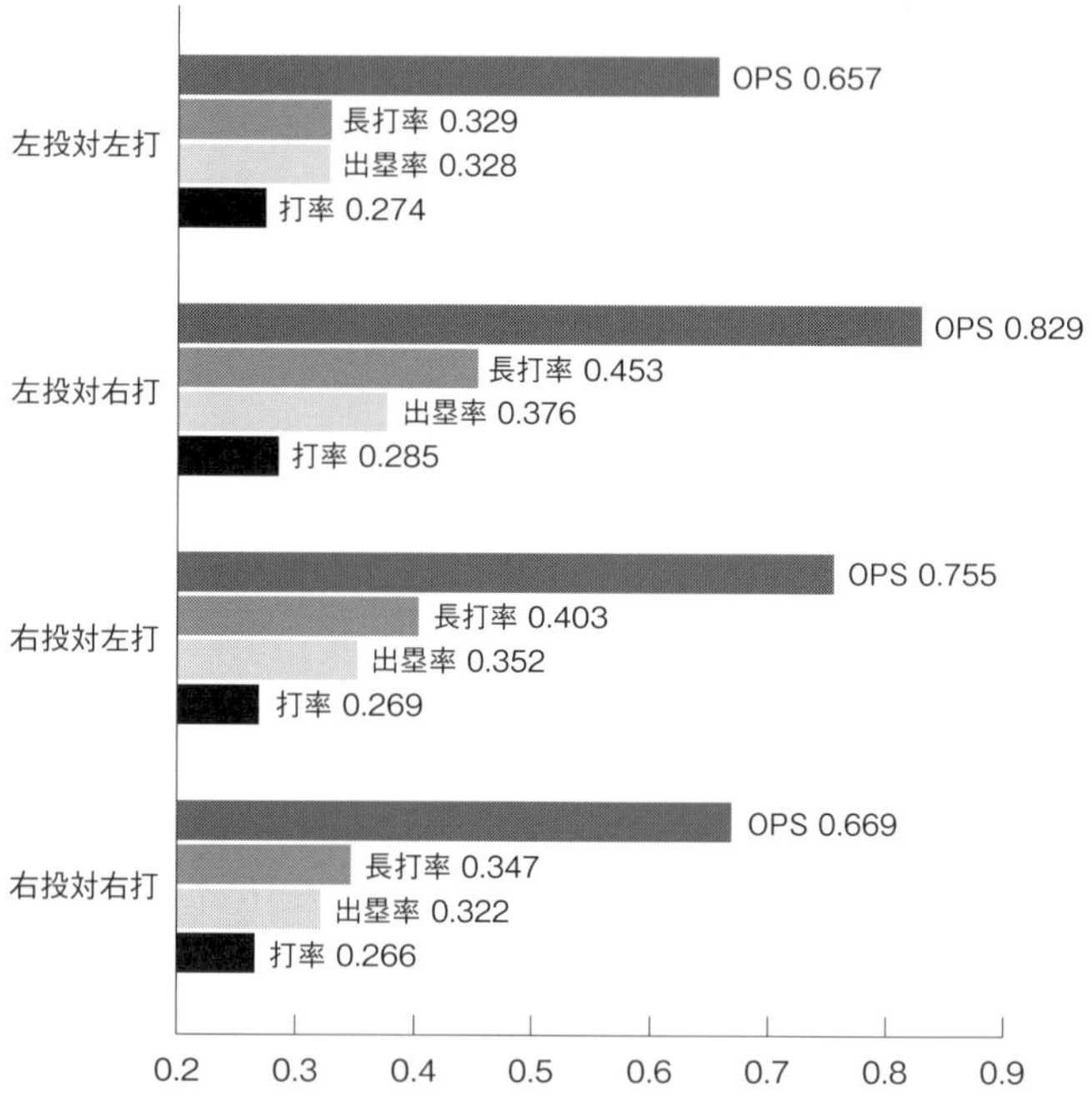

岡田　あとは、「足が速いから」という理由で、子どもの頃に右投右打から右投左打に転向する打者もいます。こういうタイプは、打率は残せても、長打力がそこまで高くはないことが多い。おそらく、高校野球は左右投手別の成績がもっと顕著に出ると思います。

というわけで、2018年夏の甲子園における左右投手別の成績を調べてみた（データ5参照）。プロ野球と同じように、右投手対左打者、左投手対右打者と、対角線で入ってくる投手に対してはOPSが高い。そして、やはり、左投手対左打者のOPSは低くなる。左の強打者の長打を防ぐには、左腕の起用は効果的と言えるだろう。

「フライボール革命」時代こそ有効な高めの速球

――NPBやMLBの攻め方から、配球面で高校生が参考にできることはありますか。

岡田　今、MLBではフォーシームの効果が見直されてきています。ツーシームのように動くボールが重宝されているイメージが強いと思いますが、バックスピンの効いたフォーシームを高めに投げ込むことによって、フライや空振りを奪う配球です。ただし、この攻めをするには、一定以上の球速が必要になってきます。すべての投球を5キロごとの球速に分けて、高め（配球図内1・2・6・7・11・12・16・17・21・22のゾーン）に投じら

データ❻［球速別　高め成績（2014~18MLB）］

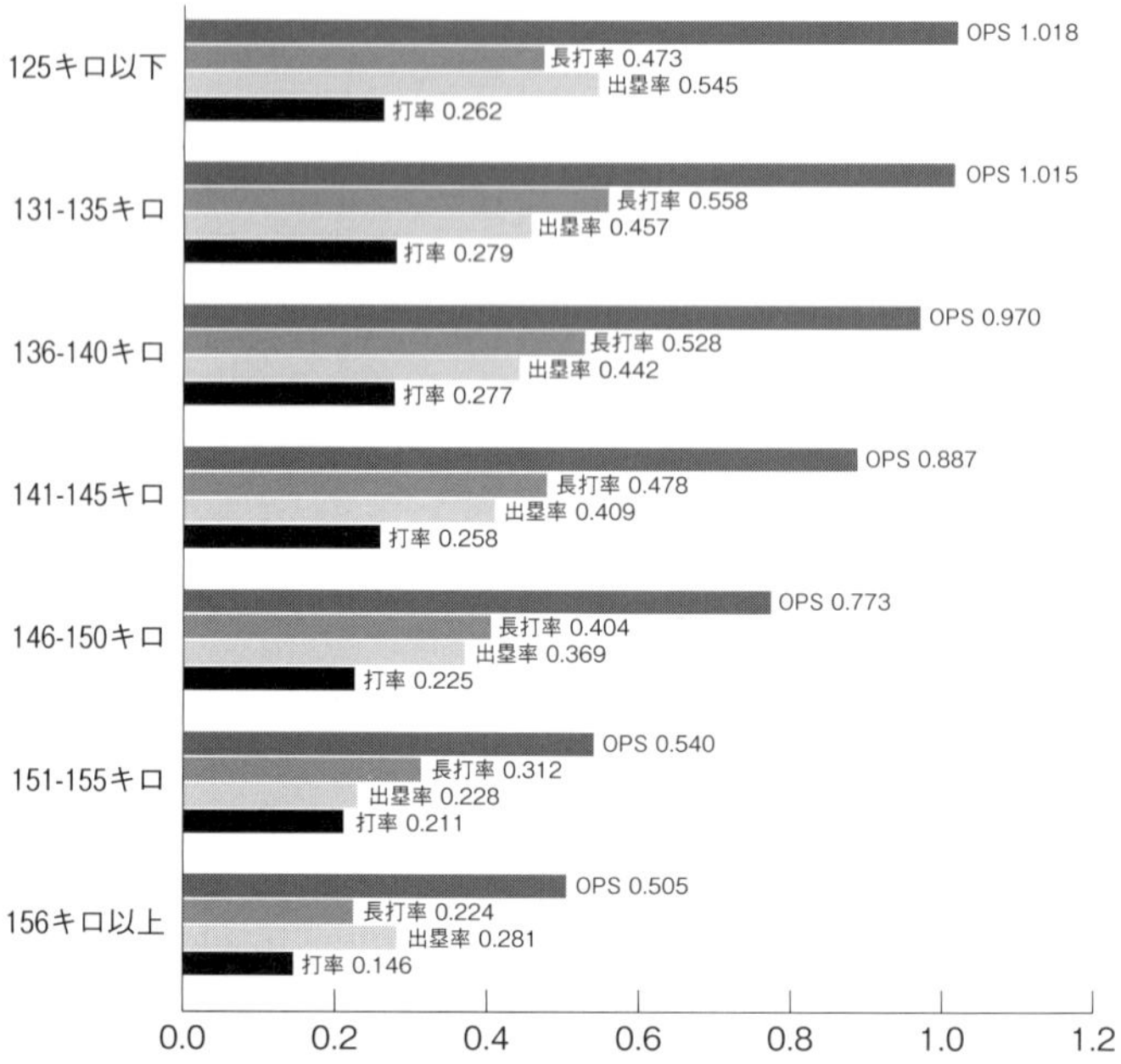

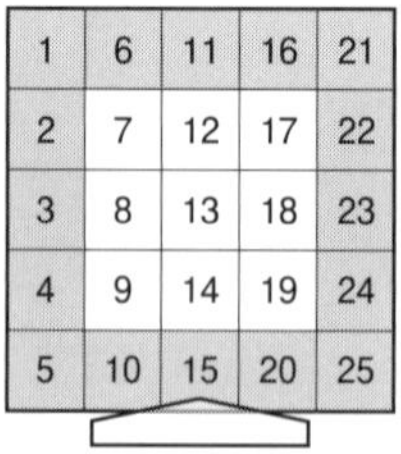

れたときの被打率やＯＰＳを調べると、その違いが顕著に出ています（データ６参照）。

――球速によって、ここまでの違いが出るのですね。球速が上がるにつれて、ＯＰＳが下がっているのがわかります。１５１キロ以上になると、一気に低くなる。「投手は球速だけではない」と言いますが、スピードが速くて不利になることはないですよね。

岡田　ＭＬＢは「フライボール革命」が主流で、打球に角度をつける打ち方が求められています。日本的な表現を使えば、アッパースイング。このバット軌道で、高めに伸びてくるフォーシームをとらえるのはなかなか難しい。一昔前にタンパベイ・レイズが、他球団で伸び悩んでいた中継ぎを獲得して再生させた例があったのですが、配球を見ると意図的にフォーシームを高めに投げ込んでいる。フォーシームの特性をよく理解したうえでの選択と言えます。

さすがに高校生に１５１キロ以上のスピードを求めるのは難しいが、それでも、ある数字を境に、打者有利、投手有利に変わるラインがあるはずだ。１４５ページに登場する仙台育英の須江航監督は、今回の取材時に「データを取っているわけではないですけど、１４３キロを超えると、一気に被打率が下がるように感じます」と話していた。

また、高校野球を見ていると、「低め至上主義」が強い。低めに投げておけば抑えられる、という考え方だ。だから、ブルペンでも低めを中心に投げ込むことが多い。ただ、最近の高校野球は「フライボール革命」の影響もあるのか、打球に角度をつけて長打を狙うチームが増えている。バットの軌道を考えたときに、ベルトからやや低めのゾーンのほうが素直にバットが出やすい。

たとえば、明秀日立。八戸学院光星を強豪に育て上げた金沢成奉監督の指導のもと、低めをかちあげるような打ち方をする。「高めを打つのが難しいのでは？」と疑問をぶつけると、「高めは難しいので、捨てています」との答えだった。そもそも、高めのストレートを何球も続けてくるバッテリーはほとんどいない。球速が必要ではあるが、高めを効果的に使うことで、投球の幅がもっと広がっていくはずだ。

セイバーメトリクスで明かす「いい投手」の条件

——そもそもの疑問をぶつけていいでしょうか。データ分析上、〝いい投手〟とはどんな投手なのでしょうか。それがわかると、埋もれていた投手としての才能を見つけ出すことができるかもしれません。

岡田　さきほど少しお話ししましたが、ＭＬＢの球団においては、「勝ち投手＝いい投手」という概念はおそらくないでしょう。なぜなら、味方打線の攻撃力によって勝ち星は変わってくるからです。相手投手との兼ね合いもあるわけで、そこには巡り合わせや、運の要素が絡んできます。

――防御率はどうですか？

岡田　それも同じです。味方の守備力によって、変わる可能性があります。セイバーメトリクスの考えでは、投手自身がコントロールできることは奪三振、被本塁打、与四死球だけだと考えられています。これはほぼ100パーセント、ピッチャーの責任。守備陣がどれだけ優れていても防ぐことができないわけです。投手と打者の間で完結する、これら3つの項目については「Three true outcomes＝3つの真の結果」と呼ばれています。

――ずいぶんと思い切った考え方ですね。

岡田　これはＤＩＰＳ（Defense Independent Piching Statistics）と呼ばれるんですが、この考え方が発表された当時はずいぶん批判されました。しかし、今では投手の力を理解する基本的な考え方として定着しています。また、この考え方がうまく機能しているのか確かめるものとして、「年度間相関」（データ7参照）があります。去年の成績と今年の成績がどのぐらいリンクしているのか、再現性があるのかを示したデータになります。一般的に、再現性の高い指標は、選手の力を表す割合が高いと考えられています。これを見てわかるように、奪三振割合が高い投手は翌年も高く、与四球割合も相関関係が高い。ＦＩＰ（Fielding Independent Piching）は投手の真の防御率を表したもので、投手を評価する指標として使われています。

——奪三振のランキングを見ていると、近年で言えば則本昂大投手（楽天）ら、いつも同じような顔ぶれが並んでいます。

岡田　ただ、じつは年度間相関で見ると、打者の数値のほうが再現性は高いのです。たとえば、本塁打の年度間相関は0・8前後で、さきほどの奪三振割合の年度間相関が0・63なので、打者の本塁打のほうが、相関関係が高いことがわかります。

——ということは、打者のほうが毎年の活躍を予想しやすいのでしょうか。

岡田　そういうことになります。野球界ではよく「打線は水物」と言いますが、実際には反対で、「投手のほうが水物」。投げてみないとわからないところがあるのです。

——たしかに、隔年で成績を残す投手もいますよね。疲労との関係もありそうですが。

データ７［投手指標の年度間相関］

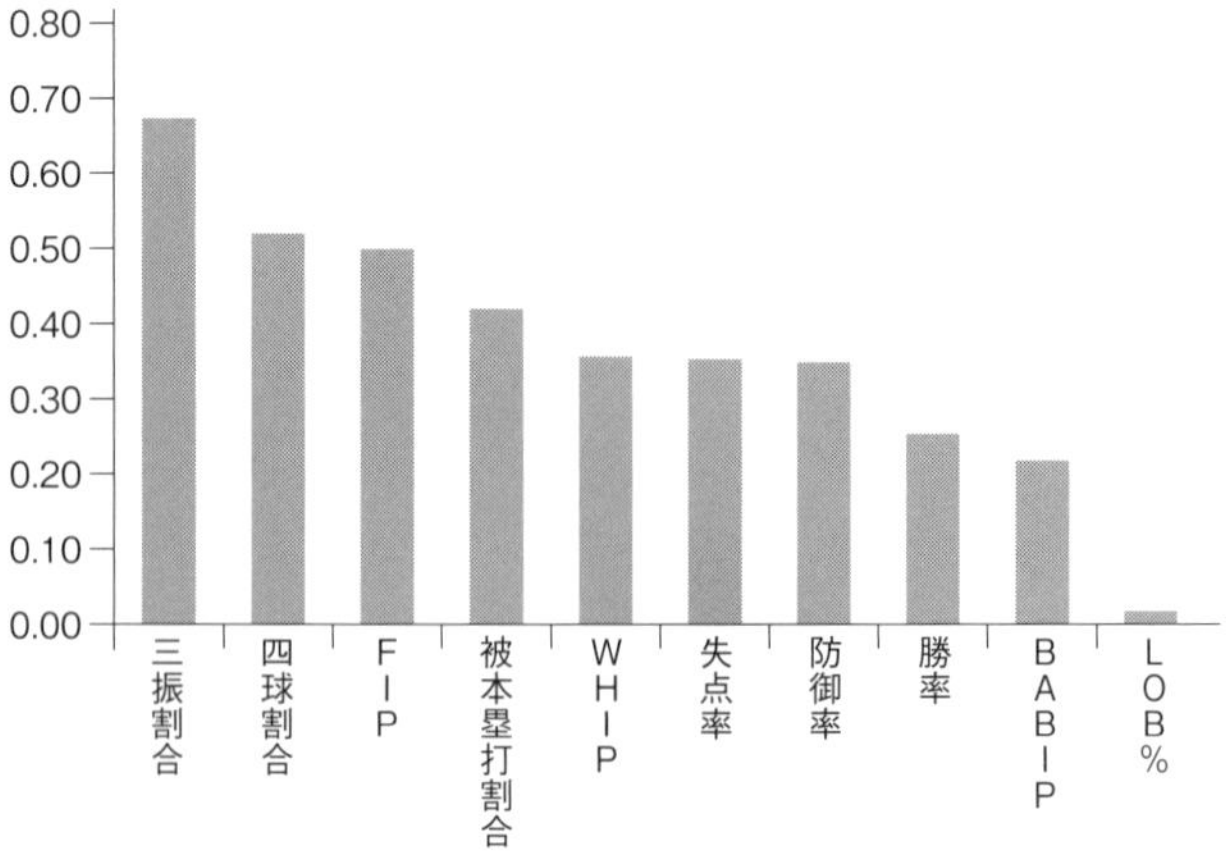

岡田　ただでさえ低い年度間相関の中でも、防御率は０・30前後で、勝率は０・20ほどです。ですから、こういった指標で投手の能力を測ることは難しいと思ったほうがいいでしょう。

――「最多勝」や「最優秀防御率」も、投手の能力を表す絶対的な指標とは言えなくなってきますね。

岡田　ＭＬＢではそうなってきています。だから、オープナーを取り入れることができるわけです。

――その価値観が変わることで、オープナーが理解されていくのでしょうね。

岡田　もうひとつ、今度は別の視点で年度間相関を見ていきます。インプレーの打球であるゴロ、内野フライ、外野フライ、ライナーにどのぐらいの年度間相関があるのか（データ８参照）。つまりは、打球の再現性です。これを見

データ８［**投手がコントロールできる範囲～打球別年度間相関**］

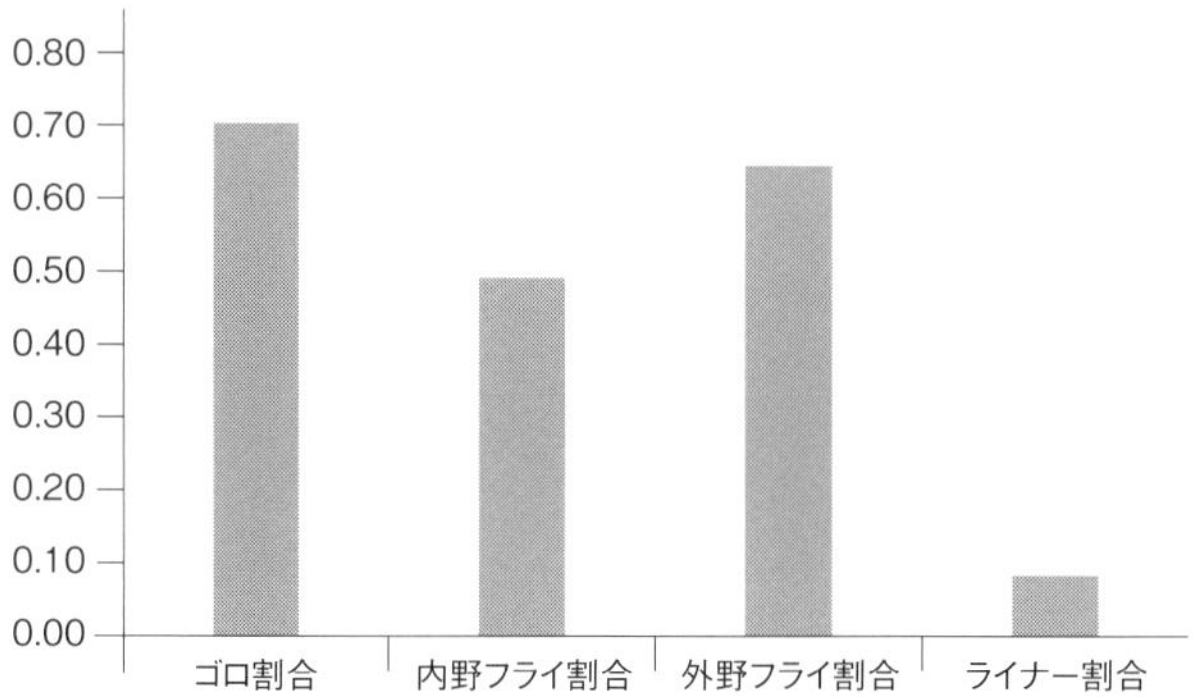

データ❾［投手がコントロールできる範囲打球（フライ）～年度間相関］

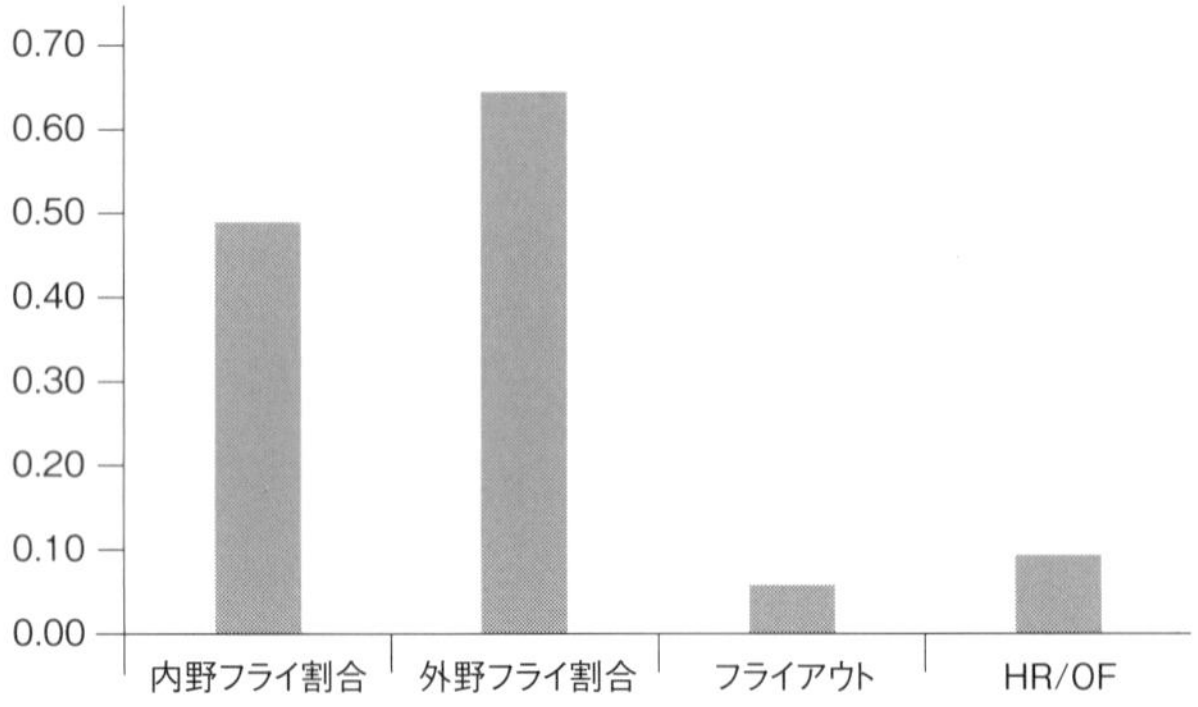

データ❿［投手がコントロールできる範囲打球（ゴロ）～年度間相関］

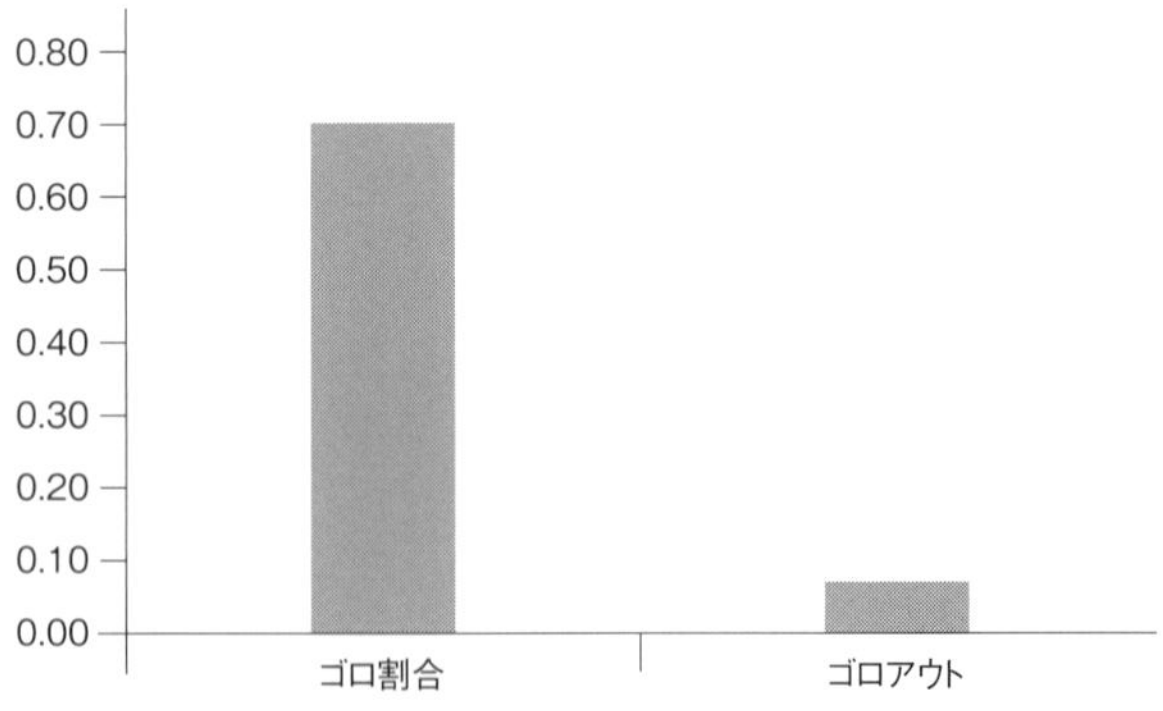

ると、ゴロや外野フライの年度間相関は高いことがわかります。ゴロを打たせる割合が高い投手は、年が変わってもその割合はあまり変わらない。投手自身でコントロールすることができます。

――低めのコントロールがよかったり、ツーシームが武器だったり、これは想像がつく話ですね。フライボールピッチャーも、その傾向は変わらない。

岡田　ここから、さらに踏み込んで考えて、今度は内野・外野フライ、ゴロがどのぐらいの割合でアウトになっているか、年度間相関を見てください（データ9、10参照）。

――相関関係はほぼないですね……。

岡田　ゴロを打たせることは自分でコントロールできても、それをアウトにできるかどうかの再現性はほぼないことがわかります。

――その時々の〝運〟もあるわけですね。

岡田　〝運〟と言うよりは、投手自身の〝コントロールが及ばない〟と言ったほうがいいでしょうね。

金属バットに当てさせない投手ほど好投手

――もし、岡田さんが高校生の投手を評価するとなれば、どこを見ますか。

岡田　奪三振割合（K％）を見るのがわかりやすいですね。自分の力でコントロールできることです。アマチュア時代に奪三振が多い投手は、プロに入っても高いことが多い。逆に言えば、アマチュアのときに打たせて取るタイプの投手が、プロでいきなり三振数が増えるかとなると、そうはならない。こうした特性は、カテゴリーが上がってもあまり変わらないものです。

――プロのスカウトで、アマチュア投手の「奪三振割合」を見ている人がいました。

岡田　高校野球の場合は、金属バットを使っていますよね。木製バットと比べると、バットに当てられたときのヒットの可能性が高い。だから、バットに当てさせず、空振りを奪える投手はより高い評価を得られるのです。

――なるほど、納得の考えです。甲子園を見ていると、ゴロの打球が三遊間や一、二塁間を抜けていく当たりが多い気がします。

岡田　BABIP（Batting Average on Balls in Play）という指標があり、これはインプレー（グラウンド内）の打球がどのぐらいの確率でヒットになったかを表すものです。1度、高校野球の地方大会を調べたことがあるのですが、3割5分近い数字で驚かされました。

――プロ野球はどのぐらいでしょうか。

岡田　使用する公認球によって若干の変動はありますが、3割前後で推移しています。つまり、高校野球のほうがバットに当てられたときに、ヒットになるリスクが高い。甲子園がどのぐらいか、ぜひ調べてみてください。計算式は、【（安打－本塁打）÷（打数－本塁打－三振＋犠飛）】。結構、簡単に出すことができますよ。

（早速、夏の甲子園の5年ごとのBABIPを集計してみると、2003年＝3割8厘、2008年＝3割4分4厘、2013年＝3割1分3厘、2018年＝3割3分5厘という数字が出た。

インプレーの打球のうち、3割3分近くがヒットになるわけで、金属バットの威力はすさまじい。「やはり、そのぐらいの数字になりますよね」という岡田さんの感想だった）

――バットに当てさせないという観点から、プロのトップレベルの「奪三振割合」はどのぐらいなのでしょうか。

岡田　2018年の成績を見ると、ヒース投手（西武）や松井裕樹投手（楽天）、マシソン投手（巨人）ら、リリーフが上位に並んでいます（データ11参照）。短いイニングに全力を注げるほうが、奪三振割合は高くなります。

――そう考えると「空振り割合」も大事になってきますか。

岡田　もちろんそうです。三振に関係する要素は、見逃しよりも空振りのほうが高い。30イニング以上投げている投手で、空振り（SwStr%）がもっとも多いのは松井投手（データ12参照）。全投球のうち16・8％が空振りということは、およそ6球に1球は空振りを奪っていることになります。

――空振りを取れる投手がリリーフ向きと言われますが、数字にも表れているのですね。

岡田　このタイプは火消し能力が高く、クローザーに向いています。ピンチの場面で打たせて取るのは、どうしてもリスクが高くなるので、三振を取れる能力が必要になります。

――高校生を見ていると、まだまだ荒削りな投手が多く、「三振は多いけど、四死球も多い」というタイプもいます。

岡田　それは、奪三振割合から与四球割合を引いた「K－BB%」で評価することができます（データ13参照）。「K／BB%」を使う場合もありますが、これは比率になるので、分母が小さいときにどうしても過大評価されてしまいます。

――高校野球は多くの練習試合をしているので、蓄積されたデータはたくさんあります。セイバーメトリクスの視点で、自チームの分析をしてみると、また違った発見があるかもしれませんね。

岡田　ひとつ覚えておいてほしいのは、各指標の数字が安定するまでに必要なサンプル数が異なることです。たとえば、投手の奪三振割合を知るにはおよそ70打席が必要で、与四球割合は170打席、ゴロ割合とフライ割合は70打席ほどになります。

――70打席で奪三振割合はわかるのですね。だいたい3試合分。

岡田　まとめると、いいピッチャーとは三振を取れる能力があり、四球を出さない能力を

データ⑪［2018年　K%（パ平均=18.6%／セ平均=19.3%）］

〈30イニング以上〉

	名前	球団	K％
1	ヒース	西武	33.5
2	松井　裕樹	楽天	32.4
3	マシソン	巨人	30.8
4	フランソア	広島	30.3
5	モイネロ	ソフトバンク	30.0

〈規定投球回到達〉

	名前	球団	K％
1	岸　孝之	楽天	25.4
2	菅野　智之	巨人	25.0
3	東　克樹	DeNA	24.8
4	則本　昂大	楽天	24.6
5	菊池　雄星	西武	23.4

データ⑫［2018年　SwStr%（パ平均=9.6%／セ平均=9.5%）］

〈30イニング以上〉

	名前	球団	SwStr%
1	松井　裕樹	楽天	16.8
2	モイネロ	ソフトバンク	15.7
3	増井　浩俊	オリックス	15.4
4	ドリス	阪神	15.2
5	浦野　博司	日本ハム	15.0

〈規定投球回到達〉

	名前	球団	SwStr%
1	菅野　智之	巨人	12.3
1	則本　昂大	楽天	12.3
3	菊池　雄星	西武	12.2
3	上沢　直之	日本ハム	12.2
5	東　克樹	DeNA	11.7

データ⑬［2018年　K-BB%（パ平均=10.1%／セ平均=10.5%）］

〈30イニング以上〉

	名前	球団	K-BB%
1	ヒース	西武	28.5
2	桑原　謙太朗	阪神	22.2
3	松井　裕樹	楽天	22.1
4	パットン	DeNA	21.7
5	マシソン	巨人	21.1

〈規定投球回到達〉

	名前	球団	K-BB%
1	岸　孝之	楽天	20.8
2	菅野　智之	巨人	20.3
3	東　克樹	DeNA	18.1
4	則本　昂大	楽天	17.9
5	上沢　直之	日本ハム	16.9

持っている。なおかつ、どんな打球を打たせるかの「打球管理」ができたら超一流レベルですね。今の日本球界で言えば、菅野智之投手（巨人）がその筆頭になります。

――「打球管理」は高校生には難易度が高そうですね。

岡田　高校生であれば、三振が多くて、四球が少ないというふたつの要素で十分でしょう。特に、どれだけ金属バットに当てさせないか。そこを評価の基準で考えてみてください。

バッテリー間を61センチ広げる新ルールの意図

岡田　最後にちょっと、これからの野球界について話をさせてください。高校野球の関係者にも知っておいてほしい話です。

――ぜひ、お願いします。

岡田　「フライボール革命」が話題のＭＬＢは、２０１７年に過去最多の６１０５本塁打が飛び出す一方で、三振数は年々増えています。じつは、ＭＬＢの球速が少しずつ上がっていて、たとえば、フォーシームの平均球速は２００２年の89マイル（１４３・２キロ）から、２０１８年には92・８マイル（１４９・３キロ）まで速くなっています。これはほかの球種にも言えることです。

――甲子園を見ていても、１４０キロを超すのが当たり前になってきています。それも

エースだけでなく、二番手も三番手も140キロを突破する時代になりました。

岡田　トレーニングが進化しているのだと思います。MLBはこのまま進化し続けていくと、160キロが当たり前で、いずれは170キロを投げるピッチャーが出ると考えられています。そうなると、今の野球の仕組みでは試合が成り立たないレベルになってしまうのです。

――成り立たないとは？

岡田　打者が投手の球に対応できない、ということです。そこで、今年3月、MLB機構は「アメリカ独立リーグのアトランティック・リーグで、7月の後半戦からバッテリー間を2フィート（約61センチ）広げる」という案を発表しました。そこでさまざまなデータを取ってみて、実際の効果を調べる予定になっています（※今年4月の発表で、バッテリー間の変更は「来季中」に延長となった）。

――今の18・44メートルから19・05メートルになる。こういう発想ができるのが、MLBの面白いところだと思います。長くなる分、投手側のデメリットもありそうですが。

岡田　過去の歴史を紐解いていくと、バッテリー間ははじめから18・44メートルではなく、もっと近い距離だった時代があります。そこから、技術向上やルール変更によって、徐々に広がっていったわけです。そう考えると、投手の技術が上がってきた今、バッテリー間を広げようとするのは、自然な流れとも言えるのです。

——バッテリー間を61センチ広げることで、どんなことが予想できますか。

岡田　MLB側の一番の狙いは、今よりも投球の到達速度を遅くすることです。投手が足を踏み出して投げることを考えると、現状ではリリースからホームベースまでの距離はおよそ16メートル。ここから、145キロのボールであれば0・397秒、160キロなら、0・360秒で本塁に到達します。

——とんでもない速さですね。

岡田　打者が「ボールを打つ！」と判断するまでに、いくつかの段階があります。ボールがリリースされてから0・1秒はボールを観察し、次の0・075秒で球種やコースを判断し、打つかどうかを決定する。ここから、脳に指令を出して、アクションを起こすのに、さらに0・025秒かかる。合わせると、およそ0・2秒です。どんな一流選手でも、この0・2秒は変えられないと言われています。そう考えると、理論上、160キロの場合はスイングに残された時間が0・160秒しかない。ここには、変化球への対応も入ってくるので、打者にとっては到達時間が早くなればなるほど、ヒットを打つのが難しくなってくるわけです。170キロにもなれば、「投げた瞬間にバットを振る！」という次元の話になるかもしれません。

——得点が入りにくくなり、野球のエンターテイメント性が失われるでしょうね。

岡田　そこで、バッテリー間を61センチ伸ばせば、打者が対応できる可能性が出てくる……と、MLBは考えているわけです（データ14参照）。19・05（16・61）メートルから165キロを投げた場合、0・362秒で本塁に到達する計算になり、従来の18・44（16・00）メートルでの160キロと、ほぼ同じ到達時間になります。つまり、距離を伸ばすことによって、5キロ前後の球速低下効果をもたらすことができるわけです。

――打者としては、どこかで割り切りが必要になってきそうですね。

岡田　そうなります。連打の見込みが薄いということになると、一発のホームランで得点を取れる「フライボール革命」は非常に合理的な考えとも言えるのです。

――連打はなかなか見込めないと。

岡田　MLBを見ていて、すごいなと感じるのは、「三振＝凡打のひとつ」と考えていることです。日本であれば、「三振では何も起きないので、バ

データ⓮ **［ バッテリー間の距離を伸ばす影響 ］**

距離	145キロ	150キロ	155キロ	160キロ	165キロ	170キロ
16.00	0.397	0.384	0.372	0.360	0.349	0.339
16.61	0.412	0.399	0.386	0.374	0.362	0.352

61センチ伸びることで、5キロ前後の球速低下効果をもたらす

ットにどうにか当てたい」と思いますが、そうではありません。三振は、ほかの凡打と何ら変わらない。アウトはアウトという考えを持っています。

――日本でプレーする外国人選手を見ると、その考えも理解できます。結構、あっさりと三振するときがありますよね。

岡田　投手にとっての三振は価値がある一方で、打者にとっての三振はそこまで価値が低いものではない、ということになります。三振という現象は同じであっても、価値はまったく違うのです。

――もし、MLBで新ルールが採用されたら、日本もその流れをくむのでしょうか。

岡田　NPBの投手も球速が上がっていますが、MLBほどの球速にはまだ到達していません。今のところは、打者が対応できる範囲で収まっています。

――金属バットの高校野球は打高投低の傾向が強いので、バッテリー間を伸ばすことでそのバランスが変わってくるかもしれませんね。実際にそうなったら、えらい騒ぎになるとは思います。

岡田　投手対打者の戦いに大きな変化をもたらすのは間違いないでしょうね。

――オープナーのような継投策も含めて、野球がどんどん変化していると言えますね。貴重なお話をありがとうございました。

第3章

近江高校
多賀章仁監督

「3本の矢」でつかんだ夏の甲子園準優勝

近江

多賀章仁

（たが・あきひと）

1959年生まれ、滋賀県出身。平安（現・龍谷大平安）～龍谷大。現役時代はキャッチャー。大学卒業後、近江のコーチを経て、1989年から監督に就任。春5回、夏12回の甲子園出場を誇り、2001年には「三本の矢」を擁して、滋賀県勢初となる夏の甲子園準優勝を果たした。学校では副校長を務める。

2018年夏の甲子園、近江高校・多賀章仁監督の継投策が冴えわたった。

初戦、センバツ準優勝校の智弁和歌山に対して、夏の滋賀大会で1イニングしか投げていない右サイドスローの松岡裕樹（大商大1年）を先発に抜擢すると、3回からは当時2年生の左腕・林優樹を投入。さらに6回途中から右の速球派・佐合大輔（大原スポーツ専門学校1年）につなぎ、9回は背番号1の左腕・金城登耶（オセアン滋賀ユナイテッドBC）にバトンを渡した。4投手で9イニングを投げ抜き、10安打10三振8四死球3失点。智弁和歌山の強打線に大量得点を許さず、7対3で快勝した。

さらに2回戦（対前橋育英）は佐合と林、3回戦（対常葉菊川）は林と金城のリレーで勝利して、ベスト8進出。準々決勝では金足農に逆転サヨナラ負けを喫するが、複数投手が揃う強みを存分に生かした見事な戦いぶりだった。

多賀監督の継投に注目が集まったのは、あの年の準優勝以来ではないだろうか。

2001年夏の甲子園――、当時42歳だった多賀監督は自身6度目となる甲子園出場を果たし、準優勝を遂げた。この大会で多賀監督が見せたのが、3人のピッチャーに役割を与えたプロ野球のような継投策だった。

先発には背番号1を着け、スライダーが持ち味の右腕・竹内和也（元西武など／京都城陽ファイアーバーズ監督）。中継ぎには、タテのスライダーとカーブが光る左腕・島脇信也（元オリックス）。抑えには総合力で勝負する右腕・清水信之介。

2回戦（初戦）から準々決勝までは、すべてイニングの頭にピッチャーを代える継投で勝利を手にした。マスコミは「3本の矢」と名付け、多賀監督の継投策が大きくクローズアップされた（近江　2001年夏甲子園　継投表参照）。

高校野球の継投は、打たれ始めてから代える場合が圧倒的に多い。できるだけ長く引っ張りたいのが監督心理であり、いいピッチングをしているときほど交代が遅くなりやすい。それだけに、イニング頭でスパッと代える采配は、強烈なインパクトを残した。

もちろん、いつも継投で戦っているわけではない。2008年夏には小熊凌祐（中日）が、県大会準々決勝から3試合連続の完投勝利。甲子園1回戦で智弁学園に4対5で敗れたが、このときも小熊の完投だった。また、甲子園に届かなかったが、2013年夏には県大会2回戦から準決勝まで、菊林慶弥がひとりで投げ抜いたこともあった。

継投あり、先発完投あり、そのときどきのチーム状況を見ながら、ピッチャーの起用を考えていることがわかる。

就任30年目を迎えたベテラン監督は、どのような「継投論」を持っているのか。まずは、2001年夏の「3本の矢」の話から紹介したい。18年前のことになるが、そこには継投を成功させるためのさまざまな術が詰まっていた。

[近江　2001年夏甲子園　継投表]

年	大会	対戦		一	二	三	四	五	六	七	八	九	計
2001夏	甲子園	2回戦	近江	0	0	0	2	1	1	0	0	0	4
		(8/13)	盛岡大付	0	0	0	1	0	0	0	0	0	1
		P　竹内和也（4）→島脇信也（4）→清水信之介（1）											
		3回戦	近江	0	7	0	3	0	0	0	1	0	11
		(8/17)	塚原青雲	0	0	1	0	0	0	0	0	0	1
		P　竹内（4）→島脇（2）→清水（3）											
		準々決勝	近江	0	1	1	0	3	0	0	3	0	8
		(8/19)	光星学院	2	0	1	0	1	0	0	2	0	6
		P　竹内（3）→島脇（6）											
		準決勝	近江	0	0	0	0	0	0	1	3	1	5
		(8/20)	松山商	0	0	1	0	0	1	0	0	2	4
		P　竹内（5）→島脇（2 0/3）→清水（1 0/3）→島脇（1）											
		決勝	近江	0	0	0	0	0	1	0	0	1	2
		(8/22)	日大三	0	2	0	0	0	0	2	1	×	5
		P　竹内（5）→島脇（1 2/3）→清水（1/3）→島脇（2/3）→清水（1/3）											

秋の近畿大会で味わった苦い敗戦

「3本の矢」が生まれたきっかけはどこにあったのですか？

そう尋ねると、多賀監督はまるで昨日のことかのように、19年前の試合を語り出した。

「準優勝した前年（2000年）秋の近畿大会、初戦で神戸国際大付に9回逆転負けをしたんです。そこから継投を考えるようになりました」

滋賀2位で勝ち抜いた近江と、兵庫1位の神戸国際大付。球場は兵庫県主管の大会だったこともあり、甲子園球場が使われた。

先発は左の島脇。立ち上がりから好投を続け、8回裏を終えた時点で3対1とリード。9回表を守り切れば、近畿大会ベスト8進出となり、センバツ出場の可能性が出てくる。勝利まで、あとアウト3つだった。

「あのとき、一番力を持っていたのが島脇でした。神戸国際はスタメンに左バッターが5人いたこともあって、島脇には『一世一代のピッチングをしたら勝てる！』と送り出しました」

しかし、9回表、島脇は先頭にフォアボールを与えると、当時1年生だった坂口智隆（ヤクルト）にライト前ヒットを打たれてノーアウト一、二塁。さらにダブルスチールを決められるなどして、ノーアウト満塁のピンチを招いた。

「そこで、辛抱たまらずにピッチャーを代えたんです。使ったのは、右の竹内。この秋までは島脇と竹内の2枚が中心でした。竹内はピッチャーゴロに打ち取ったんですけど、ホームに悪送球して、一気に同点。そこからさらに突き放されて、3対7で敗れました」

9回表に一挙6失点。悪夢のような展開だった。

「9回というのは、特別なイニングだと改めて思いましたね。そこで思ったのは、9回だけをピシャッと抑えられるピッチャーがいてくれたらいいなと。でも、プロの抑えのようにすごいボールを投げるピッチャーはなかなかいない。高校生に求めるのは、精神的に強く、周りからの信頼度も高くて、チームの勝利のために相手に向かっていける子。『お前が打たれたら仕方ないよ』と思ってもらえるぐらいのピッチャー。そういったことを強く感じた試合でした」

継投への反省もあった。

「なぜ、ノーアウト満塁の場面で代えたのか。代えるのであれば、9回の頭から代えるべきだった。でも、当時の竹内にはそこまでの信頼がなかったのもあって……」

結局のところ、島脇がベストピッチを見せない限りは、勝利は遠かった。しかし、9イニングを投げるだけの力は持っていない。ピッチャーひとりだけではどうにもならないと感じた、秋の敗戦だった。

もっとも力のあるピッチャーを真ん中に置く

翌2001年春の滋賀大会、近江は決勝に勝ち進むも八幡商に7対8で敗れた。冬を越えて急成長を遂げた清水と、秋に投げていた竹内と島脇の3人を起用するも1点差負け。この代の滋賀県は八幡商が大本命で、ここを倒さなければ甲子園はなかった。

「春に八幡商に負けて思ったのは、夏に八幡商を倒すには、3人でつないでいかなければ勝てない、ということでした」

3人ともに3年生。同級生であることも、継投をするうえでの強みになった。

「2年生がひとりでも入っていたら、ああいう継投は無理だったでしょうね。高校野球における学年の違いは大きいものがある。たとえば、2年生を先発に起用して試合を壊してしまったら、一生の傷を負うことになります。それは、よほど力のある2年生でなければ、したらアカン。できるかぎり、2年生を軸にはしない。2年生にそこまで大きなものを背負わせることはできません」

6月の頭には3人を呼んで、夏の起用プランを伝えた。順番までも明確にした。

「夏は継投で勝負する。それしか八幡商には勝てない。頭は竹内、真ん中は島脇、最後は清水。6月中旬からは、土日の練習試合(第一試合)はすべてこれでやるからな」

なぜ、この順番だったのか。継投の順番としては、右腕、左腕、右腕とジグザグになるが、そこまでの計算があったのだろうか。

「まず考えたのは、9回を清水に任せること。秋はベンチにも入っていなかったんですが、冬場に黙々と練習を重ねて、春に台頭してきたピッチャーです。ふたりに比べると力はないけれど、這い上がってきた強さがある。そこを買っての抑えでした」

先発には竹内。「良くも悪くもマウンド度胸があって、自分の力以上のボールに見せることができる」という評価である。投げてみないとわからないところもあったので、ある意味では先発しかできないタイプだった。

ポイントは、真ん中に一番力のある島脇を置いたことだ。

「ここが大きなポイントでした。継投のタイミングとして、相手打線のトップ（一番打者）が3巡目に入ったときに、島脇をマウンドに置いておきたかったんです。3巡目から4巡目は島脇で行く。そこが、先発投手が一番つかまるところですから。序盤に抑えることができていても、力のある学校は3巡目から対応してくるもの。それに、一番や三番、四番と、打線の核になるところに左バッターがいることが多いので、左腕の島脇を投げさせたかったという考えがありました」

これを聞いて思い出したのが、DELTAのアナリスト・岡田友輔さんの話である。先発投手は対戦巡が増えるほど、バッター有利になりやすく、特に要注意なのが3巡目とのこと（84ページ参照）。多賀監督の話と、見事にリンクした。

打線の3巡目となると、だいたい5回前後。ここで島脇を投入する。こうした継投パターンを、練習試合から繰り返しやっていった。

そして、始まった夏の滋賀大会。初戦（対玉川）はロースコアの接戦になったが、3投手がシミュレーション通りの場所で力を発揮して、3対0で勝利した。その後も0失点、0失点、3失点、1失点と、継投策で相手打線をかわし、夏の甲子園切符をつかみとった。ライバル視していた八幡商はというと、初戦でまさかの敗退。ライバルの敗戦を知って、高校野球の怖さを改めて実感することになった。

甲子園でも県大会と同じ戦いをすることが大事

3年ぶり6度目となる夏の甲子園へ勝ち進んだ近江。このとき、滋賀県勢は6年連続初戦敗退中で、そのうち3度の敗戦に近江が絡んでいた。

多賀監督は甲子園出場を決めてから、ピッチャー起用をどうするかをずっと考えていた。もともと「3本の矢」は、八幡商を倒すために考え出した策である。県大会ではうまくいったが、甲子園ではどうなるかわからない。頭の中でぐるぐると思案した結果、「初戦は力のある島脇でいく」と決めた。あわよくば、先発完投してくれれば万々歳。継投ありきの考えを捨てた。

ところが……、ひとりのOBの言葉によって、この考えが180度変わることになる。

開会式の前日に、多賀監督の教え子であり、神戸製鋼でプレイングコーチをしていた中尾周作が宿舎に挨拶に来た。現役時代は、監督の前で堂々と話せるタイプではなかったが、卒業から10年近く経ち、人間的に大きく成長していた。滋賀大会で成功した継投について、恩師の前で熱く語り出した。

「先生、あの継投は素晴らしいですよ。絶対に甲子園でもやってください。ぼくらも都市対抗の本大会で、相手チームのデータをたくさん取っていて、相手の特徴を見ながら、いろんな作戦を考えています。でも、ぼくが思うに、大事なことは相手がどこであろうと自分たちの野球をやること。相手のデータを重視して、ピッチャーを代えたり、打線を組み替えたりもするんですけど、それがどこまで効果があるのか。それよりも、自分たちの野球に集中して、やることをしっかりやれば結果は付いてくると思うんです」

都市対抗は、本大会に進むと補強選手が加わるため、予選とはチームの陣容がガラリと変わる。だからこそ、本大会のデータ分析に力を入れるのだが、相手を気にするよりも、自分たちがやるべきことをやるほうが大事。それが、教え子からのメッセージだった。

多賀監督は話を聞きながら、「そうやな、なるほどな」と心の中で何度も頷いた。腹は決まった。滋賀大会と同じ戦いで臨む。

「監督がぶれたらアカンなって。考えてみたら、甲子園に出てくるところは八幡商みたいなチームばかりで、そこに勝つためにやってきたことは甲子園で勝つことにもつながる。『近江が出ても、甲子園では勝てん』と言われていたので、何としても勝ちたい。その想いが強くなりました」

初戦前日のミーティングでは「何も変えへんから、このまま行くぞ」と伝えた。もし、教え子の訪問がなければ、甲子園準優勝の結果は生まれていなかった可能性が高い。

2巡目の下位〜3巡目の上位の流れで島脇投入

初戦となる2回戦の相手は盛岡大付。県大会と同じように、先発の竹内が4回2安打1失点で試合を作ると、5回から登板した島脇が4回2安打7三振無失点、そして9回は清水がわずか8球で締めた。スコアは4対1。理想すぎるほどの展開で、滋賀県勢の連敗を6で止めた。

相手打線に誰も攻略されていない。にも関わらず、4イニング＋4イニング＋1イニングと、すべてイニングの頭での継投策。長い甲子園の歴史の中で、ここまでうまくいった継投もそうはないだろう。

「あの試合のポイントは、島脇を使うタイミングでした。お話ししたように、3巡目の頭から島脇を投入したい。それを考えたときに、5回が下位から上位に上がってくるところでした。島脇にとっては最初の甲子園のマウンドなので、立ち上がりは下位から入ったほうが気持ち的にも乗っていけるのではないか。それもあって、5回から投げさせました」

スコアブックを改めて調べてみると、5回は2巡目の七番打者から始まるところだった。島脇はこのイニングをきっちりと三者凡退に打ち取ると、6回は3巡目の一番打者から。ここから島脇をつぎ込んでもよかったが、「初の甲子園」といういつもとは違う緊張感を考慮して、2巡目の下位打線から投入した。

「3巡目の頭から島脇」という鉄則を決めておいたうえで、相手打線の流れや試合の緊張感を考慮して、臨機応変に考える。多賀監督の継投策がズバリと当たった。

ここまで思い切った継投ができるのも、島脇が「野手に残れる」という側面も大きい。パターンとしては、八番ピッチャーの竹内のところに島脇を入れて、清水を投入するときは島脇をレフトに残す。万が一のときには、清水の代わりに島脇を再投入することができたのだ。レフトには打力が売りの1年生・大西輝弥が入っていたため、交代させやすいポジションでもあった。

3回戦の相手は塚原青雲。2回に7点、4回に3点を入れて、試合の主導権を握ると、この日も竹内（4回）－島脇（2回）－清水（3回）の「3本の矢」で勝利を手にした。島脇投入のタイミングを見ると、2巡目の六番打者から。流れとしては、初戦の盛岡大付の試合とよく似ていた。

抑えの清水の起用が早くなったのは、「島脇の状態があまりよくなかったから」と多賀監督。島脇は代わったばかりの5回に2アウト満塁のピンチを招くなど、制球に苦しんでいた。「9回＝清水」と完全に決まりきったものではなく、ピッチャーの状態を見ながら、継投が早くなることもあった。

登板が必ずあることで自覚と責任が芽生える

準々決勝の光星学院（現・八戸学院光星）戦は、竹内3回－島脇6回とふたりのリレーで、8対6と接戦をモノにした。

準決勝の相手は松山商。勝てば、滋賀県勢として初の決勝進出が決まる大一番だった。いつもの通り、竹内―島脇―清水とつなぐ勝利の方程式を見せるが、9回裏に清水がつかまり、なおもピンチ。ここで、多賀監督はこの夏初めて、島脇を再びマウンドに戻した。すると、島脇が打者3人を11球で抑え、1点差をモノにした。やはり、島脇を残しておけるのは、非常事態のときに生きてくる。

いよいよ、決勝。相手は強打線で勝ち抜いてきた日大三だった。近江は竹内、島脇、清水の必勝リレーで7回まで1対4と食い下がった。8回には島脇を戻し、さらに清水にスイッチする必死の継投も、致命的な1点を失い、優勝旗は日大三の手に渡った。

多賀監督は、この決勝戦にひとつの悔いを残している。

「あの試合が最後やのに、最後やと思っていなかったんです。大会がまだ続くんかなって。あとになってみれば、笑い話なんですけどね。竹内の調子がよくて、5回まで3安打2失点。そのまま引っ張っても、本当はよかったんです。ただ、頭のどこかに『島脇を投げさせなあかん』ということと、その一方では『竹内では抑えきれない』という気持ちがあって、6回から継投に入ったんです。竹内には申し訳ないことしたなと思います」

「そのまま、竹内を投げさせていたらどんな展開になっていたか……」と、今になっても思うことがある。このとき指揮官の心にあったのは、ただひとつ。

「決勝戦にふさわしいゲームがしたい」

とにかく、大差で負けることだけはしたくない。だからこそ、博打は打たずに、いつも通りの継投を見せた。

「裏を返すと、監督が本気で勝ちにいってないってことです。選手には申し訳ない話なんですけどね……」

必勝パターンで勝ってきたからこそ、最後もそのパターンで戦う。パターンを崩してまで勝負するには、勇気が必要だった。

ただ、終わってみて思う。3人それぞれが、思う存分に力を発揮してくれた、と。3人には合言葉があったという。

――ひとりはふたりのために。

3人で一人前であることは、彼ら自身もわかっていた。

改めて、継投のメリットはどこにあったのだろうか。

「毎試合投げるということで、彼らが心と体の準備をしっかりと整えたうえでゲームに入ってくれました。継投策をするまでは、精神的にも甘いところがあったんですけど、『必ず投げる』という責任が、彼らを成長させてくれたと思います」

投げるか投げないかわからない中で準備をするよりも、登板が決まっている状態で準備をしたほうが、ウォーミングアップにも熱が入る。ベンチでの過ごし方も変わってくるだろう。一人ひとりに役割を与えた継投は、責任と自覚を育てることにつながっていた。

継投のカギを握るのはピッチャーではなくキャッチャー

ピッチャー陣について一通り話し終えたあと、多賀監督は声のトーンを少し上げて語り始めた。

「こうしてピッチャーがクローズアップされるんですけど、継投のカギはキャッチャーです。キャッチャーの存在が大きい。あのときはキャプテンの小森（博之／近江コーチ）がマスクをかぶっていて、今はうちでコーチをやっているんですけど、2年秋の近畿大会では、ピッチャーの信頼を得るまでのキャッチャーではなかったんです。神戸国際に9回逆転で敗れた試合の1点目は、ランナー二塁からのワイルドピッチで、島脇の変化球を止めきれなかった。9回のピッチャーゴロの悪送球も、ホームゲッツーを欲張らずにホームだけをアウトにしようと思えば、捕れる可能性があった送球でした」

冬場、練習が終わったあと、多賀監督は小森とマンツーマンで何度も話し合い、「キャプテンをやめるか、キャッチャーをやめるか、どっちかに専念したほうがいい」と説得した。人間的には、真面目で誠実。周りの声に耳を傾ける素直さがある。一言で表現するなら「民主的なキャプテン」。

しかし、真面目すぎるがゆえに責任を背負いこみ、負担がのしかかっているように見えた。でも、小森は多賀監督の提案を受け入れなかった。「両方やらせてください！」と何度も直訴。夏の大会直前まで、全体練習のあとにワンバウンドストップの練習を繰り返し、弱点の克服に時間を割いた。

翌春には、キャッチャーを務めるスーパー1年生が入学。多賀監督は、小森と1年生の併用を考えていた。それだけ、キャッチャーとしての小森に信頼を置いていなかったのだ。ところが、その1年生が夏前の練習試合で、ホーム上のクロスプレーのときに手首を捻挫。夏は小森で行かざるをえない状況となった。

すると、夏の大会では一戦ごとに驚くほど成長し、ベンチから見ていても、勝つたびにチーム内での小森の存在感が大きくなることが手にとるようにわかった。多賀監督が感心したのが、滋賀大会の初戦から甲子園の決勝まで、暴投も捕逸もゼロだったことだ。努力の成果が、結果となって表れた。

「最後まで愚直に頑張ってくれました。それに、小森は図太かった。自分でも、力のある1年生が入ってきたのがわかったと思うんですが、毎日のように個人練習をして、気持ちを切らさずに頑張り続けていました。小森がキャッチャーとしてあそこに座っていることによって、チームに安心感をもたらしてくれた。高校野球は一戦ごとに強くなると言いますけど、なぜあのチームが甲子園の決勝まで行けたのかを考えると、その源は間違いなく小森でした。小森がいたから、3人も思い切って投げられたのだと思います」

下手だからこそ〝黒子〟に徹することができる

決して、「プロ注目のキャッチャー」と呼ばれるような力があったわけではない。むしろ、能力が秀でていないことがよかったと、多賀監督は回想する。

「目立ちすぎるキャッチャーは、自分をどんどん主張していくので、ピッチャーの良さが発揮されにくくなります。関係性としては、ピッチャーが一番で、キャッチャーはあくまでも〝黒子〟であり、陰の存在。そこに徹したほうが、高校生はうまくいくように思います。小森はもともとピッチャーで入ってきたんですけど、2年生のはじめにキャッチャーに転向しました。ピッチャーとしては竹内や島脇にはかなわないとわかっていたので、ふたりのすごさを認めていたのも大きかったと思います」

多賀監督自身も、現役時代はキャッチャーで活躍した。ときに「変わりもの」とも評されるピッチャーをどれだけ立てていけるか。女房役の腕の見せ所となる。

「正直、小森は技術的には下手でした。でも下手だから一生懸命やる。自分がうまいと思えば、どうしても雑になる。たとえば、ワンバウンドを止めるにしても、下手であることがわかっているから体を持っていって、止めにいく。そこが大事なんです。リードするにしても、大きなジェスチャーで想いを伝える。周りをまとめる包容力を持っていました」

こうした姿を見て、ピッチャー陣も小森に対する信頼を寄せていった。

「性格的なことを言えば、竹内も島脇もきついし強い。だから、真面目な小森には合わなかったかもしれません。でもそういったところも、小森は受け入れることができた。それに、甲子園で勝ち上がり、周りが非日常的な状況になる中でも、小森のような人間がいたからこそ、チームは舞い上がらなかったと思います」

準決勝で松山商に勝ったときに、多賀監督は「えらいことになったな……」と思ったという。さすがに、松山商には勝てないだろうと感じていたからだ。それでも、チームは舞い上がることも、浮き足立つこともなく、決勝を迎えることができた。

こんなエピソードもある。

20日以上宿泊したホテルをチェックアウトするとき、小森は自分の部屋に1枚の手紙を残してきた。これまでのお礼と感謝の気持ちを手紙に込めて、最後に「近江高校野球部一同」と書き記したという。自分自身の名前をどこにも書いていないところに、小森の人間性が見てとれる。

先発投手の起用はキャッチャーの意見を尊重する

その後の近江は、2003年に春夏連続で甲子園に勝ち進み、センバツではベスト8入りを果たした。エースは両コーナーへの投げ分けに長けた小原篤。絶対的な柱だったことと、二番手投手との実力差があったことから、春夏甲子園の5試合は小原がすべて完投した。じつは、夏の滋賀大会においても、小原しか投げていない。大黒柱の存在が強ければ強いほど、負けたら終わりの夏のトーナメントで、ほかのピッチャーを使うことは難しくなる。

2005年夏は西田悠樹、榎田竜五、松岡厚志の3枚で甲子園出場。そして、2007年夏には2年生エースの小熊、3年生の橋本彬、野口啓佑、村岡尚弥の4枚で、甲子園の

2回戦に勝ち進んだ。左2枚、右2枚とバランスがよく、新聞紙面には「これまでで最高の投手陣」と語る、多賀監督の言葉もあった。

「あのときは、小熊の球に力があったので抑えを任せていました。2回戦の今治西は橋本、小熊の継投で0対1という試合でした」

2年生を軸にはしたくないという多賀監督だが、滋賀大会を見ると、準々決勝と準決勝では小熊が抑えを務め、決勝では先発に抜擢した小熊が9回3失点で完投している。のちにプロに行くほどの高い能力があるのなら、こうした起用例もある。

翌2008年は3年生になった小熊が大車輪の活躍を見せて、滋賀大会の準々決勝から3試合連続で完投（すべて中1日）。甲子園では初戦で智弁学園に敗れたが、4対5の熱戦だった。

2012年春は村田帝士、広瀬亮太、山田将太と、右の本格派3投手の継投を主にした戦いで、センバツに出場。2014年は再び大黒柱の時代が訪れ、2年生エースの小川で夏の甲子園3回戦進出。翌春にはセンバツの土を踏み、夏春連続出場を果たした。

そして、2016年夏は速球派の京山将弥（DeNA）と、スプリットが光る深田樹暉の2枚看板で、2年ぶりとなる夏の甲子園へ。ただ、甲子園では初戦で常総学院に0対11の大敗を喫した。先発に送った深田が2回途中で4点を失い、二番手の京山も攻略され、最後までペースをつかむことができなかった。

このとき、背番号1を着けていたのは京山である。なぜ、先発に深田を送ったのか。その理由を聞くと、多賀監督は意外な言葉を口にした。

「じつは、初戦の3日前から正捕手に『(先発) どっちや？　どうや？』と聞いていたんです。3日前は『深田がいいと思います』と即答していて、2日前は京山の調子が上がっていたこともあって、ちょっと迷いながらも『深田がいいと思います』。初戦前日に同じ質問をすると、ニコニコ笑いながら、『やっぱり深田がいいと思います』と、そこで深田の先発が決まりました」

このとき、多賀監督の本心はどうだったかというと、「京山で行きたい、という気持ちでした」と明かした。それでも、選手の意見を尊重したのはどんな理由があったのか。

「あの代は滋賀学園の力が抜けていて、秋春も滋賀学園に負け。私の心の中では『滋賀学には勝てへんかな』と思っていたんです。それが夏の準決勝で、子どもたちが頑張って、7対2で勝ってくれた。このときの継投が深田7イニング、京山2イニング。おそらく、この試合のイメージが強くあったので、深田を先発にしたのでしょう。頑張って勝ってくれたのもあって、子どもたちの意見を尊重しました。あとは、京山を後ろに置いておくことで、チームとしての安心感もあったのだと思います」

こうして、キャッチャーからの意見を参考にすることも多いという。「京山で勝負をしていたら……」と小さな悔いもあるが、二番手の京山も打たれている。最終的に誰を使うかは監督の決断であり、監督が責任を取ることになる。

２０１８年夏は「３本の矢」から「４本の矢」へ

２０１８年、近江は２００３年以来じつに15年ぶりとなる春夏連続出場を果たした。投打のバランスが取れた好チームで、春は３回戦、夏はベスト８まで勝ち進んだ。

チームの最大の強みだったのが、豊富な投手陣だ。春は金城と林の両左腕が中心だったが、夏には佐合と松岡が加わり、４枚のピッチャーが揃った。しかも右上、右横、左上２枚と、バラエティーに富んだ布陣だった。

「秋の時点で、試合で使えるのは左２枚。佐合と松岡もベンチに入っていたんですけど、『センバツはお前らどっちかひとりやからな。死にもの狂いで頑張れ』と言ったら、必死のパッチですわ。それで、センバツではふたりともにメンバーに入れました。３回戦の星稜に勝っていたら、次の試合で使う予定だったんですけどね」

センバツは２回戦（対松山聖陵）、３回戦（対星稜）ともに、林から金城への継投だった。星稜戦は３対０と優位に進めるも、６回裏に林が３点を取られて、最後は延長戦で力尽きた。

「林がよかっただけに、代えにくい展開でした（５回まで３安打４三振無失点）。振り返ってみれば、6回裏に金城に代えられなかったことが、ぼくの失敗です。打たれていないピッチャーを代えるのは、本当に難しいです」

2回戦では7対2と点差が開いていたこともあるが、6回表から金城にスイッチしていた。だからこそ、余計に悔いが残った。

夏の県大会では、準々決勝から決勝まですべて林が先発して、二番手以降を3年生に任せた。4投手の中でもっとも安定していたのが林であり、実質は「エース」と呼んでもいい存在だった。ただし、2年生なのですべての責任を背負わせるのは酷。先発完投は考えずに、中盤以降は3年生がイニングをつないだ。

迎えた夏の甲子園。初戦の相手はセンバツ準優勝の強打・智弁和歌山だった。どうすれば、勝てるか。組み合わせが決まってから、多賀監督は思案をめぐらせた。

「ポイントは林をどこで使うかでした。背番号は18ですけど、一番安定しているのが林でした。でも、林ひとりで投げ抜くことはできない。3人（林、佐合、金城）で継投しても、どこかでつかまると思ったので、松岡を使って4人でつなぐしか、勝つ可能性はなかったんです」

大博打に出ることを決断した。「あれで負けていたら、非難ごうごうだったと思います」と語るほどの奇策が、夏の県大会で1イニングしか投げていない、右サイドの松岡の先発起用だった。

右サイドから140キロ近いストレートを投げ込むが、コントロールに難があった。しかも先発は1年秋の近畿大会初戦以来。このときも、「博打だった」と明かすが、初回に5安打、2四球、5失点と乱れて、わずか打者ふたりでの交代となった。それでもストレートには威力がある。多賀監督が賭けたのは、気持ちの強さだった。

「集中力が増したときには、自分の世界に入り込むタイプなので、はまったら面白い。それに、ひょっとしたら、林くんを抑える可能性があるのが松岡かなと。サイドでシュートボールがよかったんです」

智弁和歌山の林晃汰（広島）はプロ注目の左の強打者だ。林を抑えることが、勝利への必須条件と見ていた。

試合前日のミーティングで、多賀監督は智弁和歌山戦の必勝プランを伝えた。

「明日は松岡で行く。あとは、ピッチャーを全員使うから、準備しておくように。総力戦や。勝てるかどうかは時の運やし、100回大会に出場できて、初戦で優勝候補と当たるんやから、こんな光栄なことはない。臆することはない。失うものは何もないから、ドンとぶつかっていこうや」

内心、10回に1回勝てる相手だと踏んでいた。だから、結果を恐れずに思い切った策を取ることができた。もし、近江のほうが前評判が高かったら、ここまで腹を据えた起用はできなかっただろう。

2巡目3巡目を抑えることで流れを呼び込む

初回、1アウト二塁の場面でマークしている林を迎えた。多賀監督が松岡を抜擢したのは、林を抑えてくれる可能性を感じたからだ。いきなりの見せ場がやってきた。松岡はストレートとスライダーでリズムよく追い込んだあと、外のストレート、外のカーブで誘い、最後はフルカウントからインコースにストレートをズドン。見逃し三振に仕留めた。

「林くんを三振に取ったときは、ベンチで震えがきました」と、そのときを思い出したかのように表情を緩める多賀監督。林を封じたことで、松岡の仕事は半分終わったようなものだった。

ただ、2回にはタイムリーとスクイズで2失点。智弁和歌山ペースになりつつあったが、意外にも多賀監督はホッとしていたという。

「あれでよかったですね。0点で交代すると、『何で代えるねん』ってことになるので。2点取られたことで、次から林を投入しやすくなりました」

二番手は、もっとも信頼できる林と決めていた。打者2巡目、3巡目を抑えることができれば、流れが来ると読んだからだ。中盤まで競っていけば、近江にもチャンスが来る。ベンチの期待通りに、林は3回から5回まで被安打3、無失点の好投を見せた。その間、打線が奮起して、4回には北村恵吾（中央大1年）の同点2ラン、5回には山田竜明のソロ（オセアン滋賀ユナイテッドＢＣ）で勝ち越しに成功した。

そして、6回表1アウト一、二塁とピンチを迎えたところで、右の本格派・佐合を投入。じつは多賀監督は「一番、智弁和歌山が好きなタイプではないか」と不安視していたが、後続を断ち、リードを保った。攻撃陣は8回に北村のこの日2本目となるツーランなどで3点、さらに9回にも1点を追加して、7対2とリードを広げた。

9回裏、多賀監督は4人目の金城を投入。3四死球と不安定な出来であったが、犠牲フライの1点だけにとどめ、7対3で逃げ切った。智弁和歌山の打線を考えると、いくら点差があってもヒヤヒヤするピッチングだったが、多賀監督は北村の2本目のホームランが出た時点で「勝った」と思っていたという。

「キャッチャーの有馬（諒）が盗塁を刺してくれたり、向こうに走塁ミスが出たり、流れがうちにありましたから」

有馬が智弁和歌山の盗塁をふたつ刺し、さらにはバントの空振りで飛び出した二塁ランナーをアウトにするなど、肩で投手陣を盛り立てた。

翌日の新聞記事には「4本の矢」という言葉が躍った。「3本の矢」から1本増えたことが、強力打線を封じることにつながった。

「長いこと監督をやっていますが、会心の継投と聞かれたら、智弁和歌山の試合ですね。

ほんま、10回やって1回勝てるかの相手で、その1回が甲子園でできたわけですから。結果論かもしれませんが、4人でつないだことが勝利につながったと思います」

智弁和歌山を倒した近江は、一気に評価を高めた。

2回戦の前橋育英は佐合（3回）－林（6回）で4対3のサヨナラ勝ち。常葉菊川との3回戦では、林（8回）－金城（1回）の継投で9対4と快勝した。

ただ、勝ち上がるたびに、投手陣のやりくりが苦しくなっていったのも事実だった。これがトーナメントの難しいところであり、良くも悪くも、ピッチャーの状態がはっきりと見えてくる。

「1回戦、3回戦の金城のピッチングを見ると、準々決勝で使うのは難しいという判断にならざるをえませんでした。そうなると、佐合と林しかいない。金足農との試合は、最後に逆転サヨナラのツーランスクイズで負けるわけですが、やっぱりああいう場面を2年生に背負わせてしまうのは、できるだけ避けてあげたかったです。金城を抑えで使えなかったことが誤算でした」

今後、NHKの甲子園中継でおなじみの「白球の記憶」に間違いなく取り上げられるツーランスクイズは、9回裏ノーアウト満塁の場面だった。さすがに、多賀監督からしても予想外の作戦だったという。

「普通はあの場面でスクイズなんて仕掛けられないですよ」

金足農にしてみれば、普通じゃないところでやったからこそ、決めることができたのだろう。

能力が劣るピッチャーほどインコースを磨くべき

「3本の矢」から「4本の矢」へ。

「ピッチャーが揃わないとできないことです。こういう学年もなかなかいません」

継投にはやはり怖さがある。なぜなら、ピッチャーを代えるたびに「立ち上がり」が出てくるからだ。4人のピッチャーが投げるのであれば、4度の立ち上がりがある。ピッチャーにとっては、もっとも失点しやすいのがこの立ち上がりで、代わった直後にフォアボールやデッドボールを与えてしまうと、試合の雰囲気が一気に悪くなる。

「これは普段から言い続けていることですけど、イニングの立ち上がりにとにかく集中すること。イニング間に3球投げるのであれば、どれだけ高い意識を持って投げられるか。その意識がないと、先頭打者への1球目が必ず甘くなります」

イニング間の練習から、試合が始まっている意識で投げられるのが理想となる。

なお、試合前のブルペンでの作り方は、「夏は少ない球数で作る」がチームの鉄則。暑い中で投げすぎると、試合のマウンドに上がる前にへばってしまう。具体的な球数は選手に任せているが、日頃から短い時間と少ない球数で肩を作る習慣をつけている。

また、練習試合ではあらかじめイニングを決めたうえで、起用することが多い。「今日投げるのは3人。5イニング、3イニング、1イニングでつなぐから」と、順番やイニング数を決めて、責任を与えておく。

「このイニングはお前に任せたよ、という使い方をしていかないと、なかなか育っていきません。だから多少失点したとしても、イニングの途中ではあまり代えない。与えたイニングは、責任を持って抑えられるような使い方をしています」

ピッチャーの育成方法で、多賀監督がこだわるのはインコースの制球力だ。インコースに投げ切れなければ、レベルの高い戦いで勝負はできないと考えている。

「レベルが低ければ、アウトコースだけでも抑えられますけど、レベルが上がってくるとそうはいきません。いかに、インコースを攻められるか。インコースを攻めることによって、アウトコースがより生きてきます。別にスピードボールはいりません。130キロぐらいでもいいので、インコースにストレートを放っておく。このコントロールがあるだけで、ピッチングの幅が変わります。ファウルを打たせられるようになりますから。よく、ピッチャーはアウトローのストレートをたくさん練習するんですけど、それはいいピッチャーがやる練習。力がないピッチャーは、インコースをどんどん練習するべきです」

なるほど、この考えは面白い。力が劣るピッチャーほど、アウトコースよりインコースを磨く必要がある。

「特に力のあるバッターにこそ、懐を攻めて、向かっていく気持ちが大切です。安全策で外に投げていたら、思い切り踏み込まれて打たれます。強打者のウィークポイントは、腕に近いところです。一番打ちにくいのは、胸とベルトの間の高さ。ここはどうしても、詰まりやすい。ブルペンから、この高さを練習しないとアカンのです」

ボールの威力にもよるが、低めだからといって、効果がある球とは限らない。投げ込む目安としては、バッターが構えたときのヒジの高さと考えてみるといいだろう。たとえば、右サイドスローからのナチュラルシュートを、右バッターの懐に意図的に投げ込むことができたら、これは大きな武器になる。

現エースの林は、左バッターの懐にチェンジアップを投げられるようになってから、ワンランクレベルが上がった。それまでは左に苦手意識があったが、チェンジアップを練習したことで、苦手を克服できた。

性格が好対照なエース林と正捕手・有馬

金足農との戦いで、サヨナラツーランスクイズが決まった瞬間、ホームベース付近で突っ伏したまま立ち上がれなかったのが、キャッチャーの有馬だった。林と同じ2年生。今年は林と有馬のバッテリーが、チームの大黒柱となる。

「継投はピッチャーではなくて、キャッチャーが大事」と語る多賀監督である。この有馬のことはどのように評価しているのだろうか。

「林と対照的な性格をしています。林はクラスでもニコニコしていて、自分の想いを表にバンバン出していくタイプ。一方の有馬はクラスではどこにいるかわからなくて、『え？あの子が有馬くん？』と言われるぐらい目立ちません」

〝黒子〟に徹することができるタイプと言えるだろうか。

「それが、有馬のいいところです。まだプロ野球選手ではないですが、プロの世界でもいずれは指導者になれるぐらいの資質を持っていると思います」

先発投手に関して、有馬から意見を聞くことも多かった。それだけ、有馬の目を信頼していた。

たとえば、ベスト4に入った2017年、有馬が1年生のときの秋の近畿大会。「どうする？」と尋ねる多賀監督に対して、「林でお願いします」というやり取りが繰り返された。選択肢は当時2年生の金城か、1年生の林のどちらか。多賀監督は林を推す理由を聞いて、思わず唸ったという。

「有馬によると、林はひとつの球種がダメでも、ほかの球種で試合を作ることができる。1年生のキャッチャーがなかなか言えることではないですよ」

もうひとりの柱となる林は、中1から近江でプレーすることを夢見ていた選手だ。多賀監督が、林を初めて見たのは中2のときだった。

「ピッチャーとしては体が小さくて、カーブはよかったんですけど、左っていうだけやな……という印象でした。当時は外野をやっていて、投げている姿を見ると、ヒジの使い方が柔らかい。ただ、ここまでのピッチャーになるとは思わなかったです」

高校入学後、見事な成長を遂げて、U18代表候補にも選出されるまでになった。

「一番いいのは、気持ちの強さです。名前がある相手であればあるほど燃えるタイプ。そこは、ほかのピッチャーと全然違います。1年の秋、近畿大会の準決勝で大阪桐蔭とやったんですが、先発した林は初回にエラーで2点を失っただけで、5回まで0対2でした。そこで代打を出して、6回に交代をしたら、ほかのピッチャーが打たれて0対5で負け。このとき、負けて泣いていたのは林だけでした」

準決勝で0対5なので、翌春のセンバツはほぼ決まり。そんな空気が流れる中、ひとりだけ悔し涙を流していたという。

「それも、『何でオレを代えたんや』みたいな顔をして、ぼくをにらみながら泣いていた。この子は違うなと思いましたね」

林と有馬のバッテリーで挑む2019年夏。不安があるとしたら、林と二番手投手の間に、力の差があることだ。そうなると、かつての小原や小川、小熊のときのように、先発完投がメインになる可能性がある。

「林は投げたがりで、連投も苦にしません。肩やヒジの故障も1度もない。どちらかと言えば、投球過多にならないように、こちらが気をつけてあげなければいけないピッチャーです」

春の県大会も、準決勝と決勝は林の連投だった。続く近畿大会でも、連戦となった準決勝・決勝ともに林が完投し、16年ぶりに春の近畿王者に輝いた。夏も、林の登板が増えるのは間違いない。大黒柱の力を最大限に生かすために、林以外のピッチャーでどこまでイニング数をカバーできるか。継投で結果を残してきた、多賀監督の腕の見せ所となる。

第4章

仙台育英
須江航監督

キャッチャーをつなぐ「継捕」で甲子園出場

仙台育英

須江　航

（すえ・わたる）

1983年生まれ、埼玉県出身。仙台育英～八戸大（現・八戸学院大）。高校時代はグラウンドマネージャーとしてチームを支え、2001年センバツ準優勝を経験。大学卒業後、2006年から仙台育英秀光中の監督となり、2014年に全中優勝。2015年には全中準優勝。2018年1月から、母校・仙台育英の監督に就き、同年夏に甲子園出場を果たす。

「継投」があるのなら「継捕」があってもいい。ピッチャーをつなぐのと同じように、キャッチャーをつないでいく。キャッチャーが代われば、配球が変わる。配球が変われば、試合のリズムも変わっていく。同じピッチャーが投げていたとしても、サインを出すキャッチャーによって、違うタイプのピッチャーに変貌することもあるはずだ。

こんなことをずっと思っていたのだが、それを本当に実践して、甲子園に出場してきたチームがあった。2018年夏、宮城代表として甲子園の土を踏んだ仙台育英は、県大会6試合中5試合でキャッチャーをつなぎ、そのうち4試合で3人のキャッチャーがマスクをかぶった。これだけの高頻度となれば、戦略的に意味を持った交代と考えることができる（仙台育英　2018年夏　継投・継捕表参照）。

象徴的だったシーンが、宮城大会決勝の古川工戦だ。2対0とリードした6回表にノーアウト満塁のピンチを招くと、須江航監督はピッチャーを田中星流（早大1年）から、2年生の大栄陽斗に代えると同時に、キャッチャーも鈴木悠朔（八戸学院大1年）から阿部大夢（東北福祉大1年）に交代した。先発マスクは背番号2の我妻空（城西大1年）だったため、阿部がこの試合3人目のキャッチャーだった。大栄、阿部のバッテリーは絶体絶命のピンチを見逃し三振、見逃し三振、内野フライで切り抜け、甲子園を大きく引き寄せた。

高校野球は正捕手の存在が大きく、試合途中で代えるケースはめったに見ない。仙台育英のような意図的な継捕で、地方大会を勝ち上がってきた学校は、過去にどれほどあったのか。かなり稀有な戦い方と言って、間違いないはずだ。

昨夏はピッチャーに関しても、7試合中6試合で継投。この春の宮城大会でも、中部地区大会から県大会決勝まで8試合すべて継投で臨み、優勝を遂げた。そして、今年も1年生の木村航大や2年生の吉原瑠人、3年生の猪股将大による継捕を採用している。

仙台育英のOBでもある須江監督は、2006年から仙台育英秀光中等教育学校の野球部監督を務め、2014年に全国中学校軟式野球大会を制するなど、8年連続全国大会出場と輝かしい実績を残してきた。教え子には、佐藤世那（元オリックス）や梅津晃大（中日）、西巻賢二（楽天）らがいる。

高校の監督に就任したのは、2018年1月1日。2017年12月に発覚した野球部員の飲酒・喫煙によって、春夏19度の甲子園出場を誇った佐々木順一朗監督が引責辞任。学園内の人事異動で、混乱のさなかにあった高校野球部を任されることになった。

継捕と継投。はたして、どのような考えでふたつのポジションの「つなぎ」を行っているのか。そこにはデータを駆使し、根拠を持ったうえでの選手起用があった。

[仙台育英　2018年夏　継投・継捕表]

年	大会	対戦		一	二	三	四	五	六	七	八	九	計
2018夏	県	2回戦	気仙沼向洋	0	0	0	0	0	0	1			1
		(7/19)	仙台育英	4	1	1	0	0	0	2			8
		P　田中星流(3)→大山樹(3)→小関遥翔(1) C　我妻空(3)→鈴木悠朔(3)→阿部大夢(1)											
		3回戦	仙台育英	4	0	0	0	1	0	0	3	0	8
		(8/22)	仙台一	1	0	0	0	0	1	1	0	0	3
		P　田中(5)→大栄陽斗(4) C　我妻(9)											
		4回戦	仙台育英	0	0	0	1	2	0	0	1	1	5
		(7/24)	角田	0	0	2	0	0	0	0	0	0	2
		P　田中(3 1/3)→大栄(5 2/3) C　我妻(4)→鈴木(5)											
		準々決勝	東北学院	0	0	0	0	0	0	0	0	0	0
		(7/25)	仙台育英	0	1	0	0	0	0	2	0	×	3
		P　田中(9) C　我妻(5)→鈴木(2)→阿部(2)											
		準決勝	仙台三	1	0	1	0	0	0	0	0	0	2
		(7/27)	仙台育英	0	0	2	2	0	0	0	1	×	5
		P　田中(5 0/3)→大栄(4) C　我妻(4)→鈴木(3)→阿部(2)											
		決勝	古川工	0	0	0	0	0	0	0	0	0	0
		(7/28)	仙台育英	0	0	2	0	0	1	1	3	×	7
		P　田中(5 0/3)→大栄(4) C　我妻(4)→鈴木(1 0/3)→阿部(4)											
	甲子園	1回戦	浦和学院	2	0	2	0	0	0	0	2	3	9
		(8/12)	仙台育英	0	0	0	0	0	0	0	0	0	0
		P　田中(2 2/3)→大栄(6 1/3) C　我妻(3)→鈴木(2)→阿部(4)											

キャッチャーが代われば野球が変わる

なぜ、キャッチャーをつなぐのか。須江監督の言葉は明快だった。

「良いか悪いかは別にして、キャッチャーが代われば、野球が変わります。特に配球面は、人によって感性が違う。誰と組むかによっても、まったく変わってきます」

我妻、鈴木、阿部の順番でつなぐことが多かった2018年夏の戦い。3人ともに正捕手級の能力があったのだと思っていたが、須江監督の見立てはそうではない。

「もし、2015年に準優勝したときの郡司（裕也／慶大4年）のようなキャッチャーがいたら、固定して戦っていました。3人にそこまでの力はありませんが、それぞれに特徴がある。その特徴をどうやって生かしていくかを考えていました」

面白いもので、三者三様の色があった。

「我妻の武器は肩の強さで、配球は教科書通りのセオリー型。鈴木はバッティングがよくて、守備もまとまっている。攻守のバランスに優れていました。配球は理論理屈型。阿部は3人の中で経験がもっともある。肩に課題がありましたが、配球が大胆で面白い。教科書から外れた感性型で、『え、ここでそんな球を要求するの？』と感じるのは、阿部が一番多かったですね」

夏の宮城大会決勝、ノーアウト満塁のピンチで阿部を投入したのは、経験値の高さと感性を信頼したからだ。

3人の順番は、相手のスタイルを頭に入れながら決めていった。

「重視していたのは、盗塁をどのタイミングで仕掛けてくるか。多くの学校が、試合の序盤に積極的に攻めてくる傾向にありました。だから、序盤には肩が強い我妻を起用して、機動力を止める。中盤に、代打で鈴木を起用して、そのままマスク。最後は経験値のある阿部で締める。もし、終盤にも走ってくるチームがあれば、起用順を考えましたが、それはありませんでした」

3人のキャッチャーがいることで、代打を出しやすいメリットもあった。夏の甲子園も含めて、7試合中5試合で3人の継捕をしていたが、2枚目の鈴木はそのうち4試合で代打からキャッチャーへ。県大会準決勝の仙台三高戦では、2対2で迎えた4回裏、1アウトから代打でヒットを放ち、2点を勝ち越すきっかけを作った。

「代打を出すことによって、攻撃にリズムが生まれます。試合の流れを変えたいときにも代打が必要。でも、ピッチャーにはなかなか出しにくい。キャッチャーが複数いることで、代打を出せる選択肢が広がりました」

毎年100名の部員を超える仙台育英となれば、打つことに特化した選手がいる。バッティングはいいけど守備が苦手。負けたら終わりのトーナメントにおいて、このタイプの選手はなかなか使いにくい。継捕を取り入れることで、バッティング専門の選手にも活躍の場が生まれた。

「ストライク率」や「奪空振り率」で相性を探る

どのピッチャーとバッテリーを組むかは、どのように決めていったのか。先発は、田中と我妻のコンビで組むことが多かった。

「紅白戦や練習試合で、なるべく多くの組み合わせを試しています。その中で、誰がキャッチャーのときにストライク率や奪空振り率が高いかを集計し、客観的に相性を評価していきました」

あとでピッチャーのところでも紹介するが、須江監督はデータマニアである。「先入観を持たずに、客観的に評価をしたい」との理由から、さまざまなデータを取り、分析している。

バッテリーを評価するときに、主に重視したのがストライク率と奪空振り率だ。不思議なもので、キャッチャーが代わるだけで、この数値が変わるという。キャッチャーの構え方や配球の違いによって、ピッチャーの投げやすさが変わってくるのだろう。

「キャッチャーの配球は、ゴール（決め球）から逆算していくタイプもいれば、1球1球積み重ねていくタイプもいて、逆算型のほうが三振は多くなりやすい。でもこれに合うピッチャーもいれば、そうでないピッチャーもいます」

コントロールがピタピタのピッチャーをリードするのが得意なキャッチャーもいれば、コントロールは不安定でも力で勝負するタイプが好きなキャッチャーもいる。ピッチャーのタイプを表現するときに、「本格派」「技巧派」といった言葉が付けられるように、キャッチャーにもタイプがあるということ。誰と誰の組み合わせが適しているのか、試合を重ねていく中で、相性のいいコンビを見つけていく。

さらに、技術的な点を付け加えれば、タテのスライダーやフォークなど、タテ系の変化を得意にしているピッチャーに対して、ワンバウンドストップが苦手なキャッチャーを起用すると、ピッチャーの良さが消えてしまう。後ろにそらす不安があると、ピッチャー心理としては思い切って腕が振れなくなるからだ。これは、「暴投」や「捕逸」の数字を見ていけば、バッテリーごとの傾向が出てくる可能性がある。

インカム野球で配球の考え方を磨く

配球はどうしても「打たれた」「抑えた」という結果論で評価しがちだが、須江監督はそうした結果よりも、その球を選んだ意図を重視している。

「どうしてその球を選んだの？」

「どういう打球を打たせたかったの？」

「どこでアウトを取りたかったの？」

ひたすら、聞く。たとえ打たれたとしても、そこにキャッチャーとしての明確な意図があればいい。一番ダメなのが、説明のできない配球だ。何となく選んだ1球が、勝負を分けることが多々ある。

須江監督の考えは、「配球に正解はないけど、間違いはある」。

わかりやすいのが、ストレートに差し込まれているバッターに中途半端な変化球を要求して、タイミングが合ってしまうこと。この間違いは、高校野球でよく見かける。どうしても、「多くの球種を使わないといけない」という固定観念のようなものがあり、いろいろな球種を使いたがる。

ただ、このときに「何やってんだよ！」と監督が怒ったところで、何の解決にもならない。「ハイ！」といい返事をしても、なぜ打たれたのかを理解していないと、また同じ間違いをする。そうならないように、「どんな狙いで変化球を選んだの？」と問いかけをする中で、その球を選んだ理由を、キャッチャー自身の口で語らせる。監督はそれを聞いたうえで、バッターの見方を教えていく。

秀光中時代から、須江監督が口癖のように話していたのが「0から1は生まれない」。

よく、ヒットを打たれたキャッチャーに「考えて配球しろよ！」と怒る監督がいるが、考えるベースがなければ、頭を使った配球はできない。0はいつまで経っても0のまま。それを1に引き上げるのが監督の仕事であると、須江監督は考えている。

考える土台を学ぶために、秀光中で取り入れていたのが「インカム野球」だ。練習試合で、ベンチにいる須江監督がトランシーバーを持ち、キャッチャーの耳に仕込んだインカムに指示を出す。キャッチャーの声がベンチにも届くようになっていて、双方向のやり取りが可能になっていた。

今年に入ってから、高校のほうでも取り入れるようになった。もちろん、公式戦ではできないので、紅白戦や実戦練習で試している。

「インカム野球の一番優れているのは、リアルタイムで会話ができることです。バッターが打席に入ったときに、スタンスがどうなっているか、ステップしたときに軸足のヒザが入っているのかどうかなど、そのときに確認してほしいのです」

バッターのスイングの特徴が体のどこに出るのか。そのチェックポイントを、逐一伝えている。

「キャッチャーとずっと電話で喋っているようなものです。これをやったほうが、上達のスピードが早い。大きな声を出さなくても声が届くので、伝えたいことをしっかりと伝えることができます」

このインカム野球で鍛えられたのが、今春入学してきた木村航大だ。秀光中の出身で1、2年生のときに須江監督の教えを受けた。木村は1年夏から全中でマスクをかぶるなど、ディフェンス面に優れたキャッチャーである。

「木村は、ベンチからインカムで指示を出す前に、次のことを予測して動いていました。今ここを攻めたから、次はこっちだなと、自分でわかっている」

木村は1年生ながら、春の中部地区大会からスタメンで起用され、ディフェンス面で活躍している。とはいえ、1試合を任せることはまだなく、今年も継捕の試合が多い。複数のキャッチャーをつなぐことが、須江監督の戦い方として定着している。

出場選手が増えるほどチームの幸福度が上がる

ここまでが戦術的な話。じつは、複数のキャッチャーで戦った意味はほかにもある。

「選手たちの満足度、幸福度を上げるためです」

社会的な問題にもなった仙台育英の野球部員による飲酒・喫煙は、真面目に取り組んでいた選手の心に、怒り、悲しみ、嘆き……、さまざまな感情を生み出した。

不祥事のあと、部に残ったのは77名。引責辞任した佐々木監督のあとを受け、就任したばかりの須江監督は一人ひとりと時間をかけて面談を行い、選手たちが求めていることに耳を傾けた。佐々木監督のもとで野球をやりたくて、仙台育英を選んだ者もいる。すべての選手が、新監督の就任を受け入れているわけではない。だからこそ、彼らの言葉や想いを尊重した。

これから、新しい仙台育英をどのようにして作っていくか。毎日のようにミーティングを開く中で、チームとして向かうべき道が少しずつ見えてきた。

「〝全員でやり切った〟という想いを持つことが、あのときのただひとつの正解でした。きれいごとの全員野球ではなく、本当に全員で野球をやる。〝勝ち〟と向き合うにはまだ早い。そこに至るまでに、やるべきことがたくさんあったのです」

乱れがちだった生活面を正すことから始めた。授業を受ける。あいさつをする。整理整頓をしっかりと行う。地域の清掃活動に取り組む。仲間を裏切らない。約束を守る。人として誠実に真面目に生きる。周りのために尽くす。そのうえに野球がある。

本来は当たり前であるべきことを、もう一度徹底した。

不祥事に対する日本学生野球協会の処分は、「2017年12月5日から2018年6月4日まで6カ月間の対外試合禁止」。6月4日までのオープン戦はすべてキャンセルとなり、遠征もなし。自校のグラウンドでひたすら紅白戦を積み重ね、夏の開幕を待った。

「3月からは全部員を6チームに分けての紅白戦をやりました。1日に3会場で3試合ずつやって、9試合消化した日もあります。新3年生の野手は最低でも100打席、ピッチャーは60イニング。平等に機会をもうけました」

さらに5月に入ってからは、部内代表決定戦を実施。6チームで行った3月～4月の紅白戦の成績から、各ポジションの成績上位選手を4チームに振り分けて、再び紅白戦を行った。1チームは12人前後。ここで須江監督が約束したのは、優勝チームの全員を夏のベンチに入れることだった。毎試合、公式戦さながらの緊張感の中でプレーが行われ、メンバー争いは熾烈を極めた。

こうした部内競争を経て、夏のキャッチャーに選ばれたのが我妻、鈴木、阿部の3人だった。いわば、全部員の代表である。メンバー外の想いも背負った彼らが、夏の大会でチームのために懸命にプレーすることが、そのときの野球部が目指していた理想の姿だった。

練習試合でやっていないことは公式戦でやらない

継捕の次は継投。ここからは、須江監督の投手起用について紹介していきたい。

継投策をするにあたって、ひとつ決めていることがある。

「練習試合でやっていないことは、公式戦では絶対にやらない」

すべて、紅白戦やオープン戦で試してみて、できるかできないかの検証をしたうえで、公式戦で実践する。だから、野手からの戻し（ピッチャー→野手→ピッチャー）もやるし、ワンポイントも、オープナーも、ショートスターターもやる。昨夏の決勝ではノーアウト満塁から、大栄と阿部のバッテリーを投入したが、あれも一か八かの策ではなく、ピンチの場面でのバッテリー交代は何度か試していた。

須江監督の心の中には、苦い記憶がある。

2013年夏、秀光中の監督として出場した全中で、準々決勝で沖縄の西原中に2対3で敗れた。2対0とリードした展開にも関わらず、継投のタイミングが遅れ、6回表（中学野球は7イニング制）に逆転を許した。全中に入るまで、練習試合と公式戦を合わせて150試合近く戦い、その中でさまざまな継投策をシミュレーションしてきたが、試していなかったことをやってしまった。

「あの試合が大きな教訓になっています。先発投手の出来がよかったので、当初の想定以上に引っ張ってしまった。抑えに西巻がいて、それまでの試合ではイニングの頭か、ランナーがひとり出たところで代えていたんです。でも、あのときはランナー一塁で代えずに、一、二塁になっても続投。次のバッターがタイミングが合っていなかったこともあって、さらに引っ張ったら満塁に。そこで西巻を投入したんですけど、遅すぎました」

全中は4日で5試合戦うハードスケジュールである。少しでも、西巻の負担を軽くしたいという気持ちがあった。先発で行けるところまで引っ張りたい。欲と願望が、継投を狂わせた。

バッティングとは相手に合わせるもの

今春の段階で、須江監督が描いていた夏の構想が「左腕のオープナー1イニング（またはショートスターター）＋エース右腕＋エース左腕＋エース右腕戻し」。

あくまでも理想なので、夏の大会にこの継投で臨むわけではないが、複数のピッチャーで戦うことだけはほぼ決まっている。右腕の軸となるのが、最速145キロのストレートと空振りを奪えるスライダーを持つ大栄だ。鈴木千寿も140キロを超えるストレートを投げ込む。春の県大会では、秀光中時代から「逸材」と評判だった1年生の笹倉世凪、伊藤樹を積極的に使うなど、さまざまなオプションを試している。

「甲子園で勝つことを考えると、ひとりで投げ続けるのは不可能に近い。どんなピッチャーであっても、球数を投げていくと、とらえられる可能性が出てきます。それに、バッティングは相手に合わせる対応力が求められ、ピッチャーに常に合わせていかなければいけません。だから、バッター目線で考えると、ピッチャーの傾向が出てくる前に代わると、対応が遅れていくはずです。もし、二本柱がいたとしても、先発完投、先発完投というローテーションを組むより、1試合をふたりで継投したほうが、抑えられる確率は上がると思っています」

オープナー（ショートスターター）を使う狙いは、バッターとの対戦巡を後ろに下げていくことにある。立ち上がりが得意なピッチャーを初回、もしくは2回まで使い、そこからエース格につなぐ。先発であれば、初回に上位打線の1巡目が来て、3回や4回に2巡目を迎えることになるが、オープナーを投入することで、エース格と上位との対決を遅らせることができる。

「ピッチャーとの対戦を重ねれば重ねるほど、バッターが有利になると思っています。そうならないように、ピッチャーを代えることで目先を変えていきたい。理想を言えば、どこかで左腕を挟みたい。なぜなら、右ピッチャーよりも左ピッチャーのほうが、その球筋に慣れるまでに時間がかかるからです。いろいろと継投をやってきての経験則ですが、左ピッチャーに対したほうが、バッターの対応が遅れます。慣れるまでに2打席はかかると感じます」

春の大会では、中部地区大会から県大会までの8試合中7試合で左腕を先発させた。そして、おおよそ打者一回りで、右ピッチャーに継投。左を絡ませることによって、次の右ピッチャーをより生かそうという狙いだ。

最後のクローザーは、チームの信頼度がもっとも高い大栄。

「継投が後ろに行けば行くほど、スピードが速くなり、コントロールがよくなることが理想。そう考えると、もっとも適しているのは大栄です」

野手からの戻しも想定しているが、二番手にほかのピッチャーを使うことができれば、大栄はクローザーに専念することができる。

日頃の練習から「球数管理」に気をつかう

交代のタイミングを、どこではかっているのか。須江監督がひとつの目安としているのが球数だ。

「これを口に出すと、それに縛られてしまうので、本当は言いたくないんですけど……」

と前置きしたうえで、具体的な数字を教えてくれた。

「球質が落ちてくるのは60球です。スピードが落ちてこなくても、低めに来ていた球が高めに浮き始めるなど、60球のところで何らかの変化が見える。ただ、相手との力関係で、それでも抑えられる力があれば80球ぐらいまで引っ張れることもあります」

60球が絶対ではなく、あくまでも目安。そこに、「打球の質」を加えて、交代期を探る。

「気にしているのが、打球の質です。今まではゴロアウトが多かったのに、ライナーやフライなど、打球に角度が出てくるようになったら交代の時期と考えています」

球数に関して補足すると、仙台育英では日頃の練習から球数管理を徹底して、「投げすぎ」による疲労を防いでいる。

たとえば、4月の上旬にメンバー候補の6人が1試合ずつ完投したが、それ以降の10日間近く、ボールを投げる行為は一切しなかった。

「今のところ、夏の大会で完投する予定はほぼないので、完投はこれで終わりになると思います。完投すると疲労がたまるので、しばらくは休ませました」

次ページに掲載している資料は、5月13日から1週間の「球数管理表」である。このような感じで、1週間単位で球数を記録し続けている。掲載用に「投手A」「投手B」と名前を伏せているが、実際の管理表にはすべてのピッチャーの名前がズラリと並んでいる。試合での登板以外に、ブルペンや中遠投（60メートル前後）、シャドウピッチング（＝S）やネットスロー（＝N）も記入しているのが特徴だ。球数を記録する習慣をつければ、ピッチャー自身も「投げすぎているかな？」と気づくことができる。

「球数を投げれば投げるほど、間違いなくボールは来なくなります。ピッチャーのヒジや肩は消耗品です。このシートを見れば、誰が疲れているのかが一目でわかる。当たり前の話ですが、球数を投げていないピッチャーのほうがいい球が行きます」

公式戦が続く時期は別にして、球数の目安はブルペンや中遠投等を含めて、1週間で300球前後となる。

チームによっては、夏の大会前に連投のテストをするところもあるが、須江監督はほとんどやらない。「疲れがたまって、公式戦でボールが来なくなるのを避けたい」という理

[仙台育英　球数管理表]

		投手A	投手B	投手C	投手D	投手E
2019/5/13(月)	登板	0	0	0	0	0
	ブル	0	0	0	0	0
	遠投	0	0	0	0	0
	S・N	0	0	0	0	0
2019/5/14(火)	登板	0	0	0	0	0
	ブル	0	0	0	0	0
	遠投	20	30	30	0	40
	S・N	20	40	20	50	30
2019/5/15(水)	登板	0	0	0	0	0
	ブル	0	0	0	65	0
	遠投	0	0	0	30	0
	S・N	0	0	0	0	0
2019/5/16(木)	登板	0	0	0	0	0
	ブル	102	30	60	0	0
	遠投	20	0	15	0	0
	S・N	0	0	0	20	60
2019/5/17(金)	登板	0	0	0	0	0
	ブル	0	0	0	30	0
	遠投	0	0	0	0	0
	S・N	20	30	0	0	20
2019/5/18(土)	登板	60	40	80	0	0
	ブル	40	30	30	32	40
	遠投	0	0	0	0	20
	S・N	0	0	0	20	0
2019/5/19(日)	登板	0	0	0	60	70
	ブル	0	0	0	10	20
	遠投	0	0	0	0	0
	S・N	30	30	40	0	0
合計球数		312	230	275	317	300

登 板　＝ 試合での登板
ブ ル　＝ ブルペン
遠 投　＝ 60メートルほどの中遠投
S・N　＝ シャドウ・ネットスロー

由からである。

重視するデータはランナー一塁からの被進塁率

キャッチャーのところで少し触れたが、須江監督はさまざまなデータを取り、主観を排除して、選手を客観的に評価することを心がけている。

「ピッチャーは何で評価しますか？」と聞くと、最初に挙がった項目が何ともマニアックなものだった。

「一番は、ランナー一塁からの被進塁率です。完全試合でない限り、ランナーは必ず出るわけで、いいピッチャーほどランナーが出てから粘ることができています。もっとも多い状況が、ランナー一塁。ここでどれだけ進塁させていないかを見るのが、被進塁率です」

インハイのストレートで送りバントをさせなかった、巧みなけん制で盗塁のスタートを切らせなかった、低めの変化球で内野ゴロを打たせて二塁でフォースアウトを奪ったなど、進塁を食い止める方法はいくつも考えられる。いいピッチャーほど、簡単に得点圏に進塁させない。

「ざっくりとまとめてしまえば、三振が取れる、コントロールがいい、球が低い。この三要素が揃っているピッチャーは、ランナー一塁からの被進塁率が低い。これは、データを取っていくとわかります」

ランナー一塁時の被進塁率の合格ラインは、おおよそ4割台。ランナー一塁の場面が5回あれば、そのうち3回は進塁を食い止めていることになる。

三振は、ランナーがいるときといないときで、ふたつに分けて集計している。ピッチャーに求められるのは、ランナーがいる状況での三振だ。特にノーアウト三塁や1アウト三塁で狙って三振を取れれば、失点を防ぐことができる。

また、当たり前のことだが、ストライクを取れなければ何も始まらない。エース級に求めるのは、ストライク率65パーセント。3球投げれば、1ボール2ストライクを作れていることになる。甲子園で投げると考えたら、最低でも60パーセントは欲しいところだ。

さらに、初球ストライク率も調べる。これは、球の出し入れで勝負するタイプには必須の項目で、ストライク先行で攻めることができなければ、自分の持ち味を発揮することができない。

須江監督にデータ集計シートを見せてもらうと、このほかにも「ゴロ率」「被長打率」「被ランナー三塁成功率（ランナー三塁を作らせなかった割合）」など、その項目は多岐に及んでいた。

こうした数字が、メンバーを決めるときにも役立つ。夏の大会でベンチに入れるピッチャーは5人前後。見た目の印象や球の速さなどで選ぶのではなく、チームで重要視しているデータをもとに判断することで、そのピッチャーを選んだ理由をしっかりと説明することができる。

横向きの時間をできるだけ長く作る

この冬、投手陣全体で取り組んでいたのが、ストレートの球速アップだ。ピッチャーのベースとも言えるストレートを上げていかなければ、変化球のキレも増してこない。

「まずは腕を強く振ること。最近は回転数が注目を集めていますが、ものすごく単純なことを言えば、ストレートが速ければ速いほど、バッターは打ちづらい。高校生で考えると、143キロを境にして、被打率が下がっていくように感じます」

須江監督は、秀光中時代から球速を上げていく手腕に定評があった。東洋大を経て中日に入団した梅津は、中学3年間で92キロから128キロにアップ。仙台育英で夏の甲子園準優勝を果たした佐藤世那は、115キロから140キロに伸びた。現在の高校のエース大栄は中学入学時が100キロで、中3時が133キロだった。

高校の指導者になってからも、スピードアップに成功している。

大栄は133キロから145キロ、鈴木千寿は128キロから143キロ、2年生の左腕・向坂優太郎も120キロから138キロと、最速を更新中だ。

なぜ、これほどまでにスピードが伸びるのか。

「さきほどの話とつながりますが、ブルペンでの投げ込みはほとんどさせません。疲れがたまるほど、スピードは落ちていきますから。よく、『投げないと肩のスタミナが付かない』と言いますけど、本当にそうなのでしょうか。下半身が疲れることはたしかにあるでしょうが、ブルペンで投げ込みをしなくても、試合で十分に投げられると思います。それに、今のやり方では、完投して多くの球数を投げることはないので、投げ込みは必要なくなります」

近年、高校野球界で投げすぎ論争がヒートアップする中で、須江監督の考えは何とも柔軟に思える。

「投げたければ、ネットスローやシャドウピッチングをやらせています。そこでフォームを作っていく。ブルペンに入ると、どうしても目の前に見えるボールの結果に一喜一憂して、フォームが乱れていきます」

フォーム作りは、上半身はいじらずに下半身に目を向ける。腕の使い方やテイクバックに言及すると、ピッチャーが持っている特徴が失われてしまうからだ。気にしすぎて、イップスになってしまうピッチャーもいる。

「技術的な点で大事にしているのは、横を向いた時間を長く作ることと、胸の張りを出すことです。これができればスピードは勝手に上がっていきます」

軸足一本で立ったところから、前足を踏み出すまでの間に、前肩を開かずに体重移動ができるかどうか。右ピッチャーであれば、胸のＩＫＵＥＩの文字が三塁側にできるだけ長く向いているのが理想となる。このとき、胸が早く正面を向いてしまうと、体の捻りが使えずに、胸の張りが出ない。結果、ヒジのしなりも生まれず、スピードが上がってこないことになる。

「横向きを作れるかどうかのカギは、軸足の使い方にあります。右ピッチャーなら右足のヒザが、前足が着く前に内側に入ってしまう。内側に入ると、それに連動して、前肩が早く開きます。内側に入るのをどれだけ我慢できるか。ここを重要視しています」

これは、バッティングにもつながるポイントで、軸足のヒザが早く入ると、アウトコースに逃げる変化球や緩急への対応が脆くなる。キャッチャーはこうしたヒザの動きを見て、配球に生かしている。

「レッドコード」で球速アップに取り組む

このフォームを作るためには、土台となる下半身の力が必要になってくる。

そこで、須江監督が秀光中時代から取り組んでいるのが、「レッドコード」と呼ばれるトレーニングである。もともとは、ノルウェーでリハビリ用に開発されたものだが、今ではさまざまなアスリートが利用している。仙台育英では、2015年秋にドラフト指名を受けた平沢大河（ロッテ）と佐藤世那の寄付によって、学校内の1室にレッドコード部屋がもうけられている。

上から吊るされた伸縮性のあるロープの上に片足ずつ乗せて、手を離して立つところから始め、そこからスクワットやランジなど難易度の高いメニューに移っていく（下段写真参照）。優れたバランス感覚と体幹の強さを持っていないと、まず立つことができない。

次のページに掲載している写真が、ヒザの内入れを我慢するためのメニューだ。踏み出す足をロープに乗せて、キャッチャー方向にゆっくりと移動していく。このとき、軸足の股関節とヒザの角度を変

えずに移動することがポイントになる。

さらにレッドコードに加えて、ウエイトトレーニングにも取り組み、速い球を投げられる体を作っていく。

一方で、スピードを求めれば求めるほど、コントロールが乱れていくことも多い。余計な力みが生まれることで、フォームのバランスが崩れていくからだ。こうしたピッチャーには、踏み出した前足の使い方に意識を向けさせる。

「コントロールの悪いピッチャーは、着地した前足がずれます。これは間違いない。ずらすことによって、スライダーが切れるピッチャーもいますが、狙ったところに投げられる確率は低いですね。コントロールをよくしたければ、優しく着地して、前足を止めることです」

中学時代、コントロールが課題だった笹倉は、このワンポイントアドバイスでストライク率が上がった。

ただ、これを意識しすぎると、腕が振れなくなるピッチャーもいるので、そこは頭に入れておかなければいけない。いい意味で荒々しかったフォームが、おとなしくなり、バッターが怖さを感じなくなってしまうこともある。

「面白い野球」をやることが日本一につながる

春夏甲子園の優勝旗は、いまだ東北地方に渡っていない。

仙台育英は2度の夏の甲子園準優勝があるが、1989年は延長10回の激闘の末、帝京に0対2で敗戦。全6試合に完投した大越基（元ソフトバンクなど／早鞆高校監督）が最後の最後に力尽きた。2015年夏は同点で迎えた9回表に、フォークを武器に粘りのピッチングを見せていた佐藤世那が一挙5点を失い、東海大相模に6対11で敗れた。

優勝旗は見えていたが、あと半歩、あと一歩届かなかった。どうすれば、東北勢が優勝旗を手にすることができるのか。

「面白い野球をやることです。ほかの学校がやらないような面白い野球ができたときに、優勝があると思っています。今までと同じことをやっていても、歴史は変わらないと思います」

柔軟な発想を持った須江監督らしい言葉ではないか。

何も「面白い＝奇抜、奇襲」という意味ではない。準備に準備を重ねたうえで、根拠を持ったうえでの面白い野球だ。

投げ込みをせずに短いイニングで継投することも、1試合に3人のキャッチャーを継捕することも、データをもとにピッチャーを評価することも、「面白い」という表現がピタリと合う。

「継投で負けたら、周りから責められるのは監督です。それは当然のこととして受け止めています。でも、日頃からさまざまなやり方を試した結果、『これでいける』と思えたから、試合でもやっているわけです。ぼく自身が継投に意味がないと感じていたら、エースを完投させていると思います」

この夏、須江監督はどのような選手起用を見せるのか。これまでの高校野球では当たり前だった「先発完投」とは対極にあるチーム作りで、東北勢初となる日本一に挑む。

特別インタビュー
2

慶友整形外科病院
古島弘三
整形外科部長

トミー・ジョン手術の権威が考える「球数制限」

古島弘三（ふるしま・こうぞう）

1970年生まれ、群馬県出身。慶友整形外科病院（群馬県館林市）の整形外科部長・スポーツ医学センター長。高崎高校では内野手としてプレーし、弘前大医学部で整形外科の専門知識を学んだ。2006年から慶友整形外科病院に勤め、小学生からプロ野球選手まで、多くの選手の診療を行っている。

健大高崎・青柳博文監督に取材をしていたとき、先生の名前が何度か出てきた。

「古島先生から連投の危険性を教えてもらいまして、できるだけ連投しないようなローテーションを組むようにしています。肩やヒジについて、古島先生から学んでいる最中です。取材に行くと、勉強になる話が聞けると思いますよ」

群馬県館林市にある慶友整形外科病院に勤める古島弘三先生（整形外科部長・スポーツ医学センター長）。小学生からプロ野球選手まで、多くの手術を執刀し、トミー・ジョン手術から何度も復活を遂げている館山昌平投手（ヤクルト）の担当医でもある。

野球選手のヒジを知り尽くしている名医は、昨今の「球数制限」や「登板過多」について、どのような考えを持っているのか。専門家の考えを知りたかった。

えてして、現場の監督と医療の専門家では、考え方に違いがあることが多い。勝ちたい指導者と、選手の体を守りたい医師。目指すところが違うので、そこにはどうしても考え方の相違が生まれる。「そうは言っても、現場ではね……」と感じる指導者もいるだろう。試合が続けば、エースの連投にならざるをえないのはある意味では仕方のないところ。高校野球が過密日程のトーナメント制である限り、そして勝利を目指している限り、どうしてもエースにかかる負担は大きくなる。

ただ、その一方で肩やヒジの痛みに苦しむ高校生がいるのも事実だ。痛みを感じていても、指導者になかなか言い出せないようなチームもある。現状のままでは、若い世代の投球障害はなかなか減っていかないのではないか。

じつは、古島先生も高校球児だった。群馬県の名門・高崎高校出身で、内野手として活躍していた。3年生になったある日、ピッチャーをやりたいという想いもあり、監督の前でバッティングピッチャーを務めた。ただ、何球か投げていくうちに、ヒジの内側に今まではない張りを感じて、投球を中止した。

「これはやばいな……と感じる張りでした。今思えば、あのままずっと投げていたら、ヒジを痛めていたと思います」

野球選手であれば、投球腕を痛める可能性は誰にでもある。ボールを投げる動作そのものが、体の構造からすると不自然な動きだからだ。最近の高校生は140キロを超えることが当たり前になり、150キロ台も珍しいことではなくなった。筋出力が高い証でもあり、ヒジにかかるストレスはどうしても高くなる。

このような状況下で、ピッチャーを守るにはどんな取り組み、考え方が必要になるのか。「継投」で試合を作っていくにも、投手陣のコンディションが万全であることが絶対条件になっていく。

「球数制限」をもうければ指導者も選手も救われる

――高校野球の継投をテーマに取材を進めています。専門家の立場から、昨今の球数論争や登板過多に関する問題について、考えを聞かせてください。おそらく、指導者からすると、耳の痛い話も出てくるとは思います。

古島 そうですね、耳の痛いことしか言えないかもしれません。

――率直に、高校野球の球数制限はどのように感じていますか。

古島 絶対にやるべきです。そうしないと高校でケガをして、つぶれてしまう選手がたくさん出てしまう。高校を卒業してから伸びる選手がたくさんいるはずなのに、そういう子たちの可能性を指導者がつぶしています。〝宝物〟がどんどん壊されているのが現状です。

――「壊されている」という表現になるのですね。

古島 指導者の勝ちたい想いは十分にわかります。でも、それが第一ではないはずです。その子の体は、指導者のものではなくて、選手自身のもの。極端な話をすれば、ピッチャーの片腕には高い価値があり、将来プロ野球選手になった場合には何億も稼ぐ可能性があるわけです。ケガがなければ、プロ野球やメジャーリーグで活躍するピッチャーは、もっとたくさん出てもいいはずです。今のプロ野球ではケガでつぶれずに、そこまで生き残った選手たちだけで争っている世界のように感じます。

――大谷翔平投手のような逸材がもっと育った可能性もあるわけですね。

古島 高校でつぶされている子、中学でつぶされている子、小学校でつぶされている子……、何人もの子どもたちのヒジの手術をしてきましたが、ひとつ言えるのは、「投げすぎていない子で、手術している人はいない」ということです。

――球数制限をもうければ、そこに歯止めをかけることができる。

古島 ヒジを痛める原因は、「球数」「疲労」「強度」「投球フォーム」などいくつかのことが関係してきます。ですから、「球数」だけですべてが解決するわけではありません。それでも投球制限によって、投球障害を予防することはできるのです。障害をゼロにすることは難しいですが、重症の肘障害を減らすことはできます。そもそも、人間の体は負荷に対して無限に対応することができません。大谷翔平投手がトミー・ジョン手術を受けましたが、仮に大谷投手のフォームがいい投げ方であると考えても、ヒジは壊れてしまうものなのです。

――継投が増えて、ひとりの投手に対するリスクが減っていくのは、投球障害の観点から考えても望ましいと言えそうですね。

古島 昨今、投球過多に理解を示す指導者が増えてきていると感じます。また、球数制限をもうけることは、指導者を救うことにもつながっていきます。大エースがいた場合、接戦の終盤に交代することはなかなか難しいでしょう。継投で負けた場合、「何で代えたんだ」と言ってくる人もいるかもしれません。一方で投げさせ続ければ、「登板過多だ」という意見も出てくる。それを「1日○○球」と決めれば、ルールの上で継投せざるをえなくなり、こうした批判や意見をかわすこともできるわけです。

――「小規模校は複数のピッチャーを育てられない」という意見もあります。

古島　学童から球数制限をもうけていけば、何人ものピッチャーを育成していかなければならなくなるので、多くの子どもにピッチャーを経験させることになります。ピッチャーの経験がまったくないのに、いきなり高校から投げろと言われても無理がありますよね。球数制限は多くのピッチャーを育成することや、肘障害を予防するには必要です。多くの子どもがピッチャーをやるのが当たり前の環境になれば、変わってくるのではないでしょうか。高校野球だけの問題ではなくなってきます。

1日5時間以上の練習では投球障害のリスクが高まる

――「予防」という観点で、指導者が考えるべきことはありますか。

古島　すべての指導者にお願いしたいのは、「選手のヒジは宝物。そのぐらい大切なものだと思って、育ててください」。選手自身にとっての財産です。

――グッとくる表現ですね。

古島　プレーをしている子どもたちが「もっと投げたい」「勝ちたい」と思うのは当然のことです。指導者は、その気持ちを尊重しつつ、でも体のことに最大の注意を向ける存在であってほしい。特に身体的に未熟な高校生までは、指導者が守ってあげなければいけないと思います。

――今は、指導者が投げさせている側面も否定できないですね。

古島　練習時間や球数が、どれだけ投球障害に関係しているのか。いくつかのデータをご紹介しましょう。ヒジの内側を痛めて、当院を受診した301人の小学生にアンケートを取ったところ、そのうちの約80パーセントの子どもが、「土日で1日5時間以上の練習をしている」と答えています（データ1参照）。一方で、練習時間が3時間以下のチームの場合、ヒジを痛めている子はほとんどいないというデータが出ているのです。

――練習時間が多くなるということは、必然的に球数も多くなると考えられますね。データは小学生ですが、中学生にも高校生にも当てはまることでしょうか。

古島　もちろん、当てはまります。練習時間が長くなりすぎると、疲労もたまりやすくなります。疲れを感じるということは、体が自己防御反応をしているということです。「これ以上続けるとケガをするよ」という脳からのサインです。疲労してからの練習は集中力もなくなり、筋力のパフォーマンスも下がり、一気に練習の効率が低下します。したがって、故障するリスクがどうしても高くなります。

――疲れを感じてから投げ込むことによって、力みの抜けたいいフォームを身に付けることができると考える指導者もいると思います。

古島　それで、生き残ったピッチャーはほんの一握りではないでしょうか。生き残った人が言うので、なおさらたちが悪いのですけど。その裏で、多くのピッチャーが投球障害によって、野球を辞めてしまっています。疲労を感じてくると、フォームが崩れてきて筋出力も落ちる。その状態で数を投げようとしても、いいことはありません。確率の低い方法で、しかも昔ながらの方法で、いまだに信念を持ってやっていらっしゃる指導者がいることが非常に残念です。

データ **1** ［ **ヒジ内側障害選手の練習時間** ］

裂離骨折：回答者301人（平均年齢：11.3才）

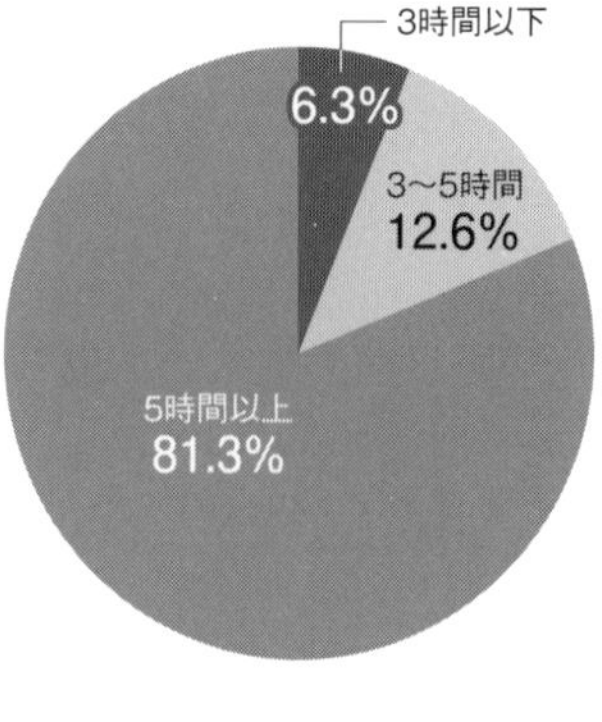

――厳しいお言葉ですね。

古島　次に、定期的に健診を続けているチームのメディカルチェックを受診した小学生３９６人に対してのデータです（データ２参照）。投球数と投球障害についてアンケートを取りました。「変形（＋）」がヒジを痛めた経験があり、「変形（－）」が痛めたことのない子どもになりますが、１日３時間以下の練習時間の場合、95人のうち17人しか投球障害の既往がないことがわかります。これが、練習時間が増えるほど障害のリスクが高まり、５時間以上では55パーセントを超える子どもがヒジを痛めてしまっています。

――小学生で５時間の練習というのは……。

古島　小学生では、長すぎますよね。無駄な時間が多いと思います。

――球数に関しては、どんなデータがあるのでしょうか。

古島　これも小学生のデータですが、75人のピッチャーを調べたところ、１日に１００球以上投げる子では60パーセント近くがヒジを痛めていました（データ３参照）。一方で、70球以下では37パーセント程度が痛めていることになります。さきほど、「投球障害をゼロにはできないけど、重症者を減らすことはできる」とお話ししたのは、ここにつながってくるところです。たとえば、高校生で考えたときに、１５０球投げても壊れない人がいれば、壊れる人もいます。それは１００球でも同じで、80球でも、50球になっても同じです。ただし、割合で見ていけば、球数が少ないピッチャーほど投球障害のリスクは確実に

[肘障害の既往率（野球肘検診にて）]

データ 2

42.1%（167名/396名中）

休日練習時間と障害率

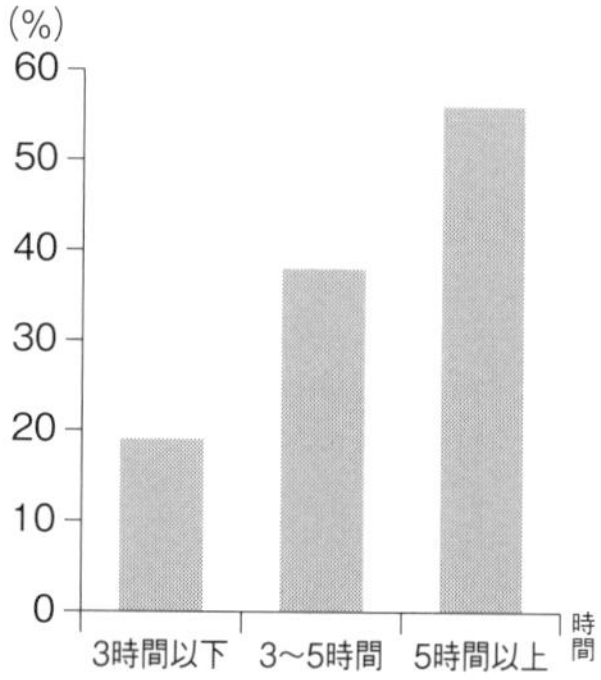

	3時間以下	3〜5時間	5時間以上
変形(+)	17	42	106
変形(−)	78	69	84
計	95	111	190

データ 3

4.6%（35名/75名中）

投手の投球数と障害率

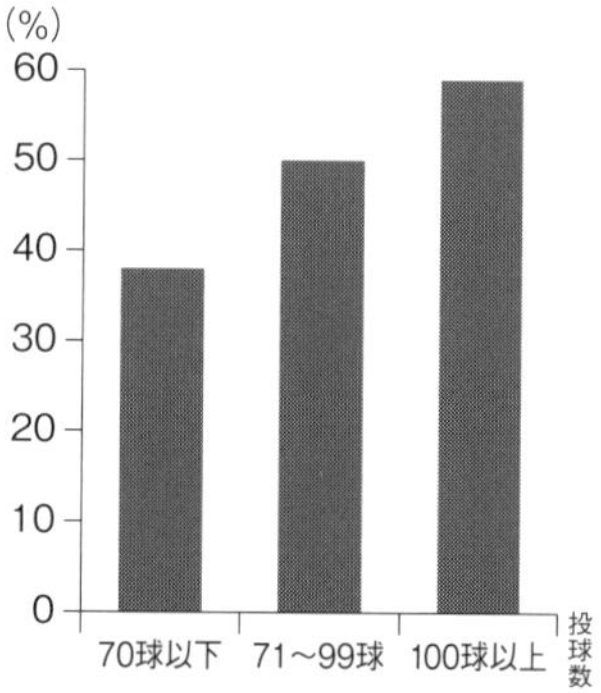

	70球以下	71〜99球	100球以上
変形(+)	11	13	11
変形(−)	19	13	8
計	30	26	19

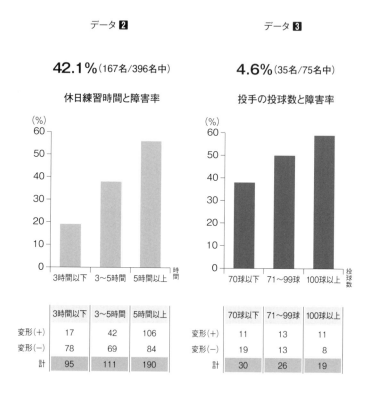

減っていきます。そして、軽症例はもちろんのこと、手術が必要な重症例を減らすこともできるのです。こうしたことを言うと、「練習時間がないと勝てない」と言う方もいるかと思いますが、勝つためにチーム練習をするのではなく、小学生では個人個人が将来的にうまくなるための練習をしてほしいと思います。ですから、練習内容をもっと効率よくするよう見直していくべきです。

ジュニア期の障害経験が高校にまでつながっている

――高校生に関するデータは、どのようなものがあるのでしょうか。

古島　興味深いデータがあります（データ4参照）。甲子園常連校の新入生60人を調査したところ、高校入学前にヒジの投球障害を経験した選手が39人いました。割合としては65パーセント（39人／60人）になります。この60人をさらに1年間追跡し、再び調査してみると、その後、ヒジに痛みを感じた選手が20人いました。なんと、そのうちの18人は、高校入学前にヒジを痛めていた選手だったのです。

――再発しているということでしょうか。

古島　そういうことです。過去にヒジを痛めた39人中18人が、高校で再び痛めていた。46パーセント以上が、再発していたということです。高校で初めて痛めた選手は、9パーセ

データ❹［ 高校生の肘障害 ］

高校野球強豪校新入部員調査：60名追跡調査

◉高校入学前の肘痛既往歴：39名／60名

追跡調査

◉入学後の肘痛発症者：20名／60名

◉高校での肘痛発症者90%が再発例

☞ 肘痛既往者の**46%**（18／39）が再発

☞ 肘痛既往なければ**10%**（2／21）の発症率

⬇

学童期に障害を起こしていなければ
その後痛めるリスクは減少する

ント（2人／21人）程度。それだけ、小学生、中学生のときの過ごし方が大事になってくるのです。

――なぜ、痛みが再発しやすくなるのでしょうか。

古島　小学生の骨はまだ軟らかく、育っていません。未熟な体なわけです。レントゲンを撮るとわかりますが、成長途上の小学生や中学生の骨には骨端線があります。これは骨の成長線であり、まだ骨が伸びる余地がある。ここから軟骨が生まれ、それが硬い骨に変わっていき、骨がどんどん伸びていくわけです。骨が軟らかい時期に数多くのボールを投げ、負担が増えれば、ヒジを痛めるのは当たり前のことです。

――そもそも、ボールを投げる動作自体が、ヒジにとっては負荷がかかると聞いたことがあります。

古島　その通りです。ヒジは、本来は屈曲伸展（曲げ伸ばし）の動きしかできません。だから、ダーツのように投げるのであれば、ヒジを痛めることはほぼないですが、野球の場合はそうはいきません。レイトコッキング（胸が張られ、ヒジがしなる）のときに、ヒジに外反ストレスがかかり、骨や靭帯にもっとも大きな負荷がかかります。言い換えれば、投げる動作は、非生理的で不自然な動作を繰り返していることになります。

――そして、体が未発達の子どもほど、痛めやすくなる。

古島　子どもの関節のほとんどは、まだ軟骨成分が占めています。さらに、軟骨や骨は、大人の骨と違って軟らかくすぐに痛めやすい状態です。「内側上顆下端剥離骨折」といって、骨折している場合があります。靭帯が付着している部分から、骨ごと剥がれてしまう。その一方で、子どもの骨は成長が早いという側面もあり、1年で身長が10センチ以上伸びるほど、骨の代謝が早いのです。だから、「ヒジがちょっと痛いな」と思っても、1~2カ月休めば、剥がれていた骨がくっ付いて、また投げられるようになります。たとえばですが、大人の場合は骨折したあとに骨がくっ付くのに1カ月かかるとしたら、子どもは3週間で十分。1週間違うというのは、相当な違いになります。そう考えると、子どもの骨は壊れやすい反面、治りやすい時期でもあるのです。

――デリケートな時期だからこそのケアが必要になってくるわけですね。

古島　ただし、繰り返しの損傷を受けてしまうと、子どもであっても治りにくくなります。一番の問題は、ヒジを支える役割を持つ靭帯が損傷を繰り返して、ゆるくなることです。靭帯は伸縮性がほとんどなく、輪ゴムのように伸び縮みするわけではありません。骨は治ったとしても、1度ゆるくなった靭帯は、負荷を支える機能としての働きが悪くなります。高校生や大学生になって、いざパワーを発揮できるようになったときに、その負荷に耐えられないヒジになってしまうのです。

アメリカで採用されている「ピッチスマート」という考え方

――野球大国の中で、日本のように投球障害が多い国は稀なケースなのでしょうか。アメリカでも、問題になっていた記憶があります。

古島　アメリカもあります。スカウトが選手を見いだす場の「ショーケース」で、若い年代から登板過多でヒジを痛める子どもたちが増えてしまいました。それではいけないと、アメリカの医学界が9歳～12歳に向けての提言として「投球間は14～15メートル」「年間80イニング以上投げない」「連続プレー期間は2、3カ月として、年間4カ月の休養期間を作る」「直球とチェンジアップ以外は投げない」「投手と捕手を兼任しない」など、いくつかのルール決めをしています。

――「ピッチスマート」というガイドラインが、日本でも知れ渡るようになりました（資料1参照）。

古島　ルール決めのひとつですね。もし、指導者がピッチスマートを守らずに、ピッチャーがヒジを壊してしまったら、その保護者から訴えられる可能性もあります。訴訟社会のアメリカですから、親が訴えてすぐに裁判。日本とアメリカでは文化の違いがありますが、ルール作りという点でアメリカは進んでいますね。

――ピッチスマートでは、17～18歳の投球上限数が105球に設定されています。日本でも「100球」がひとつの目安と聞きますが、その数字はどこから出てきたのでしょうか。

古島　正直、故障をきたす数には個人差があります。一般的に80球を超えると、疲労を感じるようになり、疲労の割合が増えれば増えるほど、ケガが増えるというデータがあります。ただし、倫理的に何球投げたらヒジが壊れるのかという実験はできないので、あくまでも目安として100球という数字が出ています。

――日本の高校生の場合も、1日100球が目途になるのでしょうか。

古島　「育成」と考えたら、球数が少ないに越したことはありません。よく、「高校野球で終わりの選手もいるから、球数制限は必要ない」という意見を聞きますが、選手がどの時期に伸びるかはわかりま

資料 **1** **［ ピッチスマート ］**

年齢	7～8	9～10	11～12	13～14	15～16	17～18	必要な休養日数
1日の投球数上限	50球	75球	85球	95球		105球	
1日の投球数	20球以内				30球以内		➡ 連投可
	21～35球				31～45球		➡ 中1日
	36～50球				46～60球		➡ 中2日
	――	51～65球			61～75球		➡ 中3日
	――	66球以上			76球以上		➡ 中4日

せん。最大多数の障害予防を考えるということになります。

――ピッチスマートには、休養日の規定がはっきりと明記されています。高校野球は試合日程上、どうしても連投せざるをえないときがありますが、連投に対するヒジのストレスはどのようなものなのでしょうか。

古島　高校生に多いのが、このような例です。「土曜日に１２０球、日曜日に１２０球を投げて、そのときは大丈夫だった。でも、翌週の土曜日に70～80球投げたら、痛みを感じた」。連投したあとの翌週に、ヒジを痛めてしまう事例が結構あります。連投の場合、ちょっと違和感があっても、体を動かしていくうちに「今日もいけるな」と思ってしまうんです。でも、実際の筋出力は万全なときと比べると低い。その状態で投げ続けることによって、ヒジにストレスがかかってしまいます。

――試合以外のところでも、投球数がかなり多いチームがあります。

古島　新チームが始まった当初、エースを争う立場にいたピッチャーが、バッティングピッチャーで４日連続１００球を投げ、ヒジを痛めたケースがあります。監督がネット裏でずっと見ていたので、ずっと全力投球。疲労はかなりあったにも関わらず、５日目には練習試合に登板させられると、20球投げたところで、ヒジに激痛が走り降板。監督に「病院を受診する」と伝えると、「期待していたけどダメだったな。治して、また自力で這い上がってこい」と言われたそうです。その後、２か月ほど投げずにいるも、ヒジの痛みが治まらず、結局はトミー・ジョン手術（肘内側側副靭帯損傷の再建術）を受けざるをえませんでした。

——今回取材した学校では、仙台育英が投球数を表に記して、球数管理をしていました。

古島　それはいい取り組みだと思います。いいことは、どんどん広まっていってほしいですね。

投球障害がはるかに少ないドミニカ共和国の育成法

——記事で拝見しましたが、古島先生はドミニカ共和国に視察に行き、日本とドミニカの育成方針の大きな違いを感じられたそうですね。

古島　ドミニカは人口約1千万の小国にも関わらず、現役メジャーリーガーが142人（2018年現在）。これまで2度視察に行っていますが、日本とのさまざまな違いを感じます。指導者側から、子どもに対して「投げすぎるなよ」と教えています。ドミニカで224名の子どもたち（小学生~高校生）のメディカルチェックをしましたが、OCD（外側障害）は0パーセントで日本ではありえない数字でした。内側障害の既往も少なく、18パーセント。私たちが行った日本での野球肘検診（1584名）では、OCDが3・4パーセント、内側障害既往は34・3パーセントもありました。

――投球障害の割合に関して、大きな違いがありますね。

古島　日本と比べると、はるかに少ないと言えます。なぜこういう違いが出るかというと、ジュニア世代で「勝利が重要」とはしていないからです。それはアカデミーでも2Aでも3Aでも一緒。彼らの目標は、将来的にメジャーリーグで活躍することです。試合になれば当然「勝ちたい」という気持ちは出てくるでしょう。選手がそう思うのは構わないのですが、指導者側が「勝つために練習する」という雰囲気は感じませんでした。練習も試合も、失敗を恐れずにプレーさせている。とても楽しそうにプレーしていたのが印象的です。

――投球数の制限はあるのでしょうか。

古島　上限が「6～7歳＝30球」「8～10歳＝40～50球」「11～12歳＝70～80球」「13歳以上＝80～90球」で、試合は週4日ありますが、ローテーションを組んで、連投はさせない。「投球回は4イニング以内」という考えで行っていましたが、上限まで投げさせることもないようでした。そして、試合で投げたあとは4～5日は登板なし。投球障害が少ない理由がわかります。

――日本では今でも指導者の罵声が問題視されますが、ドミニカはどのような指導スタイルなのでしょうか。

古島　ドミニカでは、怒声罵声はまったくないですね。選手の楽しそうな声しか聞こえません。指導者たちはみんな、「怒鳴ることによる指導は、子どもたちが委縮してしまい、思い切ったプレーができなくなる」という考えを持っていました。そもそも、スポーツには「健康な体を作る」「スポーツマンシップを学ぶ」「人間性を育てる」というような目的があるはずですが、日本は軍隊式指導からの流れもあり、「修行」「苦しみを乗り越える」。特に野球はその側面が強いのではないでしょうか。

――戦後直後ならまだしも、もうそんな時代ではありませんね。

古島　そう思いますね。そこから考えていかないといけないでしょう。

――ドミニカの練習時間はどのぐらいなのですか。

古島　小学生では1日3時間で、週5日ほど。その中で試合もやっていました。日本の練習に見慣れていると、「これで終わり？」という練習量です。キャッチボールは5分ぐらいで、ノックもひとり5～10本で終わり。守備練習では、指導者が前から転がしたボールを捕って、近いところに投げることを何本か繰り返していました。ピッチャーは試合では投げていましたが、ブルペンで投げることはほとんどありません。それでも高校生になると、どのピッチャーも球が速くて、驚かされました。ドミニカの指導者は、「試合をして野球を好きになる。小学生の段階では野球が楽しいと感じさせることで十分だ」と言っていましたね。あとは、自分で勝手に練習するようになり、うまくなる。私の外来に受診してくる選手の中には、「野球は好きだけど楽しくない」といった選手がじつは多数います。

――日本とはまったく違いますね。球速を上げるために、ドミニカではどういうことを

やっているのですか。

古島　潜在能力の高さはあるでしょうが、たくさん投げていなくても、体が大きくなれば速くなってくるということです。体の成長とともに球速も上がる。これが、理想なのだと思います。体が小さい、もしくは成長段階で能力以上の速さを求めては故障してしまうのです。その事実も知っておいたほうがいいと思います。

――日本の場合は、投げすぎることで疲弊しているケースもありますね。

古島　疲労がパフォーマンスを下げ、故障につながってしまうのです。ドミニカの指導者が第一に考えているのは、「ケガをさせないためにはどうしたらいいか」です。これは、アメリカの指導者もドミニカの指導者も言っていることですが、「日本は経済では先進国だけど、野球の指導においては発展途上国だ」と。残念ながら、そういうふうに見られているのです。

――なかなかショッキングな言葉ですね。

古島　指導者が子どもたちの体を守りながら、スポーツを教えることが世界標準なのです。ドミニカでは、「メジャーで活躍するには、体を大きくしなければいけない。大きくするためには、練習のやりすぎはいけない。成長期こそ、休息をしっかりと取ることが大事だ」という考えが根底にあります。日本の指導者は、「休んでいる暇があったら、走っていろ！」と考える人が多いのではないでしょうか。

――週1日の休みがある高校は増えていますが、土日の2日間は1日中練習のところが多いですね。

古島　せっかく摂った栄養が、背が伸びることに使われずに、運動で消費されてしまいます。それに、たくさん走ったり、投げたり、骨に過度な負荷をかけたりすると、骨端線が早く閉じてしまうのです。これでは背が伸びず、体が大きくなりません。練習をすればするほど体が成長しない、という悪循環になってしまいます。

――骨端線が閉じるのですか？

古島　はい、本来まだあるはずの骨端線が早く閉じます。ヒジのレントゲンを撮るとよくわかりますが、右利きの選手は右ヒジの骨端線が閉じていて、左ヒジはまだ骨端線が開いている。こういうケースが実際によくあります。ヒジは左右差があるから違いがわかりますが、走るときには両足に負荷がかかるので、なかなか左右差が見えてきません。

――本来はもっと身長が伸びたかもしれない。

古島　骨端線は、足首にも、膝にも、大腿骨にも、股関節にも、背骨にもあります。練習時間をよく考えて、休息を大事にしてほしいと願います。

――昔から、「よく練習するチームの選手は、体が小さい。のびのび練習しているチームほど、体が大きい」と都市伝説のような話がありますが、あながち間違ってはいないのでしょうか。

古島　それは、本当のところだと思いますよ。

ヒジの靭帯に負担がかかりやすいスライダー

――冒頭で、「強度」というキーワードがありましたが、全力投球の1球でも壊れると聞いたことがあります。

古島　あります。強度は大事ですね。遠投の1球で、ヒジを痛める可能性もあります。陸上競技にたとえるとわかりやすいですが、たとえば200メートルを全力で20本走るのと、4キロをゆっくり走るのとでは、同じ4キロであっても、疲労度と負荷がまったく違います。20本全力で走る場合、はじめの5本はいいタイムが出ますが、そこからのタイムは徐々に落ちていくでしょう。ピッチャーにも同じようなことが言えて、全力で何百球も投げ続けていれば、だんだんスピードやキレなどが落ちていきます。ときには、肉離れなどを起こすこともあるでしょう。遠投で痛めるのと、同じ状況です。それでも、疲労を感じながらも、最後まで全力で投げざるをえない。ヒジには相当な負荷がかかっています。だから、技術が高く、賢いピッチャーは強度を調整しながら、ある意味では少し手を抜く部分も作りながら、1試合投げ抜いているところもあると思います。

――賢いピッチャーは、ギアチェンジがうまい。ストレートだけ全力で100球投げた

ら、ヒジへのストレスは高いわけですね。

古島　ストレートもそうですが、一番負担がかかるのはスライダーです。ボールを投げ終わったあと、腕は必ず回内（手のひらが外を向く）しますが、スライダーやカットボールは、前腕が回外、手関節が屈曲する動きが入ります。そこで、前腕にグッと力が入ることによって、前腕の筋肉が収縮し、その直後にフォロースルーで前腕が回内、手関節が伸展されて筋肉が伸張されてきます。このとき、筋肉に収縮力が働いたまま無理に伸張されて、さらに繰り返されることによって、筋肉の疲労が早く出てくるのです。前腕の手のひら側には屈筋群（長掌筋、橈側手根屈筋などの筋肉の総称）と呼ばれる筋肉が付いていて、ヒジの内側を支える役目を担っています。この屈筋群が疲労すると、ヒジの靭帯そのものに負担がかかりやすくなり、靭帯を痛める原因となるのです。

――スライダーを多投しているピッチャーは要注意。投げないほうがいいですか。

古島　投げてもいいですけど、球数は極力減らしたほうがいいでしょう。特に高校生以下で、勝負球にスライダーばかり投げていたら、試合終盤に疲労がたまってきます。

――そういうピッチャーが連投するとなると……。

古島　どうしても、故障のリスクが高くなります。高校野球で気になるのが、夏の大会前の5月や6月にたくさん投げさせてしまうことです。

――夏に向けて、連投の練習をするチームもあります。

古島　大事なピッチャーが、大会直前に故障してしまうケースを何度も見てきました。むしろ、大会前の投げすぎは最悪です。疲労がたまっていない状態で大会に臨んだほうが、いいパフォーマンスが発揮できるはずなのにと思います。

――高校生で、週6日の練習はやりすぎでしょうか。

古島　高校野球を見ていると、練習のやりすぎで、お腹いっぱいになっている選手が多いように感じます。「練習時間が短い」と感じるぐらいのほうが、伸びる子は伸びます。「もっとやりたい」と自分で考えて、練習の中で工夫するようになりますから。

――スポーツ庁が発表した部活動ガイドラインでは、「週休2日。平日2時間、土日3時間程度」という練習時間でした。

古島　ケガのリスクを考えても、そのぐらいの練習量でいかないといけないと思います。短い練習時間の中で、どう効率よく練習するかを考えることが大事だと思います。ひとつ、野球とは別の例を紹介すると、スピードスケートでメダルを量産するオランダ代表チームが、興味深いトレーニング方法を導入しています。強負荷・中負荷・低負荷に分けてメニューを考えていて、強負荷はリンクを1周や2周すれば、その場に倒れ込むような強度。この強負荷のメニューが、1日の練習時間のうちの10パーセント程度だそうです。では、残りの中負荷、低負荷はどのぐらいの割合だと思いますか？

――中負荷が30パーセント、低負荷が60パーセントぐらいですか。

古島　中負荷がゼロで、低負荷が90パーセントです。

――それはびっくりです。高校野球においては、高負荷の割合が高いでしょうね。

古島　もともと、「中抜けトレーニング」という考え方があり、「高負荷30－中負荷0－低負荷70」の割合で、中負荷をやらない練習方法がありました。そこから、「高負荷の割合をもっと減らせるのではないか」となり、「高負荷10－中負荷0－低負荷90」の割合になったそうです。その結果、選手のケガが減り、本番でのパフォーマンスが上がって、メダルを獲る選手が急増しています。毎日のように走り込みをして疲れさせても、効果はないということです。これはひとつの例ですが、こうした考え方もあることを知っておいてください。

野球選手としての体力的ピークは高校時代ではなく25歳

――選手の立場で考えたときに、自分自身のヒジを守るために、できること、やれることはありますか。

古島　自分の体を守るために、賢くなってほしいですね。甲子園を目指して、無理をしてでも頑張りたい気持ちはわかりますが、将来はまだまだ先にあります。野球における体力的なピークは、おおよそ25歳前後。そこから先は経験や考え方がどんどん蓄積され、さらに熟練していきます。たとえば、小学3年（9歳）で野球を始めたとして、体力的なピークを迎えるまであと16年あるわけです。高校時代はまだ、その半分に過ぎない。そこでピークを求めようとするから、成長と負荷のかけ方がアンバランスになり、ケガをしてしまうのです。

――選手自身も先を見据えて、プレーをしなければいけないわけですね。

古島　高校で活躍するためにも、中学で頑張らないといけない。中学の強豪チームでプレーするためには、小学校で頑張らないといけない。それが今の野球界の流れです。でも、野球は早くから取り組んだからといって、それほどアドバンテージがある競技ではありません。卓球や体操などは、小さい頃から培った感覚が大事になるかもしれませんが、野球は違うように思います。現実、プロへの道は高校卒業時、大学卒業時など限定されてしまっているので、なかなか現状解決が難しい問題かもしれませんが。

――最近は、小学生から「タッパ飯」を食べさせるなど、過度な食事が問題になっています。

古島　炭水化物だけ摂っていても、意味はありません。人間の成長に大事なのはバランスよく食べることです。体を大きくするために米ばかり食べることを強制するのは、考え方が足りないと思います。さらに、プロテインを強制しているチームもあると聞きます。成長と栄養学の勉強をもう少し学んでいくべきでしょう。

――プロ野球選手を見ると、22歳を過ぎたあたりからどんどん大きくなるように感じます。たとえば、菅野智之投手は高校時代、ガリガリの細身で、今のような体型になるとは想像つきませんでした（186センチ95キロ）。

古島　そういうタイプが理想的ですよね。高校生ぐらいまでは体が細く、上のレベルに進みながら、体が大きくなっていくほうがいいですね。高校時代から筋トレをガンガンやって、体を大きく重たくしてしまうと、ピークが早く来て、技術の伸びシロがなくなってしまいます。早い時期に筋力が付きすぎると、〝骨で動く〟ことができなくなるのです。つまり、筋肉に頼って力を発揮しているので、動きは遅くなり、故障しやすい体の使い方になります。

――骨で動くとはどういう感覚ですか？

古島　人間の体は骨の動き、つまり関節の使い方をうまくすれば、速さを出すことができます。そして、それがパワーを出すことにつながっていく。今の高校野球では、体重を重くして、筋力を付けて勝とうとする風潮がありますが、高校でそこまで体を作ってしまうと、上での伸びシロがなくなるということです。

――筋肉が付きすぎることで、出力が高くなりすぎる危険性もあるでしょうね。選手側の視点からすると、「ヒジがちょっと張っている」とか「違和感がある」という感覚があると思います。でも、指導者からすると、「そのぐらいなら投げろ」と思う人もいるわけ

で……、このあたりはどのように対応していったらいいのでしょうか。

古島　じつは、ここはすごく大事なところで、「これ以上投げたら、ヒジが痛くなるな」という感覚を持つことは、野球選手として生きていくために必要なことです。この感覚がある子は、野球の上達において、主体的に考えながら取り組むことができるため、うまくなれる可能性を持っていると思います。

――プロのピッチャーの話を聞いていると、キャッチボールでちょっとした異変を感じただけで、投げるのをやめますよね。

古島　こういうセンスを証明するのは難しいですけど、言い換えれば「危険察知能力」でしょうか。「ちょっとやばいな」と思えるかどうか。そう思える選手になってほしいです。

――あとは、それを察知したときに、監督に言えるかどうかですよね。

古島　日本の場合は、特にそれがありますね。チームのみんなで勝つことを目標にやっているときに、「ヒジに違和感があって……」と言えるかどうか。最近では、小学校でも同じようなことが起きていて、部員数が少ないために、一人ひとりにかかる負担が大きくなってしまっているのが現状でしょう。エースが連投して、大会の上位に勝ち上がっているときに、本人だけでなく親も「投げられません」と言えるか。周りから、「自分の子どもだけ守って」という目で見られてしまうかもしれません。

――これまでの日本は「チームのために投げる」という考えが当たり前でした。

古島　そうした考えが、「悪い」と言っているのではありません。それを美談として考えてしまう風潮を変えていかない限り、投げすぎによってつぶれる子は減っていかないと思います。投手のヒジは、その子のものですから。

――ヒジは宝石であり、宝物。

古島　本当に、それぐらい価値のあるものです。指導者の意識がどこまで変わるかにかかっています。球数制限導入の話が進み、継投が当たり前の考え方になっていくことを願っています。

第5章

健大高崎
青柳博文監督
葛原美峰元アドバイザー

継投でノーヒットノーランの快挙

葛原美峰

（くずはら・よしたか）

1956年生まれ、愛知県出身。今春センバツを制した東邦のOB。東邦のコーチ（1979〜1980）、杜若の監督（1980〜1993）、四日市工のコーチ（1999〜2002）を務めたあと、2010年から健大高崎のアドバイザーに就任。主にデータの分析を担当し、春夏６度の甲子園出場に貢献した。2019年３月末に健大高崎を退任し、現在はフリー。

健大高崎

青柳博文

（あおやぎ・ひろふみ）

1972年生まれ、群馬県出身。前橋商〜東北福祉大。前橋商３年春（1990年）に甲子園出場。2002年、野球部ができたばかりの健大高崎の監督に就き、一からチームを育ててきた。ここまで春夏６度の甲子園出場を誇り、通算13勝６敗。初戦突破確率100パーセントで、ベスト４・１回、ベスト８・３回。

2011年夏、初めて甲子園に出場してから、着実に実績を重ね、その名が全国区になった健大高崎高校。2010年代の高校野球を席巻した学校と言っても、過言ではないだろう。

チームの象徴となったのが『機動破壊』というキャッチフレーズだ。2012年のセンバツで16盗塁、2014年夏の甲子園で26盗塁を決めるなど、足でプレッシャーをかけ続け、相手バッテリーの心理を幾度となく破壊した。今まで足を武器にしていた高校はいくつもあるが、健大高崎ほどクローズアップされることはなかったのではないか。

2017年のセンバツ2回戦（対福井工大福井）では、1点ビハインドの9回裏2アウト二、三塁の場面で、二塁ランナーがわざと大きなリードを取り、ピッチャーが二塁にけん制を投げたくなる隙を演出。狙い通りにけん制を投げさせると、その隙を突いて、三塁ランナーがホームを陥れるトリックプレーを成功させたこともあった。

一方、守備面にも大きな特徴がある。

それが今回の本題になるのだが、健大高崎は継投が基本線で、先発完投で試合が終わることはほとんどない。これまで春夏甲子園で20試合戦っているが、ひとりのピッチャーが最後まで投げ抜いたのは6試合しかない（健大高崎　春夏甲子園20試

合　継投表参照)。

２０１４年夏の群馬大会決勝では、川井智也（日体大４年）－高橋和希－松野光次郎の３投手で、継投によるノーヒットノーランを達成したこともあった。まったく打たれていないピッチャーに対して、迷うことなく代えていく。勇気、覚悟、そして根拠を持っていなければ、決断できないことであろう。

継投を決断するのは、２００２年の創部以来、指揮を執る青柳博文監督である。かつては、ひとりのエースを信頼し、１試合を託す起用をしていたが、周囲のアドバイスもあり、方針転換。２０１１年夏には、星野竜馬、三木敬太、片貝亜斗夢の必勝パターンで群馬大会を初制覇して、甲子園でも初勝利を挙げた。

健大高崎には、青柳監督をサポートする形でさまざまなブレーンがいる。走塁、打撃、トレーニング等、各分野に総勢10名ほどの専門家を置き、それぞれが役割を果たすことで、強い組織を作り上げてきた。

ブレーンのひとり、アドバイザーとしてチームに関わっていたのが葛原美峰先生(昨年度で退任）である。『機動破壊』という言葉の生みの親であり、継投の考え方をチームに浸透させたのも葛原先生である。

本章では前半で青柳監督、後半で葛原先生に登場いただき、健大高崎のもうひとつの強みである継投について、その極意を語ってもらった。

[健大高崎　春夏甲子園20試合　継投表]

年	大会	対戦		一	二	三	四	五	六	七	八	九	十	十一	十二	十三	十四	十五	計
2011夏	甲子園	1回戦	健大高崎	0	0	2	1	0	0	1	0	3							7
		(8/6)	今治西	0	0	0	5	0	1	0	0	0							6
		P　星野竜馬(3 2/3)→三木敬太(1 2/3)→片貝亜斗夢(3 2/3)																	
		2回戦	健大高崎	0	0	0	0	0	5	0	0	0	0						5
		(8/12)	横浜	0	2	2	1	0	0	0	0	0	1						6
		P　星野(2 0/3)→三木(3)→片貝(4 2/3)																	
2012春	甲子園	1回戦	健大高崎	0	1	0	0	0	1	3	0	4							9
		(3/22)	天理	0	0	0	0	2	0	0	0	1							3
		P　三木(9)																	
		2回戦	健大高崎	2	0	0	0	0	0	0	0	1							3
		(3/28)	神村学園	0	0	0	0	1	0	0	0	0							1
		P　三木(9)																	
		準々決勝	健大高崎	2	0	0	0	2	0	5	0	0							9
		(3/30)	鳴門	0	0	0	0	1	0	0	0	0							1
		P　生井晨太郎(6)→倉本玄(1)→神戸和貴(1)→下田友(1)																	
		準決勝	健大高崎	0	0	0	0	0	0	0	1	0							1
		(4/2)	大阪桐蔭	0	1	0	0	0	0	0	2	0							3
		P　三木(8)																	

年	大会	対戦		一	二	三	四	五	六	七	八	九	十	十一	十二	十三	十四	十五	計
2014夏	甲子園	1回戦	健大高崎	0	0	2	1	2	0	0	0	0							5
		(8/13)	岩国	1	2	0	0	0	0	0	0	0							3
		P　川井智也(2)→高橋和輝(7)																	
		2回戦	利府	0	0	0	0	0	0	0	0	0							0
		(8/18)	健大	3	0	2	1	0	2	0	2	×							10
		P　川井(5)→高橋(2)→石毛力斗(1)→松野光次郎(1)																	
		3回戦	山形中央	0	1	0	0	2	0	0	0	0							3
		(8/21)	健大	1	0	4	0	0	1	0	2	×							8
		P　石毛(3)→高橋(6)																	
		準々決勝	大阪桐蔭	0	0	2	0	0	0	2	1	0							5
		(8/22)	健大	1	0	0	1	0	0	0	0	0							2
		P　川井(4)→松野(3)→高橋(2)																	
2015春	甲子園	1回戦	健大高崎	1	3	0	0	1	0	1	0	3							9
		(3/25)	宇部鴻城	0	0	0	0	0	0	0	1	0							1
		P　川井(9)																	
		2回戦	天理	0	0	0	0	0	0	1	0	0							1
		(3/28)	健大高崎	0	0	0	1	0	0	1	1	×							3
		P　川井(9)																	
		準々決勝	東海大四	0	0	0	0	1	0	0	0	0							1
		(3/29)	健大高崎	0	0	0	0	0	0	0	0	0							0
		P　橋詰直弥(5)→川井(4)																	

年	大会	対戦		一	二	三	四	五	六	七	八	九	十	十一	十二	十三	十四	十五	計
2015夏	甲子園	1回戦	健大高崎	0	0	8	0	0	1	1	0	0							10
		(8/10)	寒川	0	0	0	2	0	0	0	2	0							4
		P 川井(7)→吉田駿(1)→橋詰(1)																	
		2回戦	創成館	1	0	0	0	0	0	1	1	0							3
		(8/14)	健大	0	0	0	0	3	0	0	5	×							8
		P 橋詰(5)→川井(4)																	
		3回戦	秋田商	0	2	0	1	0	0	0	0	0	1						4
		(8/16)	健大	1	0	0	0	0	0	0	2	0	0						3
		P 橋詰(5)→川井(5)																	
2017春	甲子園	1回戦	札幌第一	0	0	0	0	0	1	0	0	0							1
		(3/22)	健大高崎	0	3	2	0	0	0	5	1	×							11
		P 伊藤敦紀(7)→小野大夏(1)→竹本甲輝(1)																	
		2回戦	工大福井	0	0	0	0	3	3	0	0	1	0	0	0	0	0	0	7
		(3/26)	健大高崎	0	0	4	0	1	0	1	0	1	0	0	0	0	0	0	7
		P 伊藤(5 2/3)→小野(1 1/3)→竹本(1 2/3)→伊藤(6)																	
		2回戦	工大福井	0	0	0	0	0	0	0	0	2							2
		(3/28)	健大高崎	4	0	0	6	0	0	0	0	×							10
		P 向井義紀(9)																	
		準々決勝	秀岳館	2	0	1	4	0	1	0	0	1							9
		(3/29)	健大高崎	0	0	0	0	0	1	1	0	0							2
		P 伊藤(2 2/3)→竹本(3 1/3)→小野(3)																	

ひとりでも多くのピッチャーにチャンスを与えたい

なぜ、青柳監督が継投策で戦うようになったのか。そこにはいくつかの理由がある。

「２０１０年まで１度も甲子園に行くことができず、そこまでは基本的にひとりのエースで戦っていました。でも、どうしても、９回を投げ切るだけの力がない。終盤につかまってしまう。そこで、エースだけで戦う野球に限界を感じて、ピッチャー一人ひとりに役割を与えるようになりました」

継投策を取り入れた最初の年（２０１１年）に、夏の群馬大会を初制覇。ひとつの成果が出たことで、青柳監督も手応えをつかむことができた。

ピッチャーが多いチーム事情も、複数投手制に踏み切るきっかけになった。

「例年、１学年に10名前後のピッチャーがいます。練習を頑張っている姿を見ると、ひとりでも多くのピッチャーにチャンスを与えてあげたい。エースひとりの野球だと、ほかのピッチャーにチャンスが回ってこない。こうなると、モチベーションも上がってきません。誰にでも、ピッチャーとしての良さがひとつはあるもので、そこを生かしてあげたい。フォームが汚くても、〝打ちづらさ〟として武器になることもあるわけです。１イニングでも2イニングでも抑えることができたら、自信につながっていきます」

登板のチャンスがあるとわかれば、練習への気持ちの入り方も変わってくる。公式戦で打たれたとしても、その悔しさを糧にして、課題克服に臨むことができる。「自分のせいで負けてしまった」と思えば、指導者に言われなくても、責任を感じて練習に取り組むだろう。

「分析する相手側に立ってみても、継投には大きなメリットを感じています。ひとりのピッチャーしかいなければ、その子だけを分析して、対策を立てればいい。でも、2人も3人もいるとなれば、それだけで対策するのに時間がかかってしまうのです。試合でも2巡目が終わったところで、『タイミングが合ってきた、3巡目からチャンスが来る』と思ったところで、次のピッチャーに代えられると、ものすごくイヤなもの。そう簡単に、対応することはできませんから」

これは、近江高校の多賀章仁監督の話（119ページ）にもつながってくるが、レベルの高い学校になるほど3巡目以降に対応してくることが多い。配球を読まれること、球筋に慣れられること、ピッチャーに疲れが出てくることなど、複数の要因が絡んでいるだろうが、対戦が進むほどバッターが有利になるのは野球界のセオリーである。

だからこそ、継投に意味が出てくる。バッターが慣れてくる前に、ピッチャーを代える。当然、すべてが成功するわけではないが、こうした発想を持っておくことが、継投で戦うための原点となる。

事前に継投の順番を必ず伝えておく

青柳監督が「会心の継投」として振り返るのが、2014年夏の県大会決勝、伊勢崎清明との試合である。3回表に1点を挙げた健大高崎が、その虎の子の1点を守り切り、3年ぶりとなる夏の甲子園出場を決めた。

冒頭で記した通り、3投手によるノーヒットノーランリレーだった。長い高校野球の歴史の中で、地方大会の決勝でこのような記録が生まれるのは、かなり稀なケースだ。何せ、打たれていないピッチャーを代えていくわけだ。もし、逆転負けを食らっていたら、「何で、あそこで代えたんだ?」と言われるのは目に見えている。

「三木、高橋、松野の順番で行くことは、本人たちに伝えていました。三木で行けるところまで行って、二番手に高橋。そして、最後は松野で締める。順番をあらかじめ言っておかないと、ブルペンで準備することができません」

日頃の練習試合でも、同じように順番を伝えている。先発が早く崩れたり、ピッチャーライナーが当たったりして、出番が早くなることもあるが、順番が変わることは基本的にはないようにしている。それによって、調整法まで変わってきてしまうからだ。

こうして、練習試合から継投を訓練しておくことで、自分に合った調整法を見つけることができる。30球で肩ができるのか、あるいは10球ぐらいで十分なのか。秋、春、夏と、気温によっても作り方は変わってくるだろう。

伊勢崎清明との決勝で、先発に起用したのは左の技巧派で当時2年生の川井。ストレートは130キロ前後だが、同じ腕の振りで投じるチェンジアップやスライダーを武器にしていた。変化球でカウントを取れる技術を持っていたため、試合を作ることができる安定感があった。

「先発は、無駄なフォアボールを出さないことが絶対条件です。そのためにも、変化球でストライクを取れること。特に高校野球で勝つには、左ピッチャーはチェンジアップが必須。腕を振って投げて、タイミングを外すことができます」

チェンジアップのいいところは、ホームベース上に投げることができることだ。多くの高校生が得意にするスライダーは、ストライクからボールゾーンに曲がる軌道が主のため、見逃されるとボールになることが多い。見極めに長けた学校と当たると、どうしてもボール先行の苦しいピッチングになりがちだ。その点、チェンジアップはホームベース上の空間で勝負ができる。

さらにもうひとつ、青柳監督が先発ピッチャーに求めることがある。

「新球が得意かどうか。先発は、新しいボールを投げる割合が必然的に多くなります。『新球は滑るから苦手』というピッチャーもいて、そういう子を先発にするとなかなか制球が定まってきません」

スタンドに入るファウルボールの影響で、試合途中に新球が投入されることもあるが、新球に触れる割合としては先発がもっとも多くなる。

「ブルペンや練習試合で、新球との相性を確認します。どうしても苦手な子がいれば、先発では使いません」

ピッチャーの指先は、それだけデリケートなものだと言えるだろう。

ピッチャーに攻撃力は求めない

伊勢崎清明との一戦に話を戻す。川井を6回で代えた理由はどこにあったのだろうか。

「7回表の攻撃のときに、川井が二塁ランナーに残ってしまったんです。もう、次に高橋を準備していたこともあったので、川井に代走を送りました」

はじめから継投で戦うと決めておけば、勝負の場面でピッチャーに代走を送ることができる。結果的に後続が打ち取られて追加点は挙げられなかったが、先手先手で動けるのが継投策の強みとも考えられるだろう。

高校野球の場合、ピッチャーの走塁で負けることが意外に多い。足が速かったとしても、ランナー二塁からのポテンヒットや、ランナー三塁からのゴロゴーなど、一瞬の判断力に欠ける。野手に比べると、どうしても走塁練習の数が不足してしまうからだ。

健大高崎ほど走塁を究めているチームであれば、ピッチャーであろうと関係ないが、それでも「代走」となればまた別の話だ。ピッチャーが塁上にいるよりは、足のスペシャリストを送ったほうが、本塁生還の確率は高くなる。

なお、この試合での川井の打順は九番。よほどバッティングがいい選手を除けば、ピッチャーに攻撃力は求めていない。特に夏場は、全力でベースランニングをすることで、足に疲労がたまる。さらにランナーとして塁上に残ると、炎天下にさらされることにもなる。

もし、2アウト目がピッチャーだった場合は、次のバッターはひたすら時間を長く使う。よっぽどのチャンスでない限りは、初球から打つのは厳禁。1球見逃したあとにタイムを取って、素振りをしても、靴ひもを結び直してもいい。攻撃の伝令を送ってもいいぐらいだ。とにかく、ピッチャーの呼吸が整うまで時間を使う。こうした流れがわかっていないチームの場合、いきなり初球を打ち上げて、3アウトチェンジになることもある。

過保護と思う人もいるかもしれないが、「ピッチャーは投げることに専念すればいい」というのが健大高崎の考え方だ。ただし、送りバントだけは確実に決められるように練習を重ねる。

再び試合の話に戻ると、二番手の高橋は7回、8回を打者7人で片付け、1対0のまま最終回に入った。武器であるチェンジアップを巧みに配し、2イニングで4三振を奪う最高のピッチングだったが、青柳監督は9回のマウンドに速球派の松野を送った。

「あそこは、高橋のままでも勝っていたかもしれません。代えたのは、練習試合のときから、終盤は松野で締めるパターンでやってきたから。松野のことも信頼していたので、あえて松野を使いました」

松野は後輩からも同級生からも信頼があり、「最後は松野。あいつで負けたら仕方がない」と思われるだけの人間性があったという。

松野はふたつのフォアボールを与えてピンチを招いたが、最後はキャッチャーゴロで試合終了となった。ふたりがつないできたバトンを最後に手に取り、ゴールまで運ぶ。相当なプレッシャーがかかると想像できるが、松野にとってはいつも通りの必勝パターン。練習試合からの準備なくして、継投策は成り立たない。

高校からのサイド転向は極力避ける

クローザーで登場した松野は、高校入学時はスリークォーターだったが、ヒジの位置が低かったために、途中からサイドスローに転向した。

じつはこうしたケースは稀で、健大高崎の場合は中学時代にサイドスローで活躍していたピッチャーをリクルートしてくることが多い。

「ピッチャーにはプライドがあります。それを大事にしてあげたい。オーバースローで投げてきた子は、やっぱり上から投げることにプライドを持っていて、サイドスローにすることを嫌がるんです。指導者に『横にさせられた』と思ってしまう。そう感じてしまったら、なかなか伸びていきません」

松野にしてみても、もともとスリークォーターだったため、フォームの変更にはさほど抵抗はなかった。

また、オーバーからサイドへの転向は、中学野球界にまで影響を及ぼしかねない。「健大に行くと、横にさせられるぞ」という噂が回ってしまう恐れがあるからだ。

過去を見てみると、2015年の橋詰直弥（中京大4年）、2017年の伊藤敦紀（日体大2年）はサイドに近いアンダースローだった。彼らは中学時代からサイドで、高校に入ってから腕を下げた経緯がある。橋詰に関しては、試合中に横から投げることも、下から投げることもあった。

2011年夏、初めて甲子園に出たときには、クローザーに片貝という183センチの長身左腕を起用していたが、野球界では珍しい左のサイド。そして、サイドからフォークを投げた。これだけで大きな個性となる。片貝の場合は上からではなかなか特徴を出せなかったため、試合で活躍するための秘策として、腕を下げることをすすめた。本人としても何とか現状を打開したい。こうした気持ちがあるのなら、サイド転向によって隠れていた才能が花開くこともある。

「ただ、振り返ってみると、右ピッチャーに関してはオーバーからサイドに転じて、うまくいったケースはほとんどありません。松野のようなスリークォーターは別にして、サイドにしたからといって、そう簡単にうまくいくものではないですね」

創成館の稙田龍生監督（68ページ）や山梨学院の吉田洸二監督（26ページ）は、サイド転向にそこまでの抵抗感を持っておらず、このあたりの考え方の違いは、なかなか興味深いところである。

長いイニングを投げる力があってこその継投

継投を基本線に戦ってきた健大高崎だが、じつは今年から少しモデルチェンジをしている。3月に学校を訪れた際には、1週間先まで、練習試合の先発ローテーションが発表されていた。それを見ると、1試合をふたりでつなぐときもあれば、1試合をひとりに任せているところもあった。

「昨年までは練習試合であっても、3イニングを3人でつなぐなど、短いイニングで回していました。ただ、これをやっていると、短いイニングしか投げられないピッチャーになってしまう。指導者としては、ピンチになったときにどれだけ粘れるかを見ておきたいのですが、ピンチで次のピッチャーに代えることがあったので、そのあたりがなかなか見えてこない。イニングを任せることで、どれぐらいの球数を投げたら疲れが出てくるのかも、知っておきたいのです」

春休みはほぼ毎日のように試合が入っている。A戦B戦でそれぞれ2試合ずつ戦うため、1日4試合。1試合をふたりでつなぐとして、8人のピッチャーが投げることになる。連投はほとんどさせないため、2日間でだいたい16人がマウンドに上がる。こうして登板機会を与え、細かいデータを取り、公式戦で起用できるピッチャーを探していく。

この春の県大会1回戦では、ストレートと変化球のコンビネーションが武器の右腕・吉井直孝が完封勝利。2対0で利根商を下した。県大会の初戦から完投とは、今までの健大高崎からするときわめて珍しい。

「ピンチが何度かあったんですけど、交代するのを我慢して、吉井に任せました。ピンチを乗り越える力を付けてほしい。昨年までだったら、継投していたでしょうね。これまでのピッチャーを振り返ってみても、短いイニングしか投げられないピッチャーで継投をするよりも、長いイニングを投げられるピッチャーで継投をしていったほうが、結果が出ています」

だからといって、何が何でも長いイニングを任せるわけではない。目途は100球だ。それ以上投げさせて、故障してしまったら元も子もない。

群馬2位で出場した今春の関東大会1回戦では、エース番号を着けた笹生悠人が安定したピッチングを見せていたが、5回7安打1失点で交代させた。5回で90球を投げ、6回表の攻撃時に打席が回ってきたため、代打を起用。試合は0対2で敗れたが、6回からは吉井、8回からは藤原寛大がしっかりと役割を果たし、最少失点に封じた。

可能な限り連投を避けて投球障害を防ぐ

青柳監督には苦い記憶がある。

2012年春、エース左腕の三木を擁して、センバツベスト4まで勝ち進んだ。準決勝で大阪桐蔭に1対3で敗れたが、4試合で16個もの盗塁を決めるなど足技を存分に発揮して、その戦いぶりが大きな注目を集めた。

その年の春の関東大会でも、勢いそのままに優勝。自ら「投げたい」と話していた三木の気持ちを買って、準決勝と決勝を連投（完投）させたが、夏の大会前に左肩を痛めてしまい、夏は思うように投げることができなかった。結果、夏は県大会の4回戦で伊勢崎清明に敗れた。

「当時は、まだ学校としての実績が少なかったので、私自身にも〝関東優勝〟という結果が欲しい気持ちがありました。でも、今ならそんな使い方はしません。投げたいと言っても投げさせない。昨年の春に関東大会で優勝しましたが、いろいろなピッチャーを起用した結果の優勝でした」

2回戦から決勝まで4連戦と過密日程だったが、5人のピッチャーをうまく回して、全試合継投で6年ぶり2度目の優勝を果たした。

「ピッチャーのケガには細心の注意を払うようになりました。それは古島先生の影響が大きくて、いろいろなことを教えていただいています」

古島先生とは、175ページに登場する慶友整形外科病院の古島弘三先生のことだ。

4年ほど前から、健大高崎の新入生のメディカルチェックをお願いしている。青柳監督に資料を少しだけ見せてもらったが、入学直後の時点で、中学時代にヒジの手術経験があったり、ヒジの関節障害の可能性が高い選手がいたりと、投球障害の多さは予想以上だった。冬に入ってから、もう一度メディカルチェックを行い、体の状態を確認してもらっている。

「うちは試合数が多いので、どうしても連投になることがあったんです。故障者も多い。それを、古島先生に指摘されまして……。古島先生から連投の危険性を教えてもらい、できるだけ連投しないようなローテーションを組むようにしています」

この春は練習試合であっても、1度も連投させていない。県大会では準決勝でエースの笹生が8イニング、藤原が1イニングを投げて、桐生第一に3対1で勝利。翌日の決勝は宿敵・前橋育英との試合だったが、連投を回避するため、笹生を投げさせなかった。前日、1イニングだけ投げた藤原に関しては、球数が少なかったこともあり、連投で2イニングを任せた。試合は5対7で敗れたが、140キロ近いストレートが武器の2年生・鈴木威琉を先発に抜擢するなど、夏に向けてさまざまなオプションを試していた。

「5月までは連投なしで、ローテーションを組んでいます。6月中旬に入ってから、連投を少しだけやって、夏に入る予定です」

継投がベースにあるのは変わりないが、その考え方は少しずつ変わってきている。新たな取り組みが、結果につながるかどうか。夏、ピンチの場面を迎えたときに、春と同じように我慢をするか、あるいは次のピッチャーをつぎ込むか。青柳監督の決断が、勝敗のカギを握る。

＊＊＊

「打線」があるのなら「投線」もあるべき

葛原美峰先生は愛知の名門・東邦の出身。指導者として、東邦のコーチ、杜若の監督、四日市工のコーチを務め、キャリアを重ねてきた。「1日中、野球のことを考えているのが一番の幸せ」と語る通り、幅広い視点で野球をとらえ、ほかの人が思いつかないような秘策を次々と生み出している。

　2010年8月に健大高崎のアドバイザーに就任したあとは、青柳監督にさまざまなアドバイスを送り、監督とはまた違った視点を持ちながら、チームの強化に努めてきた。

　今回の主題である継投に関しても、確固たる理論を持っている。どこで誰を起用すれば、勝つ確率が挙がるのか。長年の指導の中で培ってきた継投必勝法を、隠すことなく明かしてくれた。

　まず、「いつから継投に興味を持ち始めたのですか?」と聞くと、2001年夏の近江高校の名が挙がった。3人の継投で手にした準優勝（116ページ参照）は、葛原先生に大きな刺激を与えていた。

「近江の継投を見たときに、『高校野球もこれだな』と感じましたね。あのときの近江は、ピッチャーが打たれる前に継投していましたよね。あれこそが本当の継投。高校野球の継投は、打たれてから代えることが多く、本当の意味での継投とは言いません」

　打たれるまで、引っ張る。打たれてから、ようやく代える。「何とか抑えてくれ」というベンチの期待もわかるが、葛原先生からしてみれば「それは誰でもできること」との評価になる。

「ずっと思っているのは、『打線』があるのなら『投線』があっていい。打線は一番がこういうタイプで、二番が……と、つながりを考えますよね。それと同じように、投線がある。スターター、ミドルふたり、レフティー、セットアップ、クローザーと、それぞれに役割を与えて、どうやって投線を作っていくか。それをずっと考えています」

健大高崎のように部員が多い強豪校だから、こうした継投ができる。そう考える読者もきっと多いだろう。でも、葛原先生の考えは違う。

「実力のないチームほど、継投をするべきです。ひとりのピッチャーしかいなければ、分析されて終わり。私は、相手チームのデータを取るのが仕事でしたが、エースしかいないとなれば、対策を考えるのも大変ではありません。1日中、そのピッチャーのことだけを考えていたら、何か閃くことがある。でも、2枚も3枚もいれば、全員の分析をして、対策を練らなければいけないわけです」

どのチームも、エース級のピッチャーに対する分析に時間を割く。左の速球派であれば、試合前に左ピッチャーの球を打つ機会を増やす。ときには、OBの大学生を呼んで、バッティングピッチャーをお願いすることもあるだろう。

それが、左上もいて、右上もいて、右サイドもいて、さらに右アンダースローもいるとなれば、すべてのピッチャーの対策を考えなければいけない。試合日程が詰まってくる夏になると、ここまでカバーすることは現実的に難しい。

継投をすれば9イニングの配球を考える必要がなくなる

私立対公立の戦いで、公立の好投手が中盤までいいピッチングをするも、終盤にとらえられて逆転負けを喫するケースが多々ある。「高校野球あるある」と言ってもいいだろう。葛原先生にしてみれば、これは必然の流れだという。

「ピッチャーが終盤につかまると、『スタミナ切れ』と言われることが多いですが、本当にそうなのか……と思いますね。それもあるかもしれませんけど、『バッターに慣れられただけやないか?』と思うことのほうが多い。3巡目、4巡目にもなれば、ピッチャーの球筋やキャッチャーの配球に慣れてきます」

ひとりで投げ抜くことを考えたら、前半と後半で配球を変えなければいけない。簡単に言えば、前半は変化球でカウントを取り、勝負球にストレートを持っていく。後半はこの逆で、ストレートをカウント球に使い、最後は変化球で勝負する。最低でも「一人二役」の顔を持たなければ、強豪校を抑え抜くことは難しい。

「これが、継投になれば、自分が得意な球でどんどん勝負することができます。そして、相手が慣れてくる前に代える。そこまで力のないピッチャーであっても、短いイニングでつないでいけば、相手は嫌がるものです。バッターも機械ではないので、たった1打席で対応するのは無理ですから。対応するためには、最低でも2打席は欲しいですね」

ただし、先発も中継ぎも、同じような右上のスライダーピッチャーとなると、相手打線を惑わすことができない。継投を成功させるには、できるだけ多くのタイプが必要になる。

クセを矯正せずにクセを活かすことを考える

タイプを作るにはどうしたらいいか。葛原先生の考え方は明快だ。

「クセを直さないで、クセを活かすことです。多くの指導者が、クセを矯正しようとするから普通のピッチャーになってしまう。たしかに、フォームのクセはなくなったかもしれないけど、バッターにとっては見やすいフォームになり、ポカスカ打たれることがある。クセ＝個性です。その個性を、指導者がつぶしてどうするんだって思いますね。それがケガにつながるようなものであれば、矯正は必要になりますけど、そうでなければ、その子が持っているクセを活かすことを考えたほうがいいでしょう」

いくつかの事例を挙げると、2012年にセンバツベスト4に入ったときには、生井晨太郎という背番号10を着けた右ピッチャーがいた。テイクバックでヒジが伸びる「アーム投げ」で、ヒジのしなりが使えないピッチャーだった。こうなると、「ヒジから上げてきなさい」というように、何とかしてアームを修正しようとする指導者が多い。でも、葛原先生は、このアームを活かす手を考えた。

「アーム投げに一番適しているのは、パームボールです。パームは手首を使わずに投げるボールですが、ヒジがしなるピッチャーはそれがやりにくい。アーム投げであれば手首を使わずに、ボールを押し出すように投げられるのです」

このパームが脚光を浴びたのが、2012年センバツの準々決勝（対鳴門）だった。1回戦、2回戦でエースの三木が完投し、できることなら準々決勝を使わずに、次に臨みたかった。なぜなら、準決勝の相手に大阪桐蔭が予想されたからだ。準々決勝で三木が完投したとしても、準決勝のときにはさすがにへばっている。そうなると、めった打ちを食らう可能性もゼロではない。それを避けるためにも、準々決勝に公式戦初先発となる生井を抜擢した。

生井は序盤からパームが冴えて、6回5安打6三振1四球1失点と、首脳陣の期待以上の結果を残した。翌日の新聞には、「パーム生井！」という文字が躍った。

「前年の夏は、群馬大会ではベンチに入っていたんですけど、甲子園に行くときに外れた子でした。それ以降、寮で会うたびに『センバツ行くぞ』と声をかけ続けていました」

夏の甲子園メンバーを外れてから、パームの習得に本気で取り組むようになった。どんな握りをしていたか、葛原先生に実演してもらうと、親指・薬指・小指でボールを持ち、人差し指と中指を立てる握り方だった（次ページ写真参照）。もっともポピュラーなものとしては、人差し指・中指・薬指の3本を立てる握り方があるが、葛原先生の握りを見ると、チェンジアップに近い。というより、チェンジアップに見える。

「たしかに、握りだけを見ればチェンジアップに近い。でも、生井には『絶対にパームと言いなさい』と教えました。パームボールは特殊球です。相手にパームがあると思わせるだけで効果があります」

ほとんどの高校生が、パームボールの変化を見たことがないだろう。生井のパームは、バッターの手元でスピードがなくなり、沈んでいくのが特徴だった。

ほかに、こんな事例もある。前肩の開きが早く、なかなかそのフォームが直らないのであれば、シュートを覚えさせる。

「開いて投げたほうが、シュートは曲がる。

パームボールの握り

開くことを武器に変えたほうがいい」

また、背が小さいのであれば、低めではなく、高めを効果的に使うこともできる。今年のエース笹生は、身長166センチと小柄な右腕であるが、高低の攻めをうまく使えるタイプだ。高めに140キロを超えるストレートを投げて、低めにチェンジアップ系の落ちるボールを使う。背が小さいピッチャーはリリースの位置が低いので、そこから高めに投げ込むと、バッターからすると浮き上がってくるような軌道に見える。これを生かさない手はない。

効果の高い「サークルツーシーム」

持ち球はピッチャーによって人それぞれだが、健大高崎では必須の球種と言ってもいいぐらい重要度が高いのが、チェンジアップである。特に左ピッチャーはほぼ全員が投げる。エースクラスで言えば、三木や川井がチェンジアップを得意にしていたが、彼らも高校に入ってから習得した。

「右バッターを抑えることを考えたら、左はチェンジアップを持っていないと苦しくなります。ヒザ元にカーブやスライダーを投げられればいいですが、なかなか難しい。チェンジアップには2種類あって、握りで落とすものと細工するものがあります。細工というのは、投げる瞬間にヒジを抜く（下に落とす）こと。これをやればやるほど、チェンジアップは落ちるようになります。2014年夏に投げていた高橋和希は、もともとヒジを抜いて投げるフォームだったので、チェンジアップが抜群に落ちました。ただ、高橋のようなタイプを別にしたら、あまりおすすめはできません。ヒジを抜くクセが付いてしまうと、ストレートもこれで投げるようになり、球速が落ちていくからです」

ストレートを投げるときに、「ボールを叩く」と表現するピッチャーがいるが、ヒジを抜いて投げると、叩けなくなってしまう。チェンジアップを落とそうとするあまり、無意識のうちにヒジが抜けているピッチャーもいるので、このあたりは注意が必要になる。

では、もうひとつの「握りで落とす」と考えた場合、どんな握りがいいのか。

「おすすめは、私が『サークルツーシーム』と呼んでいる握りです。中指と薬指を縫い目に沿って、ツーシームを投げる位置に沿えておく（写真参照）。力が弱い指の組み合わせなので、普通に投げれば、ボールは遅くなります。それにツーシーム要素が入っているので、ボールが落ちていく。腕を振って投げれば、絶対に何らかの変化が起きます」

ポイントは、ストレートと同じように腕を振ること。意識の中では、「ストレート以上に腕を振る」と思ったほうがいいかもしれない。チェンジアップは球速が遅いために、腕の振りまで緩むピッチャーがいるが、これではバッターのタイミングを外すことができない。「落とそう」「抜こう」という意識は一切持たず、握りだけを変えて、ストレートを投げ込む。

なお、変化球に関しては、1年生で入ってきた段階から、チェンジアップでもパームでも、ありとあらゆる握りを教えるという。いろいろと試す中で、自分に合った握りを早く見つけてほしいからだ。ピッチャーには、こんな言い方で伝えている。

「10球投げてみて、しっくりこなかったら捨てろ。そのうち、2球でも面白いと思ったらやってみろ」

ピッチャー育成の方法として、「まずはストレート。ストレートを磨いてから、変化球を磨く」という考え方もあるが、葛原先生はまったく違う。

「高校野球は2年半しかありません。120キロのストレートが125キロになったとしても、そこまでの効果はない。でも、

サークルツーシームの握り

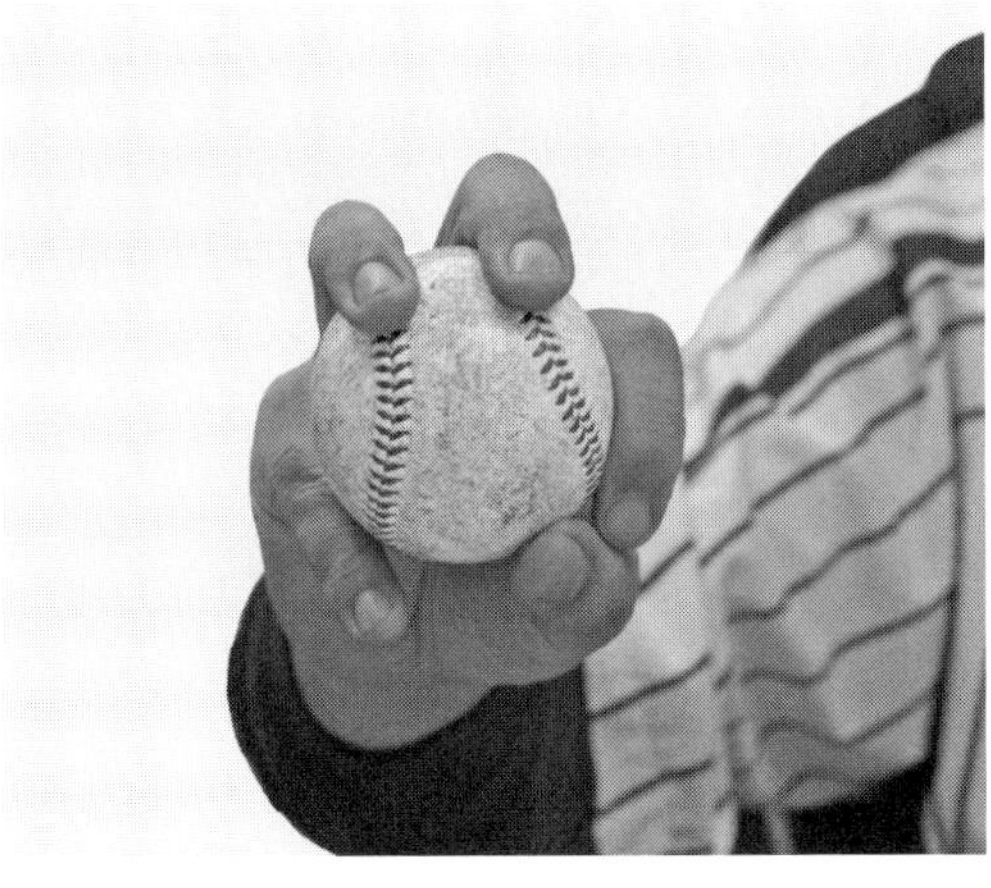

武器になる変化球を早く覚えることができたら、ピッチングが変わります」

変化球を磨くことによって、ストレートがより生きてくる利点もある。

「形骸化した配球」を逆手に取る

配球を工夫することで、ピッチャー独自の色を作り出すこともできる。

葛原先生が嫌うのが「形骸化した配球」だ。簡単に言ってしまえば、昔から言われる野球のセオリー。インコースを見せたあとに、外のスライダーで勝負。高めの釣り球で誘ったあとは、低めの落ちる球を振らせる。パターン化した配球が、キャッチャーの頭の中にも、バッターの頭の中にも存在する。だからこそ、これを利用することで、バッターの考えを外すことができるわけだ。

たとえば、こういう組み合わせがある。

1 スライダーと同じ軌道からストレートを投げる

「130キロに満たないストレートであっても、この組み合わせであれば、バッターを詰まらせることができます。たいていのピッチャーは、ストレートを投げたあとに、そこからスライダーを曲げようとしますが、これはストレートが速くなければ通用しない。逆の発想で、右バッターの外にスライダーを見せたあと、同じところにストレートを投げる。1球前のスライダーのイメージがあるので、遅いストレートでも差し込まれます」「もう1球スライダーなのかな？」と途中まで思わせたところで、曲がらずにそのままストレートが来る。遅いストレートを速く見せるための策と言える。

2 高めのウエストボールの次にインコースのストレート

バッター心理としては、高めのウエストボールの次には「低めの変化球かな？」と思うもの。この心理を逆手に取り、インコースにズバンとストレートを投げ込む。いわゆる、裏をかいた配球だ。なお、ウエストボールは高めの見せ球のことで、スクイズやヒットエンドランを外すために投げるのはピッチアウト。

3 スプリットの前はカーブを投げる

配球のセオリーとして、緩い球のあとには速い球。カーブを見せたあとは、速いストレートとなる。カーブを2球も3球も続けることはめったにないが、続ければ続けるほど、次に速いストレートを投げる確率が上がっていく。

「そこで、スプリットです。途中まで速いストレートと思わせておいて、スッと沈む。これをやられると、バッターは手が出てしまいます」

スプリットがなければ、ツーシームでもいい。ストレートに近い球筋のボールで、最後にスッと変化すればいい。

野球の面白いところは、160キロのストレートがあるからといって、絶対に抑えられるとは限らないことだ。さまざまな球を見せて、誘って、組み合わせることによって、アウトを重ねることができる。

何点まで取られていいかを考える

こうして、さまざまな技術を伝え、ピッチャー一人ひとりの個性を際立たせていく。タイプが多ければ多いほど、継投に〝色〟が出てくるものだ。

誰を使い、どこで継投に入り、誰で締めるか。ここを深く突き詰めるところに、継投の面白さがある。

その前に……、試合に臨むにあたってベースとなる考え方がある。この考えなくして、勝利を手にすることはできない。

「まず、考えなければいけないのが、何点勝負の試合になるかです。そこの計算がなければ、継投は始まりません。何千試合と高校野球を見てきていますが、4点の争いになることが多い。4点を境にして、勝負が決まる。攻撃側は4点以上取れば勝ちにつながるし、守るほうは4点以下に抑えれば負ける確率が少なくなる。それがわかれば、『何点まで取られていいんだ』ということが見えてきます。これが大事。間違っても0点で勝とうと思わないほうがいい」

ピッチャーの本能として、「1点もやりたくない」と思うものだが、1点を惜しむあまりに、1イニングに3点も4点も失うことが多々ある。特に金属バットを使う高校野球においては、無失点で勝つことは至難の業と言える。

「最後に1点リードしていればいいわけです。打線が5点取れると読めば、4点まではあげていい。この考え方を持っているだけで、気持ちに余裕が生まれます」

2016年秋の関東大会の準々決勝では、打力が武器の横浜と対戦した。試合前、ピッチャー陣には「間違いなく4点は取られる。4点まではあげていい。どっちが5点目を取るかだ」と伝えた。結果、ソロホームラン2本の2点に抑えて、5対2で勝利した。ホームランを打たれると、「やばいな」と思いがちだが、得点は1点。「あと3点取られてもいい」と思えれば、心のダメージはほとんどない。

役割分担をはっきりと明確にする

どのようにして、「投線」を作り上げるのか。葛原先生は、役割分担を明確にしている。

主なものとして、次の4つが挙がる。

❶スターター

先発投手。立ち上がりの1回が安定していることが絶対条件で、1回さえ抑えてくれれば、スターターの役割は半分終えたと思ってもいい。残り半分の役割は、3イニングをゼロか1点で終えることか、5イニングを1点か2点でしのぐこと。5回2失点なら許容範囲で、5回3失点ではスターター失格。

「指揮官が気をつけなければいけないのは、『先発はまずは5回』という考えを持たないこと。ダメだと思ったら、初回に代えてもいいわけです」

先発=5回は、プロ野球の「勝ち投手の権利」から来ていることだろう。高校野球にその概念はないわけで、冷静に状態を見極めたうえで投手起用を考える。

❷ミドル

日本的な表現を使えば「中継ぎ投手」。スターターの出来次第での投入となり、1回の途中からの起用も考える必要がある。

「打者ひとりで交代することもあれば、複数イニングを投げることもあります。使い方が幅広いだけに、采配の見せ所です。重要なことは、イニング数を計算しないこと。『いつ代えようか?』『どこで代えようか?』と常に考えておく。言い方は悪いですが、『ミドルは信用しない』。これが鉄則です」

理想は2枚。スターターが初回に崩れたときのための、ロングリリーフ要因が必要になるからだ。初回にピッチャーライナーが当たってケガをする可能性もあるので、プレイボールと同時にブルペンで準備をしておく。

3 セットアップ

7回、もしくは7~8回を投げて、クローザーにつなぐ役割を受け持つ。スターターの調子がよければ、ミドルを飛ばして、スターター→セットアップ→クローザーとつなぐ試合もある。

また、左の強打者に対してワンポイント的に登板するサウスポー(シチュエーショナルレフティ)もセットアップの中に含まれる。

4 クローザー

威力のあるストレートと、絶対的なウイニングショットが必須。ここは、プロ野球のクローザーに近いイメージとなる。接戦の9回を任されることを考えたら、物おじしないマウンド度胸も必要となる。

セイバーメトリクスを継投に活かす

誰がどの役割にはまるのか、これを見極めることこそが指導者の仕事となる。
「練習試合であらゆる場面を試していきます。先発をやらせることもあれば、監督にお願いして、終盤のピンチの場面であえて突っ込むこともある。試合数を重ねていけば、その子に合った適正が見えてきます」

適性を判断するために、葛原先生が活用しているのがセイバーメトリクスだ。統計学を駆使して、選手の評価や戦略を考える分析手法である。防御率や打率のように従来からある指標とはまったく違った視点で、選手を評価することができる。

◉スターター＝ＷＨＩＰ（Walks plus Hits per Inning Pitched）

スターターに向いているかどうかは、ＷＨＩＰで判断する。
「１イニングに何人のランナーを出したかを表す指標で、ピッチャーの安定感をはかることができます」

１・２未満が理想で、１・１未満であればエース級。１・０未満となれば、県内注目の好投手となる。フォアボールが多ければ、当然のことながら数値が悪くなっていく。試合の流れを引き寄せるミドルにも、重視される評価法である。

2014年夏、継投でノーヒットノーランを達成したときの3人を見ると、川井が0・86（＊規定投球回未満）、高橋が1・00、松野が1・18という数字だった。3人ともに、試合を作れる安定感を持っていたことがわかる。

◉セットアップ＝BB／9（Base on Balls per 9）

9イニングで何個のフォアボールを与えたか。競った展開の中盤から終盤に登板する中で、一番痛いのはフォアボールだ。特に先頭打者にフォアボールを与えるほど、痛いことはない。BB／9を見れば、ピッチャーの制球力が見えてくる。2・5未満が合格ラインで、1・0台であればセットアップの候補となる。

◉クローザー＝K／BB（Strikeout Base on Balls）、IR％（Inherited runners）

三振数をフォアボールの数で割ったもので、数値が高ければ高いほど、「三振が取れて、フォアボールが少ないピッチャー」と評価することができる。

「3・5を超えると優秀で、4・0前後はエースクラス。5・0以上は、県内で一目置かれるピッチャーと言えます」

打たせて取るタイプは、どうしてもK／BBが下がる。クローザーには不向きなので、スターターやミドルに持っていく。

もうひとつ、葛原先生が重視しているのがIR%だ。これはピンチで登板したときに、前のピッチャーが残してきたランナーをどのぐらいの割合で抑えたかを見るもの。理想は1点台となる。自責点の場合は、得点を取られたとしても、前のピッチャーの責任になるため、本当の意味でピンチを抑えたのかが見えてこない。

なお、甲子園でも活躍した左腕の川井は、このIR%が高かった。ゆえに、クローザーは不向きと判断し、スターターでの起用が主となった。

葛原先生は、練習試合を含めたすべてのデータをエクセル等でまとめている。毎年細かく集計しているので、「甲子園に行ったときのエースと比べると……」と比較することができる。

また、甲子園の大会展望号などを活用して、できる範囲で各校のデータを集計し、分析する。すると、「OPS（出塁率＋長打率）が高い学校は、甲子園でも上位に進出する割合が高い」など、さまざまなことが見えてくるという。数字は絶対的に正しいわけではないが、数字を知っているからこそわかることも多い。

ピッチャーを観察して交代の予兆を知る

継投でもっとも難しいのが、ピッチャーの代え時だ。交代してうまくいくこともあれば、その逆で、「代えなければよかったのに」と思われることもある。ただ、すべては結果論なので、本当のところは誰にもわからない。だからこそ重要なのは、「交代に根拠を持つこと」。試合後に、「何で代えたんですか？」と問われたときに、答えられる根拠が必要となる。

「ピッチャーの疲れを見るとすれば、私は3段階あると思っています。第一段階は、何度も何度も必要以上に汗をぬぐう。第二段階は、重そうに肩を回すような仕草をする。そして、屈伸を繰り返したら、そのピッチャーは終わりが近いと見ていいでしょう」

実際に、この読みが生きた試合があった。2015年夏の4回戦、対前橋工。1点ビハインドの9回裏、打席には足の速い小谷魁星が入った。何とか出塁しようと、セーフティバントを試みるもファウル。その直後、フッと一息ついた前橋工のピッチャーが、マウンド脇で屈伸運動を繰り返した。これを見て、健大高崎のベンチは「屈伸した！」と一斉に指を差した。ミーティングで、「ピッチャーが屈伸を始めたら疲れている証拠。チャンスあり」と何度も伝えていたのだ。

こうなれば、心理的にも健大高崎が有利。このあと、小谷に起死回生の同点ホームランが飛び出し、決着は延長11回裏についた。1アウト一、二塁から、林賢弥（国士舘大4年）が三塁線へ絶妙なセーフティバントを転がすと、ピッチャーが一塁へ悪送球。ピッチャーの状態を冷静に見極めた健大高崎に、勝利が舞い込んだ。

葛原先生によると、ピッチャーのタイプによっても代え時があるという。

「サイドスローやアンダースローの場合は、右バッターのインハイに投げて、これがフライになっている場合は大丈夫。インハイがライナーやゴロになってきたら、そろそろ交代です」

球の力が落ちてきていることに加えて、バッターが球筋に慣れてきたと考えることができる。

「左対左のときは、スライダーを引っ張られるようになったら終わりです。ヒットが出ていなくても、交代のタイミングと思ったほうがいいでしょう」

一塁コーチャーボックスあたりに強いライナーでも飛んだら、黄色信号が点滅していると認識しておいたほうがいい。

では、もっとも人数が多い右ピッチャーはどうか。

「誰でもわかるのが、ヒジが下がってくることです。これは限界が近い。でも、この状態であっても10球ぐらいなら持たせることができます。方法は3つ。ひとつは、ランナーがいなければ、いつもより左足を大きく上げて投げる。上げることによる反動で、ヒジが上がりやすい状態になります。もうひとつは、利き手を太ももにこすり付けるようにしながら、トップに持っていくこと。これで上がってくるピッチャーもいます」

最後の3つ目が、ステップ幅を小さくすること。下半身がへばっているのは明らかなので、あえてステップ幅を縮めることで、下半身にかかる負荷を制限する。

公式戦の勝負所でいきなり試すのは難しいので、練習試合からどのやり方が自分に合うのか試しておく必要がある。もちろん、左ピッチャーにも使える対応策である。

バッターは〝さぐり〟、ピッチャーは〝ずらし〟

技術的なことに関して言えば、「バッターの〝さぐり〟に対して、ピッチャーの〝ずらし〟が基本的な考えとなる。タイミングを合わせようとするバッターに対して、ピッチャーはそのタイミングをいかにずらしていくか。タイミングさえずらすことができれば、ほぼピッチャーの勝ちと言っていい。

ずらすためにも、軸足一本でしっかりと立つこと。ブルペンでは、「前足を上げて、5秒間立ってから体重移動を始める」といった練習にも取り組む。

「健大高崎は、一本足で立ってから、上げた足の着地がどのチームよりも遅いと思います。ここで時間を作ることができるから、ずらしができる。理想は野茂英雄です。あれぐらい体をねじって投げれば、それだけ時間を使えます。ピッチャー陣には、『背中で投げなさい』と言うこともあります」

この話を聞いてから、健大高崎のピッチャー陣のフォームを思い出してみると、足を上げてから、じわーっとゆっくり時間をかけて、着地させている映像が浮かぶ。

さらに理想を言えば、踏み出し足をインステップではなく、アウトステップさせることで、より時間を生み出すことができるという。たしかに、外に踏み出したほうが、わずかではあるが着地を遅らせることができるだろう。技術が上がってくれば、バッターとの間合いをはかりながら、着地を早くしたり、遅くしたりすることも可能になる。このあたりは、バッターとの駆け引きとなる。

また、駆け引きという点で、葛原先生が面白いテクニックを教えてくれた。

「プレートを外して、わざと間合いを取ってみてください。たいていのバッターは、自分が狙っているところに目線を落とします。アウトコースを狙っていれば、そこを見るものです」

ときには、バットを軽く振って、狙っているポイントでインパクトの形を確かめることもある。ボールを投げる前段階から、戦いは始まっている。

こうした駆け引きが面白いと思えるようになれば、ピッチャーとしての力が間違いなく上がっていくはずだ。継投を成功させるためにも、強固な投手陣を作り上げていかなければいけない。1人より2人、2人よりも3人。信頼できるピッチャーが多ければ多いほど、心強い。

「継投で勝つことは、高校野球の在り方として理想的だと思います。継投こそチーム力であり、全員で喜ぶことができますから。大事なことは、〝絶対的なエース〟よりも、〝投手陣〟として戦えるかです」

健大高崎は、「絶対的なエース不在」と言われることが多いが、絶対的なエースがいるから勝てるという保証はどこにもない。

「プロ注目の絶対的なエースであっても、今の高校野球であれば2～3点は取られます。それが現実。どうせ点を取られるのなら、ひとりの完投で〝疲労困憊〟のうえに取られるのと、複数のピッチャーで失点を分け合うのとでは、どちらが夏の長丁場の連戦を勝ち抜き、1校だけに与えられる『甲子園行切符』を手にするのに有利か」

葛原先生の答えはもちろん出ている。継投なくして、夏を制することはできない。

特別インタビュー
3

健大高崎・花咲徳栄
塚原謙太郎トレーナー

甲子園常連校のトレーナーが伝授する「熱中症予防法」

塚原謙太郎（つかはら・けんたろう）

1974年生まれ、東京都出身。都立淵江～東北福祉大～日本生命。現役時代はピッチャー。現役を終えたあと専門学校で学び、現在はトレーナーとして活躍。健大高崎（群馬）、花咲徳栄（埼玉）、大手前高松（香川）、立正大淞南（島根）、富士見（埼玉）などをサポートしている。

統計を取っているわけではないが……、年々、熱中症で交代を余儀なくされる選手が増えているように感じる。特に多いのが、体力的にもっとも負担がかかるピッチャーだ。中盤まで見事なピッチングを見せていたにも関わらず、7回や8回あたりに足を攣り、いったんベンチに戻る。水分補給をして、ストレッチをして、再びマウンドに戻るも、また足を攣る。こうなると、もうベストな状態で投げることはできない。

今後、継投策が増えていけばいくほど、マウンドに上がるピッチャーの人数が増えていく。その中のひとりが熱中症で投げられないとなると、継投のプランが一気に崩れていくことになる。熱中症対策を怠っていては、連戦が続く夏に、継投策を成功させることはできない。信頼できる投手陣を育てることはもちろん大事だが、ベストの状態でマウンドに送り出せるかどうかも、継投の大きなカギを握る。

「うちは熱中症で交代するようなことが、今まで1度もないんです。そこは、トレーナーに感謝しています」

こう話していたのは、224ページに登場している葛原美峰氏だ。コンディションが整っているからこそ、信頼してマウンドに送り出すことができるわけだ。

葛原氏がその仕事ぶりを称えるのが、塚原謙太郎トレーナーである。都立淵江高校、東北福祉大、日本生命で投手としてプレーしたのち、トレーナーの道へ進むんだめに、専門学校に入学。健大高崎の野球部が創部した頃からトレーナーとして携わり、一歩ずつ着実にチームを強化してきた。健大高崎とともにサポートする花咲徳栄は、2017年夏に全国制覇を達成。甲子園入りから決勝まですべて帯同し、選手のコンディション作りに努めていた。

塚原さんは、はっきりと言う。

「日頃から適切な準備をしておけば、熱中症は防ぐことができます」

具体的にどのような取り組みをしているのか。健大高崎や花咲徳栄などで実践しているアプローチを教えてもらった。

なお、熱中症は「熱疲労（脱水状態による全身の脱力感、めまい、吐き気）」「熱けいれん（血清ナトリウム濃度の低下を伴う脱水状態に対して、水分のみを飲んだ場合に起こる、筋肉のけいれんやこむらがえり）」、「熱射病（体温の上昇によって中枢機能に異常をきたした状態で、もっとも重症）」の3つに分類される。高校野球で多いのが、「熱疲労」と「熱けいれん」だろう。キーワードは脱水状態だ。これをいかにして防ぐかが、熱中症予防の大きなポイントになる。

体の中にダムを作ることが熱中症予防の第一歩

――毎年、夏の大会のたびに目にするのが、熱中症による選手の交代です。特に多いのがピッチャーで、マウンド上で足を攣ってしまい、そこから水分補給やストレッチで応急処置をするも結局は交代。予期せぬ継投を強いられ、チームは敗戦。熱中症を防ぐ手立てはあるのでしょうか。

塚原　トレーナーとしてサポートしている健大高崎や花咲徳栄などでは、「熱中症によってピッチャーが交代した」という事例は1度もありません。2017年夏に花咲徳栄が全国制覇したときは、甲子園の1回戦から決勝まで試合に出場したのは11名（レギュラー＋投手1名・代打1名）だけでしたが、最後まで元気にプレーしていました。日頃から適切な準備をしておけば、熱中症は防ぐことができます。

――試合中の水分補給がポイントだと言われています。

塚原　それだけでは、まったく足りないですね。試合中の補給はラジエーター（体温を下げる）の働きが主で、熱中症予防の一部分に過ぎません。大事なことは1年中、体の中にダムを作っておくこと。なぜなら、熱中症になる人は、絶対的な水分量が不足しているからです。

――「ダムを作る」とは、あまり聞かない考えです。

塚原　細胞組織の中に、一定水準の水分量を保っておきたいのです。それが、「ダムを作る」という意味。表現を変えれば、体の中を常にみずみずしい状態にしておくことです。この水分量が不足していると、少しの暑さでも脱水状態になりかねません。

――水をタンクに貯めておくようなイメージですね。

塚原　そういうことです。そして、熱中症になりやすい人は、新陳代謝（古い細胞を外に出し、新しい細胞を作ること）が悪い傾向にあります。新陳代謝が悪いと、汗をかきにくくなり、体外に熱を放出することができず、体内に熱がこもってしまうのです。

――体温調節がうまくできなくなりますね。

塚原　こうした新陳代謝は、体の水分量と関係しています。新しい細胞を作るには、サラサラの血液が必要で、血液に乗って酸素や栄養素が運ばれていきますが、水分量が少ないとドロドロした血液になり、代謝が悪くなるのです。

――「体重の60パーセントが水分」と言われますが、改めて聞くと、重要な役割を担っているのがわかります。

塚原　とにかく、保水水分量を減らさないことです。では、体のどこに水を貯めておくか。じつは、細胞の中で多くの水を貯め込めるのは筋細胞しかありません。脂肪には貯め込むことができないのです。だから、筋肉量を増やしていくためにも、ウエイトトレーニングが必要になります。私の経験上、筋量が少なく痩せている選手ほど、熱中症になりやすい。稀に例外もありますが、そういうタイプは出力の仕方がうまく、ピッチャーであれば、すべてが全力投球ではなくて出力を調節しながら投げています。

——たしかに、そのイメージはあります。力投派のピッチャーほど、足が攣りやすいように感じます。

塚原　ウエイトトレーニングに拒否反応を示す指導者もいますが、筋量を上げることは、熱中症予防にもつながっているのです。筋量が少ないと、どれだけ水分を摂っても、体の中に貯めておくことができなくなります。だから、筋量を上げて、そこに水分を蓄えていく。これが熱中症予防の第一歩になります。

朝と夜に500ミリリットルずつの水分を補給する

——ダムを作るために、水分をどのように摂っていけばいいのでしょうか。

塚原　大事なのは、冬場の過ごし方です。夏の暑いときは、選手自身で水分補給をしますが、喉の渇きを感じない冬場はなかなか水分を口にしません。冬のトレーニングに入る12月頃に座学をして、水分補給の重要性を改めて伝えています。具体的に言えば、朝に500ミリリットル、夜に500ミリリットルの水を飲むこと。ひとつの目安として、練習時間以外に1リットルの水分補給が必要になります。

――結構な量になりますね。

塚原　たとえ飲みきれないとしても、習慣をつけておくことが大事になります。冬場からしっかりと準備をしておかなければ、筋肉に水を貯めこむことはできません。睡眠によっても水分が失われていくので、夜と朝起きてからの水分補給はおすすめです。あとは、練習のときから、水が入ったペットボトルを常に携帯するようにさせています。たとえば、素振りをするにしても、横に置いておく。ノックのときも、ポジションの近くに置いておくこともあります。特に夏場のノックは要注意で、指導者が熱くなってくると、1時間でも2時間でもノックが続くことがあります。

――たしかにありますね……。選手はヘトヘトになっています。

塚原　そういうときに、「あいつ、顔色が悪いんじゃないか」とか「動きが悪くなってきたな」と見るのが、トレーナーの仕事。指導者や選手はプレーに集中しているので、なかなかそこに目が向きません。

――そばに飲み物があれば、順番を待っているときに飲むことができますね。それを夏場だけでなく、シーズン通して習慣化することが大事になると。

塚原　そういうことです。冬場はそこまで汗はかかないですが、皮膚が乾燥して、肌がカサカサになるのはよくわかると思います。あれは、皮膚から水分が出ている証拠。水分を補うために、ペットボトルを携帯しておくといいでしょう。

――冬は風邪を引きやすい季節でもあります。

塚原　それも、空気が乾燥しているからですよね。特に喉を痛めやすい。それを予防するにも、水分補給が必要になってきます。

――飲むのは、水でいいんですか？

塚原　いいと思います。汗を頻繁にかくようになったら、麦茶にしてもいいでしょう。そもそも、なぜ熱中症が起きるかというと、汗と一緒にミネラルが体外に出されてしまうからです。それを補給するには、ミネラルが入っている麦茶がおすすめです。

――スポーツドリンクはどうでしょうか。

塚原　もちろん、ミネラルやビタミンなどがバランスよく入っているのでいいと思います。しかし、糖分濃度が高いので、ごくごく飲んでしまうと、喉が渇いてしまいます。こうなると本末転倒。それに、糖分を余分に摂りすぎると、血糖値が急激に上がり、体に過度な負担をかけることにもなります。ですので、上手に摂取するのがポイントです。

――実際、夏場のベンチには何を用意しているのですか。

塚原　ジャグジーで用意しているのは、水と麦茶です。緑茶にすると利尿作用成分が入っているので、尿で水分が出ていってしまいます。あとは、経口補水液や「塩分サプリメント」などのタブレットを常備して、個人でゼリー状のサプリメントなどを持ってきている選手もいます。以前はチョコレートを食べたり、オレンジジュースを飲んだりすることもありましたが、血糖値が上がってしまうのでやめました。

——近年、経口補水液を飲んでいるチームが増えていますが、どんな効果があるのでしょうか。

塚原　電解質（ナトリウムなどの塩分）と糖質の配合バランスがスポーツドリンクとは異なり、電解質が高く、糖質濃度は低い。医療用に考えられた飲み物で、本来は脱水状態のときに飲むものです。私も体調不良のときには、常飲していきます。常日頃からゴクゴク飲むものではないですが、夏場は過剰なまでに汗をかくので、脱水に近い状態になることもあります。こまめに口に含むのが効果的です。決して美味しいものではありませんが、経口補水液を美味しく感じるようなら、水分量が不足していると考えていいでしょう。

規則正しい生活を送ることが何よりも大事

——健大高崎も花咲徳栄も、普段は寮生活。甲子園に出たときも、ホテル生活が続きます。生活面で、指導していることはありますか。

塚原　花咲徳栄が日本一になったときは、24泊25日の遠征になりました。これは日頃から言っていることですが、睡眠を疎かにしていたら、試合で力を発揮することはできません。

1日の疲れを取るためにも、8時間は寝ておきたいですね。睡眠不足になると、体の代謝能力が落ちてきて、疲労がたまりやすくなります。疲労が抜けないままプレーすることになり、熱中症になる恐れもあるわけです。

――熱中症になる選手は睡眠不足だったり、朝ごはんをほとんど食べていなかったり、生活面にも原因があると聞きます。

塚原　その通りです。これまでお話ししたような水分補給ももちろん大事ですが、まずは生活をしっかりと整えること。こうしたベースがあったうえでの熱中症対策になってきます。

――大会前日に緊張して眠れないなど、ありますか？

塚原　どうでしょうね、今の子たちからは聞かないですね。睡眠において注意しているのは、スマホの使い方です。スマホのバックライトは光が強く、それを見ているだけで、脳には強い刺激が加わります。わかりやすく言えば、目の近くでテレビゲームをやっているのと同じ。それだけ強い刺激を浴びると、目をつむって寝ていたとしても、脳は起きている状態になるのです。寝ているようで、脳は休めていません。

――眠りがどうしても浅くなってしまうんですね。

塚原　だから、冗談交じりで、「彼女とＬＩＮＥをやるにしても、ベッドに入る前に終わらせておくように」と言っています。あとは、お風呂ですね。夏場であっても、シャワーよりもお風呂に入ることをすすめています。湯船につかることによって、体にさまざま効果をもたらせてくれるからです。まずは、心地いい水圧がかかることで、マッサージ効果が期待できる。さらに、体の内部まで温まることで血流がよくなり、代謝が促され、疲れが取れやすくなります。それが自律神経にも好影響を与え、ぐっすりと眠れるようになるのです。甲子園滞在中は、選手全員で銭湯に行くこともありますね。

――いい気分転換にもなりそうですね。ちなみに、寝るときに、部屋のクーラーはつけていてもオッケーですか？

塚原　昔は「風邪を引くからとか、体を冷やすな」という理由で、つけないこともあったと思いますが、今は夜になっても暑くて寝苦しいですよね。それであれば、クーラーをつけたほうが快適に寝ることができる。でも、何も考えていない選手は19度や20度に設定するので、「それでは、いくらなんでも寒すぎるよ」という話をして、26度ぐらいに設定するように伝えています。

――レクチャーが必要になるわけですね。

塚原　でも、それもいちいち全員を集めてチェックはしていません。トレーナーが逐一指示を出して、できたかどうかの確認をしているうちは強くなりません。うまくなりたい、勝ちたいと思うのなら、自分で行動を変えていけばいいわけです。できているかどうかは、選手の立ち居振る舞いでわかります。特に甲子園に行けば、いつもとは違う環境で過ごすわけですから、「自立」していなければ、規則正しい生活を送れなくなってしまいます。

――自分で自分の行動を整えていく。

塚原　甲子園であっても、どれだけいつも通りに過ごすことができるか。２０１７年夏の決勝戦では、綱脇慧（東北福祉大2年）という子が先発したのですが、ホテルからバスで出発するときに、子猫3匹と戯れていました。「塚原さん、かわいいでしょう」とか言いながら、じゃれ合っていて。遠征慣れという面も大きかったとは思いますが、変に緊張することもなく戦えたのが、勝因のひとつだと思います。

――なかなかの強心臓ですね。ちなみにバス移動のときは寝てもいいのでしょうか。学校によっては「寝てはいけない」というルールもあると聞きます。

塚原　それは、目的地までの移動時間によりますね。甲子園の場合、ホテルからだいたい30分以内で着くので寝ないほうがいいでしょう。というより、夢舞台にワクワクして、寝られないとは思いますが。30分であれば、サインの確認をしたり、対戦校の映像を確認したりすればすぐに着きます。それに、仮眠であっても、1度寝てしまうと、体がなかなか起きてきません。1時間や2時間もかかるようなら、寝ても問題ありませんが、現地に到着する前には起きておいたほうがいいでしょう。

投球後のアイシングにどれだけの意味があるのか？

――継投で勝ち上がるとなると、複数のピッチャーのコンディションを整えないといけないわけですが、コンディション作りで気をつけていることはありますか。

塚原　特別に「ピッチャーだから」と考えることは少ないですが、夏場には温かいお風呂と冷たい水風呂を用意して、「交代浴」をすることはあります。下半身だけでもいいので、まずは水風呂に入る。冷たいところに入ることで、血管が収縮します。そこから温かいお風呂に入れば、血管が一気に弛緩して、血流がよくなっていくのです。疲労回復には、血の流れをよくすることが大きなポイントになります。

――「冷やす」というつながりで、ピッチャーのアイシングに関してはどのような考えを持っていますか。

塚原　最終的に選ぶのはピッチャー自身ですが、私はやらせていません。ヒジや肩など局所だけを冷やすと、血流が悪くなり、老廃物がたまってしまいます。それに、冷やすことによって、痛みに対して鈍感になりやすい。手術をしたあとで異常に熱を持っていれば別ですが、そうではなければ、局所を急速に冷やす効果には疑問を持っています。

――塚原さんが指導するチームでは、投球後は何をしているのでしょうか。

塚原　私が取り入れているのは、加圧トレーニングです。加圧ベルトを巻いて、圧がかかった状態で軽く運動したあとに、ベルトを外して開放する。新陳代謝が促され、血流がよくなっていきます。老廃物をいかに外に出していくかが、投球後のポイントになるわけです。

――熱中症予防にも、疲労回復にも、「新陳代謝」がキーワードになりますね。

塚原　そうなります。結局、夏場に食べられなくなる選手も、疲労によって代謝能力が落ちているからです。いかに代謝能力を上げておくかが、コンディション作りに関わってきます。

――夏場の食事には気をつかいますか。食が進まない選手も出てくると思います。

塚原　疲れていて食事が進まない選手には、丼物や汁物をすすめます。また、アミノ酸やクエン酸の顆粒を飲ませることもあります。夏に限らず、疲労回復にはおすすめですね。消化器官に負担をかけずに、腸で吸収することができるので。今はサプリメントを含めて、いいものがたくさん出ているので、うまく活用していけるといいでしょう。

――プロテインも摂らせていますか？

塚原　もちろんです。運動によって失ったタンパク質を摂っておくことは、熱中症の予防にもつながります。体を大きくする意味合いだけでなく、失ったものをすぐにリカバリーする意味でも、プロテインの役割は大きい。練習試合でも甲子園でも、試合直後には必ず飲むようにしています。

――1日の目安はどのぐらいでしょうか。

塚原　プロテインで摂ると考えたら、目安は1日およそ「体重×1グラム」です。それ以上摂っても、たんぱく質を吸収することができないので、体外に出ていってしまいます。それも、一気に100グラムを摂るのではなく、イメージとしては20グラムずつを3〜4回に分ける。そのときに300ミリリットルの水で溶かせば、それだけで1日に1リットルの水分補給をすることができます。

夏場の大敵・直射日光、紫外線を侮るなかれ

――夏の大会中、次の試合を待っている選手が、スタンドで直射日光を浴びながら試合を見ていることがあります。「日陰にいればいいのに……」と思うのですが。

塚原　本当にその通りですね。そういう場合は、「送風」を付けたバスの中で待機させています。人間は直射日光を浴びるだけで、疲れてしまいますから。選手には「帽子をしっかりかぶるように」と伝えています。

――帽子をかぶらないで、直射日光が坊主頭にガンガン当たっている光景をよく目にします。

塚原　夏に大敵なのが紫外線で、適度な紫外線はビタミンDを作り出すのに必要ですが、過剰に浴びすぎると、ビタミンCが失われて疲労につながっていきます。それこそ、皮膚がんの問題も危惧されています。

――本当はサングラスをかけて、日焼け止めをしたほうがいいんですよね。

塚原　そこまでやれるのなら、やったほうがいいですね。特に、目を守るためにも、サングラスは必須。理想を言えば、夏場はウォーミングアップのときにもかけておいたほうがいいですね。ただ、いつもサングラスをつけてプレーするわけではないので、難しいところではあります。

――最近は夏場でも長袖のアンダーシャツでプレーするピッチャーが増えてきたように感じます。

塚原　肌を露出していると、太陽を浴びて、そこから水分が失われていきます。今は速乾性にすぐれたアンダーシャツが発売されているので、できることなら長袖がいいと思います。最近のアンダーシャツの進化には、本当にびっくりしますよ。でも、速乾性がよくなったせいで、汗をかいても着替えない選手が増えました。「気持ち悪くないの?」と聞いているんですけどね。

――逆に、センバツ甲子園のように寒いときは、どんな対策が必要になってきますか。

塚原　朝に体温を上げるには、朝風呂がいいですね。体の芯から体温を上げることができます。試合中は、ユニホームのポケットにカイロを入れておくといいでしょう。手をポケットに入れて、指先が冷えないようにすることもできますし、あとは腰回りを温める効果があります。腰回りが冷えてくると、体全体の血流が悪くなり、動きが鈍くなりやすい。

特に鼠径部を冷やさないようにしておきたいですね。

骨盤の柔軟性を高めることがプレーの上達につながる

――最後に、トレーニングの視点から、「高校時代にこういうことをやっておいてほしい」というアドバイスをいただけますか。継投が有効であることはわかってはいるけど、複数のピッチャーを育てることに苦労しているチームはたくさんあると思います。

塚原　大事にしてほしいのは柔軟性です。健大高崎でも花咲徳栄でも、新入生には柔軟性を高めることから指導していきます。どちらも、中学時代に実績を残した選手が入ってきますが、ヒジから先の動きが器用な反面、体の中心から動作を行うことに関しては、改善の余地があります。体幹を使うことができない。末端だけでプレーをすると、どうしても故障につながってしまいます。

――末端ではなく、中心から動かす。

塚原　そういうことです。柔軟性の向上に取り組むことによって、一つひとつの硬くなった部位を一度分解しています。「分解してから、再度組み立てて連動させる」というイメージですね。今は中学生から体を大きくすることが流行っていますが、大きいだけで、連動性に欠けている傾向にあります。これでは、高校でさらに体力が付いてきても、どこかで競技力の頭打ちになってしまいます。

――柔軟性は、具体的にどんなところから取り組むのでしょうか。

塚原　まずは開脚です。股を割って、両ヒジが地面に着くどうか（写真A参照）。チェックポイントは、両足のつま先を立てる（上に向ける）こと、両足首を結んだ線よりも後ろに骨盤がくること。はじめのうちは、イスやタイヤの上に乗るなどして、尻を浮かせた姿勢で取り組んだほうがやりやすいと思います。骨盤を寝かせず、立てて行うことが重要です（写真B参照）。最終的には、上から見たときに「土」のポーズが作れるのが理想になります（写真C参照）。3月下旬にチームに合流してきて、「5月のゴールデンウィークまでには両ヒジが着くように」と言っています。もちろん、なかなかできない選手もいますが、どんなに硬い選手であっても、本気で取り組めば柔軟

B

C

性は高まる。やればやるだけの成果が出ます。

――なぜ、開脚なのでしょうか？

塚原　骨盤を動かしたいからです。骨盤の可動が狭い中で、足や腕を動かしていくと、どこかで故障してしまいます。プレーヤーとしての伸びシロも少ない。骨盤周りには、大腰筋やハムストリングスなど大きな筋肉が付いているので、これらの筋肉をどれだけしなやかに使えるか。また、開脚ができないとどうしても骨盤が後傾してしまい、体幹や股関節を使えない姿勢になってしまいます。ピッチャーにしても、骨盤から動かすことができれば、投げるボールが間違いなく変わってきます。

――骨盤の動きの柔軟性があってこそのフォーム作りになってくるわけですね。

塚原　あとは、簡単なように見えて難しいのが伸脚です。体育の授業でもやっていると思いますが、本当に正しい形でできていますか？　チェックポイントは曲げた足のかかとを地面につけたままで、つまさき・ヒザ・股関節のラインが揃っているかどうか（写真D参照）。かかとが浮くと、ヒザが足よりも前に出てしまい、股関節よりもヒザ関節で動くことになってしまいます。これでは、骨盤も股関節も使えません。

最上級生で目指すはベンチプレスの平均80キロ以上

――こうした一つひとつの動きを丁寧にやるだけで、プレーの動きが変わってくるということですね。

塚原　間違いないです。たとえば、フォームが崩れてきたなと感じたら、もう一度、開脚からやり直すこともあります。体のどこかに動作不良が起きている可能性があるので、分解するところに戻るわけです。

――フォームだけで修正しようとしても、なかなかうまくいきませんね。ウエイトトレーニングは、どんな取り組みをしているのでしょうか。

塚原　ベンチプレス、スクワット、デッドリフトのいわゆる「ビッグ３」をどれだけ正しくできるかです。はじめは筋力によって個人差が出てしまうので、重たい負荷はかけません。一律40キロから始めることが多いですが、「手先で動かすのではなく、体の中心から動かす」「40キロだけど、80キロのイメージで持ち上げる」というテーマを持って、取り組ませます。軽いからといって、体の末端で動かしていては何の意味もありません。

――ウエイトトレーニングも考え方は一緒なのですね。

塚原　体の使い方を覚えてから、重さを少しずつ上げていきます。ひとつの目標にしているのが、ベンチプレスのＭＡＸのチーム平均が12月までに80キロを超えること。1年生に求めるのは厳しいので、2年生の目標値です。60キロしか上げられない選手がいても、ほかの選手が１００キロ上げれば、平均で80キロになります。

――何で、80キロがラインなのですか？

塚原　２０１２年に健大高崎がセンバツベスト4に入ったときの平均が80・2キロでした。以来、この数字を目標にしています。本当は、スクワットでこれをやりたいのですが、高校生のモチベーションが上がるのはベンチプレス。上半身に筋肉が付いてきて、自分の体が変わるのが視覚的にもわかるので、頑張るんですよね。それに、ベンチプレスが上がれば、取り組みの相乗効果でスクワットの数値も上がっていくものです。

――チームで目指すことに意味があるのですね。

塚原　そうなります。チームの一体感を高めるためには、ひとつ明確な数字をもうけたほうがいい。目標がないと、取り組みが中途半端に終わってしまいます。

――「ピッチャーはウエイトトレーニングをやらないほうがいい」という声も聞きますが、ピッチャーにも取り組ませますか。

塚原　もちろん、やります。ウエイトトレーニングは筋力を上げるだけでなく、関節を強くしたり、関節の可動域を高めたりする効果もあります。正しい動作で行えば、必ず効果が出てくるものです。ピッチャーはどうしても投球フォームに意識がいきがちですけど、その前に体の使い方を覚えること。それが遠回りのようでいて、ピッチングの向上につながっていくはずです。

第6章

東海大相模
門馬敬治監督

日本一3度の指揮官が語る「エース論」

東海大相模

門 馬 敬 治

（もんま・けいじ）

1969年生まれ、神奈川県出身。東海大相模～東海大。東海大、東海大相模のコーチを経て、1999年に監督に就任。「アグレッシブ・ベースボール」をスローガンに掲げた攻撃的な野球が特徴。2000年春、2011年春、2015年夏と、３度の全国制覇を達成している。教え子に菅野智之（巨人）、大田泰示（日本ハム）ら多数のプロ野球選手がいる。

1999年から東海大相模を率いる門馬敬治監督。これまで春夏9度の甲子園出場を誇り、春は2000年と2011年、夏は2015年と、計3度の日本一を成し遂げている。ピッチャーの起用法を見ると、それぞれまったく違った戦い方で頂点に立った。

2000年は大エースの筑川利希也（Hondaコーチ）が抜群の安定度を誇り、5試合中4試合で完投勝利。もうひとり、背番号11の山本淳（西武～日立製作所）が2イニングだけ投げたが、全イニングの96パーセントを筑川が投げ抜いた。

2011年は、右の近藤正崇（元JR東日本東北）、左の長田竜斗（鷺宮製作所）、庄司拓哉（日本通運）の3人を、相手を見ながら使い分け、巧みな起用法で優勝。大会前の冬に、エースの近藤が右足首の手術を行ったこともあり、決して万全な状態ではなかった。それもあり、センバツの初戦には背番号17の2年生・庄司を先発に抜擢し、2回戦では背番号11の長田を起用した。

そして、まだ記憶に新しい2015年はのちにプロ野球に進む小笠原慎之介（中日）、吉田凌（オリックス）のダブルエースで45年ぶり2度目の夏制覇。県大会の4回戦から振り返ると、小笠原、吉田、小笠原、吉田、小笠原、吉田……と、ローテーションを組み、先発のマウンドに送った（東海大相模　2015年夏　神奈川～甲子園　継投表参照）。

もちろん、うまくいった試合ばかりではない。門馬監督の中には、苦い記憶もたくさんある。

たとえば、優勝候補にも挙げられていた2014年夏の甲子園。青島凌也（Honda）、佐藤雄偉知（Honda鈴鹿）、小笠原、吉田の4人が140キロを超え、「140キロカルテット」として注目を集めた年だ。初戦の盛岡大付では、先発の青島が序盤から絶好調で、5回までソロホームランの1失点のみ。ところが、6回2アウトから四球をきっかけに、連打、死球、タイムリーを浴びて、2対4とひっくり返された。その後、小笠原、吉田が盛岡大付打線を抑えただけに、悔やまれる敗戦となった。

勝つときも負けるときも背番号「1」が絡む。

継投策が主流になりつつある中でも、門馬監督が大事にしているのがエースの存在だ。どれだけいいピッチャーが揃ったとしても、柱となるエースがいなければ、高校野球を勝つことはできない。エースがいるからこそ、継投も成り立つ。

門馬監督が考えるエース論とは――。エースに懸ける想いを明かしてくれた。

[東海大相模　2015年夏　神奈川～甲子園　継投表]

年	大会	対戦		一	二	三	四	五	六	七	八	九	計
2015夏	神奈川	2回戦	東海大相模	4	2	1	0	0	4				11
		(7/17)	足柄	0	0	0	0	0	0				0
		P　吉田凌(4)→北村朋也(2)											
		3回戦	住吉	1	0	2	0	0	0	0	0	0	3
		(7/19)	東海大相模	3	0	0	0	1	0	0	4	×	8
		P　山田啓太(2 0/3)→北村(5)→小笠原慎之介(2)											
		4回戦	藤嶺藤沢	0	0	0	0	0	0	0			0
		(7/21)	東海大相模	2	0	1	0	3	0	1			7
		P　小笠原(7)											
		5回戦	相洋	0	0	0	0	0	0	0	0	0	0
		(7/22)	東海大相模	0	0	0	0	1	1	1	1	×	4
		P　吉田(9)											
		準々決勝	東海大相模	0	1	0	0	0	0	0	1	6	8
		(7/25)	平塚学園	0	0	0	0	1	0	0	0	0	1
		P　小笠原(9)											
		準決勝	日大藤沢	0	0	0	0	0	0	1			1
		(7/27)	東海大相模	2	0	2	0	4	0	×			8
		P　吉田(6 2/3)→北村(1/3)											
		決勝	東海大相模	0	0	0	3	0	0	4	2	0	9
		(7/29)	横浜	0	0	0	0	0	0	0	0	0	0
		P　小笠原(9)											

年	大会	対戦		一	二	三	四	五	六	七	八	九	計
2015夏	甲子園	2回戦	聖光学院	0	0	0	0	0	0	0	1	0	1
		(8/12)	東海大相模	4	0	2	0	0	0	0	0	×	6
		P　吉田(8 1/3)→小笠原(2/3)											
		3回戦	東海大相模	4	0	0	2	2	1	0	2	0	11
		(8/15)	遊学館	0	0	0	0	0	2	0	0	0	2
		P　小笠原(8)→北村(1)											
		準々決勝	花咲徳栄	0	0	2	1	0	0	0	0	0	3
		(8/17)	東海大相模	0	1	0	1	0	0	0	1	1×	4
		P　吉田(3 2/3)→小笠原(5 1/3)											
		準決勝	関東一	0	0	0	0	0	0	1	2	0	3
		(8/19)	東海大相模	4	1	0	0	4	1	0	0	×	10
		P　吉田(7)→小笠原(2)											
		決勝	東海大相模	2	0	2	2	0	0	0	0	4	10
		(8/20)	仙台育英	0	0	3	0	0	3	0	0	0	6
		P　小笠原(9)											

２０１５年夏甲子園での初戦先発・吉田凌の狙い

日頃、神奈川の高校野球を追いかけていることもあり、門馬監督の試合は何度も何度も見ているが、甲子園で一番驚いた先発起用が２０１５年夏の２回戦（初戦）だ。相手は９年連続出場の聖光学院。東海大相模は前年夏に優勝候補に挙げられながらも、初戦で盛岡大付に悔しい逆転負け。いつも、「トーナメントは初戦が大事」と口癖のように語る門馬監督だからこそ、背番号１の小笠原を先発に立てると思っていた。

ところが、ふたを開けてみると、マウンドに上がったのは背番号11の吉田。ダブルエースの一角であり、小笠原にひけを取らない力を持っている。前年夏の神奈川大会決勝では、向上から９回２アウトまで被安打３、奪三振20（大会タイ記録）、無失点の快投を見せ、その名が一躍全国にとどろいた。タテに鋭く曲がり落ちるスライダーに、絶対の自信を持っていた。

聖光学院との一戦は、１回裏に４点を入れた東海大相模が序盤から主導権を握ると、吉田はタテスラを武器に、８回まで４安打１失点と危なげないピッチングを見せた。

このまま吉田で押し切るのだろうと思ったが、９回１アウトから、門馬監督は満を持して小笠原を投入してきた。すると、「ようやく、オレの出番がきた！」と意気込む小笠原が、初球からいきなり148キロを記録すると、最後のバッターの2球目に150キロ、さらに4球目には151キロを投げて、自己最速を更新。締めは132キロのチェンジアップで空振り三振を奪い、ストレートだけではない幅の広さも見せた。

試合後の聖光学院・斎藤智也監督のコメントが印象深い。

「左の小笠原だと思った。意表を突かれました」

当然、吉田対策もしてきただろうが、「8〜9割は小笠原」という頭があっただろう。裏をかいた、門馬監督の見事な起用法だった。

では、なぜ、初戦の先発が小笠原ではなく吉田だったのか。そこには、門馬監督のしたたかな計算があった。

「周りは、小笠原が先発だと思っていたでしょうね。吉田のスライダーは独特の軌道で、初めて見るバッターはなかなか対応できない。内側に食い込んでくる分、左バッターのほうが打ちづらい。聖光学院の打線を見ると、スタメン6人が左で、キーマンとなる上位（一番、三番、四番）も左。あとは、ある程度は得点が取れると思っていたので、それもあっての吉田の先発でした」

そのまま、吉田に任せていても勝てた可能性が高いが、わざわざ小笠原を投入したところに、頂点を狙う門馬監督の策略が隠されていた。

背番号1の負けん気に火をつけるベンチ待機

「上を目指すには、小笠原が大車輪の活躍をしてくれなければいけない。キーマンになるのは、間違いなかったわけですから」

それを十分にわかったうえで、初戦のマウンドに吉田を送った。小笠原からすると、胸中穏やかではないだろう。

「『え、オレじゃねぇの？』ってなるでしょう。小笠原はベンチでずっとイライラしていましたよ。気持ちの強いピッチャーで、自分が一番だと思っていますから。誰にも負けたくない。7回ぐらいに、『小笠原行くぞ！』とブルペンに行かせると、ベンチから見ていてもわかるぐらい、ストレートが唸っている。150キロが出ると思って、送り出しました。150キロが出れば、球場全体が変わりますよね。期待感がある中で、期待通りの活躍を見せることによって、高校生がスターになる。その瞬間をイメージしていました。150キロが出た瞬間、甲子園全体が、『うぉ――』という地鳴りですよ。これで、この試合は終わりでしたね」

3日後の3回戦、相手は遊学館だった。先発は小笠原。初戦以上のスピードに期待が寄せられたが、変化球中心のピッチングで、遊学館打線に的を絞らせなかった。8回6安打

6奪三振2失点。「同じピッチャー?」と思うような、スタイルの変化だった。

「3回戦がもし初登板だったら、目一杯いっているはずです。そうしたら、9回は持たなかったでしょうね。初戦で150キロが出たので、次の試合はスピードへのこだわりがまったくなかった。勝つピッチングに徹している。賢さを持ったピッチャーです」

準々決勝、準決勝は、吉田と小笠原の継投で勝利。これも、後ろに小笠原を置いておくことで、エースの気持ちに火をつける狙いがあった。そして、決勝の仙台育英戦では小笠原が完投し、同点の9回表には自らの決勝ホームラン。小笠原の強さが際立った甲子園だった。

ただ、このホームランはもしかしたら生まれなかった可能性もある。というのも、8回裏2アウトの時点で、門馬監督は小笠原に代打・石川和樹(日大国際関係学部4年)を出すことを考えていたからだ。

「うちは5回以降ノーヒット。6対6でしたが、追いついた仙台育英のほうに勢いがありました。何とか流れを変えたい。だから、8回表の攻撃のときから、石川にバットを振らせていたんです」

なぜ、代打を送らなかったのか。それは8回裏の終わり方にポイントがあった。2ストライクと追い込んでから、右バッターのインコースに投げたストレートが、ホームベースにかぶるように構えていたバッターの体に当たった。これを球審は「ストライク!」と判定して、見逃し三振でチェンジとなったのだ。勢いよくダッシュで戻ってくる小笠原を見て、指揮官の考えが変わった。

「これは、ツイている。ラッキーだなと。小笠原にそのまま行かせました。直感というか閃き。ただのひとつの三振だったかもしれませんが、私にとっては流れを変えるような三振に見えました」

勢いそのままに打席に入った小笠原は、佐藤世那が投じた初球のフォークをとらえ、ライトスタンドに決勝アーチ。この一発で、流れは完全に東海大相模に傾いた。

エースに求めることは周りからの「他信」

小笠原と吉田。周りから見ると、左と右の「ダブルエース」であったが、門馬監督の想いは違った。

「エースは小笠原です。高校野球で、本当の意味でのダブルエースはないと思っています。背番号1がエース。それだけ、背番号1に込めた想いは強く、渡すときには覚悟が必要。『本当にこいつでいいのか？』と何度も悩みます」

ときに、「エースにふさわしいピッチャーがいない」という理由から、秋や春の大会で背番号1を欠番にする監督もいるが、門馬監督は絶対にやらない。大エースがいないとしても、「現時点で、1にふさわしいものは誰か」という視点でピッチャーを選ぶ。

では、背番号1に求めるものは――。

「〝他信〟です。周りからどれだけ信頼される存在であるのか。監督である自分が信じられなければ1は渡せないし、チームメイトからの信頼も必要。周りから疑われている時点で、エースではないわけです」

自信と他信。最近はよくこの言葉を使って、ミーティングを開いているという。

「個として勝負するには、自信がもちろん大事になってきます。自信がなければ、大勢の観客が集まる神奈川大会や甲子園で、力を発揮することはできないでしょう。ただし、チームが勝っていくには自信だけでは足りず、そこには他信が必要になる。それは、野球がチームスポーツであり、組織で戦っていくからです。特にチームの柱であるエースと四番打者に、他信がなければ勝つことはできない。組織には、他信を得られる人間が必要不可欠です」

ストレートが速い、変化球が切れるといったピッチャーとしての能力があるに越したことはないが、それだけでは高校野球のトーナメントを勝ち続けることはできない。夏の日本一を考えると、神奈川大会から甲子園決勝まで12連勝（ノーシードは13連勝）が必要。その中には苦しい試合が必ずある。そのときに、頼りになるのはエースであり、四番打者でなければいけない。誰がエースかわからないようなチーム状態では、勝ち続けることは難しい。

「たとえば、145キロを投げるピッチャーが4人いたとします。『140キロカルテット』(2014年のチーム)と呼ばれたこともありましたが、やっぱり、同列に考えるのは難しい。力のあるピッチャーが複数いたとしても、ぼくの考えではエースはひとり。周りから頼りにされるエースを育てなければ、勝ち上がることはできません」

どんなピッチャーが他信を得られるのか。それは、何も難しいことではない。手を抜かない、全力で取り組む、人を裏切らない……、人としていかに誠実に生きられるかにかかっている。

「小笠原は足が遅いこともあって、ランニングが嫌いでした。それが、3年生になってから、疲れている中でもう1本走るようになった。やらされるのではなく、自ら走る。それを見て、ライバルだった吉田が小笠原を認めるようになったんです」

取り組みや振る舞いに、人の心がにじみ出る。

「原の親父さん(原貢氏)がよく言っていました。『お前(エース)の背中を見て、野手は守っているんだ。お前の顔なんて見てないんだから、背中で語れるやつになれ!』。背中に不安を感じるようなピッチャーだと、野手にも不安が伝わってしまう。背中で、野手に勇気を与えられるピッチャーこそがエースであるわけです」

背番号11に込めた監督の想い

エースは小笠原であるが、門馬監督は吉田の力も認めていた。ふたりの力がなければ、日本一を獲ることはできない。「1」は小笠原に託したが、エース番号がふたつ並ぶという理由から「10」ではなく、「11」を吉田に渡した。周りから見ると、10番でも11番でも大きな違いはなさそうだが、背番号＝監督からのメッセージでもあるわけだ。

2015年夏の神奈川大会、門馬監督が初戦（対足柄）の先発に送り出したのは吉田だった。吉田は4回2安打2奪三振無失点と、先発の役割を果たし、チームも11対0の6回コールドで快勝した。

じつは、門馬監督の中には、「トーナメントの初戦はエースで行く」という持論がある。特に夏の県大会の初戦は、「こいつで戦うぞ！」という想いを伝える意味も込めて、背番号1を立てる。ところが、この夏は違った。小笠原は3回戦（対住吉）に二番手で登板したあと、4回戦（対藤嶺藤沢）で初先発を果たし、7回3安打12奪三振無失点と圧巻のピッチングを見せた。

「あのとき、初戦に吉田を使ったのは、ひとつは吉田の気持ちですよね。背番号1は小笠原になったけど、大事な初戦をお前に任せる。高校生であっても、ピッチャーというのはプライドを持っています。そのプライドを大事にしながら、起用していくときもあります」

もうひとつは、その後の甲子園と同じように、小笠原の負けじ魂に火をつける狙いがあった。「何で初戦がオレじゃないの?」と。

そして、4回戦からは小笠原、吉田、小笠原、吉田、小笠原の先発ローテーションで優勝。決勝ではライバル横浜に対して、小笠原が7安打4奪三振で完封した。完投能力がある左右の両輪のプライドを大切にし、ときにはそのプライドをくすぐりながら、激戦の神奈川を勝ち抜いた。

エースこそ勝負に対しての責任を持つ

2018年春の関東大会でこんなことがあった。2回戦の花咲徳栄との試合で、エースの齋藤礼二(東海大1年)を先発に立て、8回まで7対3とリードする展開も、9回表に4四球、2安打などで一気に同点に追いつかれた。齋藤の球数は170球を超え、疲れも見えていたが門馬監督は代えなかった。

「エースですから。何本打たれようが、負けようが、代える気はありませんでした。あそこで代えるのは簡単なこと。でも、何もつかまないまま終わると思ったので。齋藤には勝負に対して絶対に譲らない、逃げないという〝責任〟を感じてほしかったんです」

2カ月前のセンバツ甲子園、東海大相模は準決勝で智弁和歌山に逆転負けを喫した。6回まで10対5と優位に進めるも、二番手の齋藤が終盤につかまり、延長10回10対12で敗戦。この試合があったうえでの関東大会だっただけに、門馬監督には齋藤にエースとして育ってほしいという強い気持ちがあったのだ。

「エースは何事に対しても、責任を取れる〝強さ〟を持っているかどうか。『勝負を背負える強さ』と言えばいいかな。そうした強さがあるから、他信を得ることができる」

求めるのは、人としての強さ。強さがなければ、周りは付いてこない。

それは、小笠原のようにガツガツ戦うタイプもいれば、黙々と練習をこなすタイプもいる。２０１２年のエース庄司はまさにそういうタイプだ。地元・相模原市の大野台中軟式野球部出身。驚くようなスピードはないが、キレとコントロールで試合を作る。練習を地道に積み重ねることによって、他信を手に入れ、今は社会人野球のトップレベルで活躍している。

「野球は人がやるもので、人が投げなければ試合は始まらない。だから、人間を磨いていくのです。ぼくは、練習が終わったあとに、誰がどこのポジションを整備するのか何気なく見ています。ピッチャーであれば、マウンド整備に向かってほしい。自分の場所ですから、『オレが、このマウンドをならすんだ』という気持ちがあってほしい。でも、じっと見ていると、いつもマウンドにいる者もいれば、野手と一緒に内野を整備している者もいる。小笠原は、マウンドをならすことが多かったですね」

ボールを投げているところ以外で、人間の素が顔を出すことがある。それを授業態度で知ることもあれば、体育祭や合唱祭などの行事で知ることもあるだろう。

「いろいろな場面での仕草や態度をずっと見ていますね。たとえば、ウエイトレーニングが苦手なピッチャーがいたときに、苦手なウエイトにどこまで本気で取り組んでいるのか。何か面倒な頼みごとをしたときに、パッと動くことができるか」

こうした姿を、監督も仲間も見ている。ピンチでマウンドに上がったとき、「お前で大丈夫か?」と疑われるよりは、「よし、お前に任せた!」と思われるようなピッチャーでなければいけない。

ミーティングで、こんな話をしたこともあるという。

「最近、頭に来たことがあったので、『お前らに、本当の友達はいるのか?』と怒ったんです。ブルペンで投げているピッチャーが、手のジェスチャーだけでキャッチャーに指示を出していた。ちゃんと、どういう球をどこに投げたいのか、口で伝えろって。キャッチャーは試合に出たことがない子だったんですが、正月にたぶんお年玉で新しいミットを買ったんでしょうね。きれいなミットで、ピッチャーのボールを受けている。本当は試合で使いたいだろうけど、そのチャンスがなかなかない。だから、ピッチャーに『そのミットは、お前らのために使っているんだ。心から〝ありがとう〟という気持ちで投げているのか？』と言ったんです」

キャッチャーにも問うた。

「このチームで、本当に真剣に投げているやつは誰だと思う？」

ほかの選手にも聞いた。

「ティーバッティングをやっているとき、誰が必死にバットを振っている？」

何人かの選手の名が挙がったが、門馬監督の心はモヤモヤしていた。

「ぼくは『みんなです！』と言ってほしかった。名前が挙がらなかったやつは、『自分でちゃんと考えろ！』。相手から真剣に思えてもらえたら、『ちょっと、ヘッドが入りすぎているぞ』とかアドバイスをもらえるかもしれない。人と人。その関係が薄いんじゃないか？人から信じてもらえるような人間になれよ」

目の前のことに全力で頑張ることこそが、他信につながっていく。

選手の可能性を広げるための「無制限勝負」

指揮官が信頼を寄せるエースであるが、必ずしも先発完投を求めているわけではない。

そこは、門馬監督らしい独特の言い回しでこう表現した。

「〝こうであるべきだ〟という考えは持っていない、と言えばいいですかね。はじめから完投させようとも思っていませんし、継投で勝とうとも思っていません。ぼくがイヤなのは、はじめからすべてを決めつけてしまうこと。決めつけることで、見えなくなることもある。固定観念を持ちたくない。だから、誰が何イニング投げて、何回からほかのピッチャーで行くと決めることもありません」

複数投手制での戦いを考えると、先発は誰、中継ぎは誰、抑えは誰と決めたほうが、役割分担がはっきりするものだ。その持ち場での責任も出てくるだろう。

「全員が何でもできるのが理想であって、プロ野球のような役割分担は、高校野球ではなかなか難しい。ぼくの場合は先発、中継ぎ、抑えではなく、人の名前なんです。たとえばですけど、大利、門馬というピッチャーが投げるにしても、それは先発、中継ぎではなくて、ひとりの人間が投げているという考え方です」

持ち場を決めると、その枠の中でしか収まらないピッチャーになってしまう。

「何っていうんですかね、〝限定勝負〟ではなく〝無制限勝負〟がしたいんです。限定したほうが楽なこともあるでしょうけど、それでは選手の可能性を摘むことになりかねない。『3イニング限定』と決めれば、そういうピッチャーになってしまう。でも、本当は4回も5回も投げられる可能性だってあるわけです」

昨今、高校野球をにぎわす球数制限は、まさに〝限定勝負〟だ。ルールとして決まれば、「それに対応するために、準備をします」と語るが、一方ではこんな思いもある。

「ピッチャーの起用に関しては、そのチームの監督が目の前にいるピッチャーを見たうえで決めていくこと。ルールとして導入されると、チーム間の格差が出てくるのではないでしょうか」

今は選手の可能性を広げていくためにも、無制限での勝負に臨んでいる。

練習メニューにしてもそうだ。基本的には、長谷川将也部長がピッチャーの指導をしているが、ときには門馬監督が見ることもある。そこで意識しているのは「ピッチャーのペースを乱すこと」だという。

「ピッチャーはマイペースな生き物なので、自分のペースを乱されることに弱い。たとえば、練習メニューをどんどん変えていって、次に何をやるかわからないような状態にすると、すごく嫌がります。でも、それも練習のひとつ。試合で、自分のペースで投げられることなんてほとんどないわけですから」

ピッチャーとしての幅を広げるための取り組みと、言ってもいいだろう。

「とにかく、いろんな可能性を見つけていきたいんです。これはピッチャーに限らずで、野手にもさまざまなポジションを経験させる。今、キャッチャーでキャプテンをやっている井上（恵輔）には、冬場にセカンドを守らせました。これが、意外にうまい。こっちが決めつけてしまうことで、選手の可能性を狭めていることがたくさんある。ぼくのイメージでは、視力検査なんです」

視力検査とは……？

「視力を調べるとき、度数が入ったレンズを何回も替えますよね。それによって、見え方が変わってくる。ああいう感じで、見え方を変えられるようにしておきたいんです」

なるほど、何ともうまい表現だ。

門馬監督のことは何度も取材しているが、「あいつはダメだ」とか「気持ちが弱い」と、選手をマイナスに表現することが絶対にない。たとえば、メンバー外の選手について聞いても、「今、何とか粘っているところ」「スライダーがいいからね、スライダーがよくなればまだチャンスはある」と、プラスの言葉を口にする。どうすれば、その選手がよくなるかを常に考えている。

指導者がダメだと思えば、選手もダメになるものだ。そうしたフィルターをかけた時点で、選手の伸びる可能性をつぶしている。

「これは人から聞いた話ですけど、前橋育英の荒井（直樹）監督はノックを打つときに『うまくなれよ』と想いを込めながら、1球1球打っているそうです。ぼくもやってみたんですけど、これはすごく大変なこと。どれだけ、想いを込めて打てるか。荒井監督はそれができているから、強いチームを作れているんだろうなと思いました。こういうことって、野球だけでなくすべてにつながっているはずですよね」

試合の雰囲気を変えられるピッチャーが理想

先発、中継ぎ、抑えといった決め方はしない。

ただ、もし理想を言えるのであれば、「試合の雰囲気を変えられるピッチャーを使いたい」という考えがある。門馬監督の記憶に強く残るのは、9年前に対戦した花巻東の菊池雄星（マリナーズ）の存在感だ。

「菊池雄星投手とは3年間、うちのグラウンドで練習試合をしたんですけど、一番覚えているのが3年生のとき。たしか前日が横浜高校で、その翌日が東海大相模でした。横浜戦に先発したこともあって、うちとの試合は途中から投げてきた。そうしたら、うちが勝っている展開だったのに、彼が出てきた瞬間にグラウンドもベンチも一気に雰囲気が変わりました。自分が抑えたあとには『よっしゃ！』と言いながら、全力でベンチに戻っていって。あれは衝撃でしたね。試合はどっちが勝ったか忘れたんですけど……、あれぐらい雰囲気を変えられるピッチャーが後ろにいたらいいですよね」

2015年夏の小笠原はそのぐらいの存在感があっただろう。遊学館戦で151キロを出したことで注目度が上がり、期待度も上がった。そんな中、投げるたびに結果を残し、チーム内では「小笠原が投げれば大丈夫」という信頼感がより強くなった。

夏の甲子園で思い出すのは、駒大苫小牧の黄金時代にエースを務めた田中将大（ヤンキース）のことだ。

夏3連覇がかかった2006年の甲子園では、引き分けとなった早稲田実との決勝で3回途中からマウンドに上がると、再試合でも1回途中からリリーフ登板。疲労度を考慮したうえでのことだったが、「千両役者登場！」とばかりに観客は大歓声を送り、田中もその歓声に気合いのピッチングで応えた。おそらく、プレイボールからマウンドにいたら、あの空気を生み出すことはできなかったはずだ。

一生忘れることができない悔いの残る継投

今年で、監督歴21年目。その間には、エースへの信頼が厚いがゆえに、苦い経験をしたこともある。最近は、高校野球界でも死語になりつつあるが、かつての門馬監督のピッチャー起用には「エースと心中」というイメージがあった。

「『エースと心中する』という言葉を、カッコイイ言葉として使っていたかもしれません。それはエースへの信頼の証でもあるんですが、それで苦い思いをしたこともあります。一生忘れられないのが、2006年の決勝戦。高山本人にもチームにも、すべての人に迷惑をかけてしまったと今でも思っています」

この代は、横浜と東海大相模の2強と呼ばれた時代で、ともにセンバツに出場。横浜は強打線を武器に勝ち上がり、決勝の清峰戦で21得点を奪う記録的大差で優勝をつかみとった。一方の東海大相模は、2回戦で清峰に延長14回の末に惜敗。その後の春の神奈川大会では決勝で東海大相模が9対7で勝利し、迎えた夏も決勝で相対することになった。

決勝のマウンドには、左の技巧派・高山亮太（日本通運）。じつは大会前から、左ヒジに不安を抱えていた。万全ではなかったが、「決勝」「横浜」「高山」と門馬監督は決めていたのだ。

だが、序盤から横浜打線につかまり、2回までに6失点。さらに3回に1点を失い、続く4回にもピンチを招いたが、門馬監督は動かなかった。結局、4回途中10失点で交代となり、試合は7対15で敗れた。

かつての取材で、門馬監督はこう語っている。

「あのときは、若輩者の門馬がいました。夏の大会前に、たまたま車の中で2時間半ぐらい、高山とゆっくり話す機会があったんです。高山は当時、左ヒジを痛めていて、トレーナーに聞いても『難しい』という状態でした。でも、高山の言葉を聞いていると、本気で最後の夏に勝負をかけようとする気持ちが伝わってきたんです。こいつが東海大相模のエースだ。こいつなら勝負ができると、ぼくの中で決意ができたんです」

「正直に言えば、代えられなくなった……ということですかね。どこかで、いつかはあいつが抑えてくれるという思いがあったのは事実です」
「あのときは、ぼくと高山とふたりの関係にこだわってしまった」とも語っていた。表現は悪いが、エースのことをそこまで信頼していなければ、もっと早い段階でスパッと代えていたはずだ。

教え子である巨人・菅野智之の本音から知ったこと

翌2007年にも、苦い思いを味わっている。エースは、日本球界を代表するピッチャーに育った菅野智之だった。準決勝で横浜を下して決勝に勝ち進むも、桐光学園に8対10の逆転負けを喫した。菅野は準々決勝で133球、前日の準決勝で168球、さらに連投となる決勝で169球を放り、心も体も限界だった。

菅野本人にこの試合について取材をしたことがあるが、「最後のほうはほとんど覚えていません。大会後、点滴を打つぐらい疲労困憊で、甲子園に行ったとしても投げられなかったと思います」と語っていた。

門馬監督は、こうした菅野の想いを、2018年2月4日付の神奈川新聞の記事で目にした。プロになった今だから言えるのだろう、菅野は素直な想いを口にしていた。
「正直、早く終わってほしいと思っていた。こんなに苦しいのは、早く終わってくれと。

死ぬと思いましたもん。それくらい追いつめられていた」

高校3年生が、監督の前で「投げられない」とはさすがに言えないだろう。あと1勝で甲子園。しかも、このときの東海大相模は1977年以来、夏の甲子園を逃し続けていただけに、「悲願達成」が目の前に見えていた。

門馬監督は、菅野の本音が書かれた記事を複雑な気持ちで読んだ。

「監督として最善を尽くせたのかというと、そうではなかったのかなと。今も未熟ですけど、あの頃はぼく自身が若かった……。智之を本当に信頼していたのであれば、信頼していたからこそ、あいつの体のことを考えて、代えることもできたかもしれない。本当に最善を尽くせていたのかと、考えますね」

決勝に至るまでの戦いに、「1点」を逃した悔いもある。菅野が先発した4回戦の鶴見工との試合は、6回を終えて6対0とリード。あと1点を取ればコールドで終わったが、その1点が取り切れずに、菅野が9回まで投げざるをえない展開になった。

「コールドで終われていれば、そのあとの戦いも変わっていたかもしれません。勝負を決めるところではしっかりと決める。決勝で負けたことによって、改めて学びました」

振り返ってみると、高山のときも菅野のときも、背番号1を信じていた。信じているからこそ、エース番号を渡しているわけだ。

「覚悟を持って渡した背番号1です。それだけ、監督の想いも強くなる。ぼくも人間ですから。ただ一方で、エースに背負わせすぎてしまったかなと思うときもあります。それは……、一二三のときもそうだったんですよね」

一二三慎太（元阪神など）は33年ぶりにチームを夏の甲子園に導き、２０１０年夏の甲子園で準優勝を果たしたときのエースだ。センバツ出場後にイップスにかかり、思うようにボールを投げられなくなる時期があったが、オーバースローからサイドスローにフォームを変えて、見事に復活。夏の大会前には、門馬監督が一二三にメールを送ったこともあった。

「何があってもお前がエースだから、この夏はお前に任せるぞ」

苦しんでいたことをわかっていたからこそ、文字で想いを伝えたかった。

甲子園の決勝では３連投の疲労もあり、春夏連覇を狙う興南打線につかまり、６回１０５球13失点でマウンドを降りた。

「本当なら、マウンドまで行って、あいつに謝りたかった。エースというのもあって、いろんなことを背負わせすぎたなって。周りは興南の応援ばかりで、興南のオレンジのタオルに染まっていて、その中で本当に頑張ってくれた。交代させるときは、もういろんな感情が溢れていましたね。それが、ぼくの人としての弱さなのかもしれないけど、エースへの想いがある分、代えるのは辛いものです」

監督も人間である。勝ち負けはもちろん大事だが、人としての想いや期待がどうしても出てくる。プロ野球の監督のように、シビアな継投はできない。でも、それが高校野球の継投の難しさである一方、魅力のひとつとも言えるだろう。

2014年夏の初戦敗退から得た教訓

序盤からいいピッチングをすればするほど、交代期に悩むこともある。

2014年夏の甲子園1回戦、対盛岡大付がまさにその展開だった。ドラフト候補にも挙がっていたエースの青島は、初回を三者三振で切り抜けて最高の立ち上がりを見せた。2回にソロホームランを打たれたが、5回まで9奪三振1失点。6回も簡単に2アウトを取ったが、そこから打者5人で3点を取られ、2対4と逆転を許した。

「ほかにもピッチャーがいただけに、負けたあとは相当言われましたね。あのときの青島は、初回から本当によかった。でも負けたということは、継投の失敗。後手に回ってしまいました。5回にストレートの球速がガクンと落ちていた。そこを考慮できなかったことは、監督の責任です」

序盤はアベレージで140キロ台前半を記録していたストレートが、4回には130キロ台後半に落ちていた。これにはグラウンドコンディションも関係していた。試合前から雨が降り、下が緩い状態でのピッチングだったのだ。

「のちに思い出したのが、2006年のセンバツです。清峰に負けたときも、同じように雨が降っていて、グラウンドが悪い中での試合でした。清峰のエースだった有迫（亮）投手は、1回戦ではコントロールが荒れていて、あまりいい状態ではなかった（6回7四球2失点）。それが、うちとの試合では見違えるようなピッチングでした。なぜかというと、下が緩いので前足を柔らかく接地しようとしていたからです。それによって変な力みが出ずに、力を抜いて投げられていました」

有迫は技巧派タイプ。フォームの力感以上に、バッターの手元で伸びるストレートのキレが持ち味だった。

「青島は、完全な力投型です。いつも目一杯投げている。そう考えると、有迫投手とは逆で、青島にはかなりの負担がかかったのかなと。ぼくがそれを感じることができていれば、一気に逆転されることはなかっただろうなと思います。教訓として生かさなければいけない試合になりました」

青島は、愛知の軟式・東山クラブの出身で、中3時には全日本少年準優勝の実績を持つ。小学生のときから、二桁奪三振が当たり前の怪腕に対して、門馬監督は英才教育をほどこした。1年生のうちから、強豪校との試合に投げさせて、高校のトップレベルを常に体感させたのだ。

青島の起用に関して、もっとも印象深いのは3年夏の神奈川大会決勝戦だ。前述した通り、2年生の吉田が9回2アウトまで20奪三振の快投を見せるも、最後のひとりは3年生の青島に任せた。吉田がもうひとつ三振を取れば、大会新記録の21奪三振となったが、そんなことは関係なかった。

「最後は青島。それは、青島がエースだから。ぼくと青島の3年間の歴史があるので」

こういうところが、門馬監督らしい。エースへの想いが強すぎて、試合を落としたこともあるが、それでもエースには特別な感情が生まれる。

ふと思った。もしかしたら、門馬監督は物語を描こうとしているのかもしれない。

「すべてが終わったときの話ですけど、物語を作れないとダメでしょうね。ノンフィクションの2時間ドラマ。絶対にないでしょうけど、夏が終わったあとに、テレビ局からドラマ制作の依頼が来たときに、どれだけ濃密なドラマを作れるか。青島には青島物語があるわけです。そこにはきれいな話ばかりだけでなく、人と人との泥臭さがある。自分たちでそのドラマを見たときに、『グッ』と涙するような物語を描けないようでは、勝てないと思います」

初回の攻撃で試合の主導権を握る

攻撃側の視点からも、継投について触れておきたい。

下のグラフは、門馬監督就任後、甲子園30試合におけるイニング別得点と失点である（延長は除く）。初回にもっとも多くの得点を入れていることが、一目でわかる。このデータを門馬監督に見せると、「これはよくわかる。じっくり見たいから、もらってもいいですか？」とお願いされた。

　門馬監督が掲げるチームのスローガンは『アグレッシブ・ベースボール』だ。恩師である原貢氏の言葉『攻撃は最大の防御なり』を引き継いでいる。とにかく攻める。初回からストライクを積極的に振り、状況に応じてヒットエンドランも織り交ぜ、相手バッテリーにプレッシャーをかけていく。

「いつも、試合の入り方を大事にしてい

[春夏甲子園30試合　イニング別得点・失点内訳]

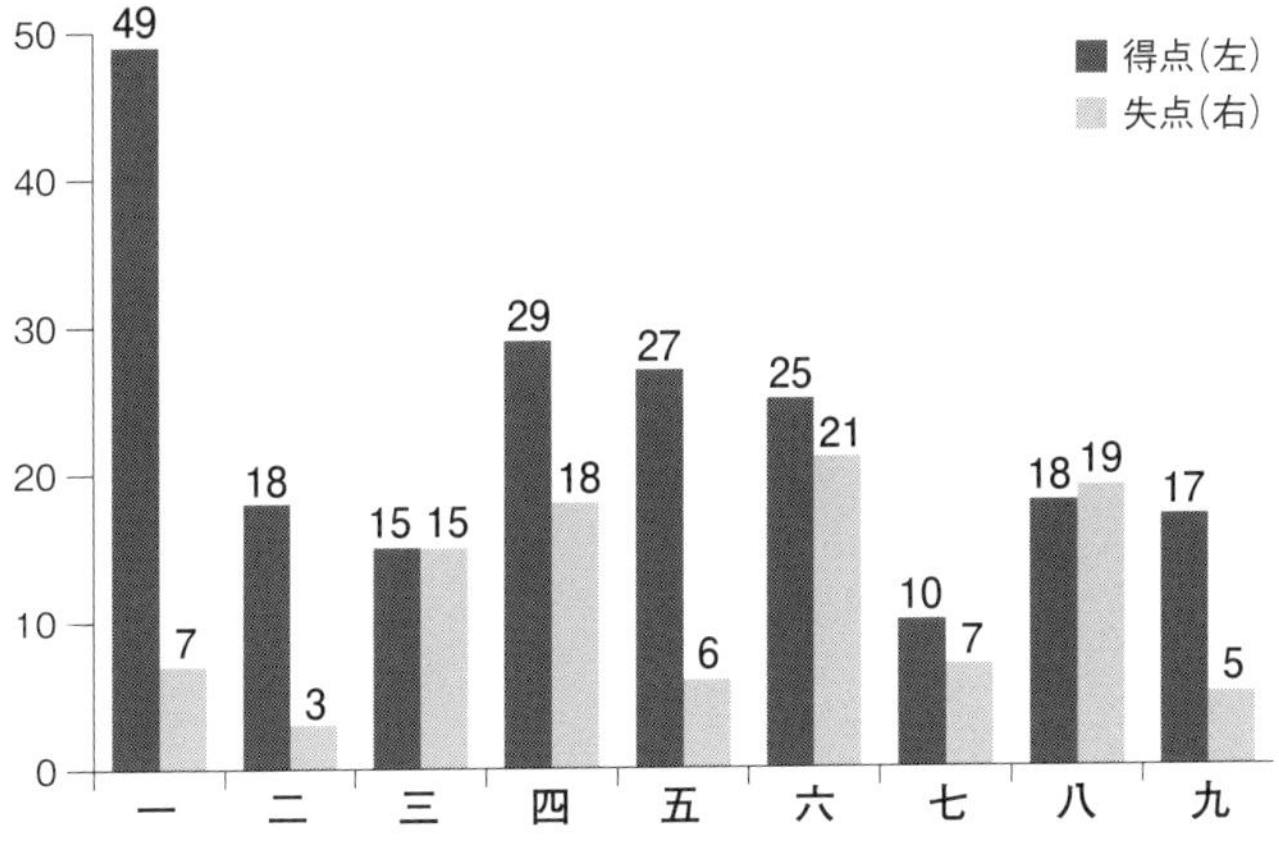

ます。うちのテーマは、『試合の前に1試合終わらせよう』。それぐらい気持ちのこもったアップをして、試合の前に試合が始まっている意識を持たせている。おそらく、県大会よりも甲子園のほうが初回の得点が多いと思います。それは、甲子園は室内でアップをしたあと、すぐに球場に入って、短い時間でノックを終えて、一気に試合が始まるから。アップの流れのまま試合に入っていけるので、うちには合っていると思います」

打順の組み方も、初回の得点率に関わっている。

「基本的には一番打者に、チームで一番いいバッターを置きます」

さらに、二番打者には小技も強攻もオッケーの嫌らしいバッターを据えて、このふたりで点を取ることも多い。

2011年にセンバツを制したときは渡辺勝（中日）、臼田哲也（東京ガス）の一、二番コンビで48打数22安打8打点と打ちまくった。そして、ただ打つだけでなく、ランナー＋バッターでピッチャーにプレッシャーをかけていくのが、アグレッシブ・ベースボールの真骨頂である。

2011年センバツで象徴的だったのが、初戦の関西との試合だ。先頭の渡辺がフルカウントからレフト前ヒットを打つと、大きなリードで先発の左腕・堅田裕太を揺さぶった。左腕だからこそ、ランナーの動きが見える。初球を投げたあとに4度、2球目のあとに1度、3球目のあとにも1度けん制を放った。東海大相模の視点からすれば、「けん制を投げさせた」となるだろう。その後、臼田がレフト前にヒットを放つと、渡辺が一気に三塁を陥れ、チャンス拡大。四番・佐藤のタイムリーなどで幸先よく2点を先制した。

日本一に輝いた2015年夏の甲子園でも、5試合中4試合で初回に先制。しかもいずれも2点以上の複数得点だった。ベスト4に進んだ2018年センバツも、小松勇輝（東海大1年）、山田拓也（青学大1年）が躍動し、4試合中3試合で初回に得点。初戦となる2回戦の聖光学院戦では、1回裏に6点、2回裏に3点を入れて、序盤で勝負を決めた。ピッチャーにとってもっとも不安な立ち上がりに、どれだけプレッシャーをかけて、攻めていけるか。それが、相手の継投プランを打ち砕く、大きな一手となる。

一方、東海大相模の失点を見ると、もっとも多いのが6回だ。後攻であれば、5回裏終了後にグラウンド整備が入るので、どうしても時間が空く。

「やっぱり、多いのは6回だよね……。あとは8回。これはぼくの中でも、この2イニングは失点が多い感覚がある。6回は、もう一度立ち上がりがくるようなものだから」

イニング別の得失点を調べると、チームの色が見えてきやすい。

最高と最悪をイメージして〝想定内〟で戦う

今年の東海大相模は、バラエティーに富んだピッチャー陣を擁する。

秋春に背番号1を着けたエースの紫藤大輝は、右サイドから浮き上がるストレートが武器で、春の大会はピンチでのリリーフ登板が主だった。1年秋から公式戦で投げてきた左腕の野口裕斗は先発起用が多く、ストレートと変化球のコンビネーションで試合を作るうまさを持つ。さらに左オーバースローから140キロ前半のストレートを投げ込む冨重英二郎、「二刀流」で注目を集めるドラフト候補の遠藤成、角度があるストレートが魅力の山村崇嘉、左サイドから独特の軌道を持つ諸隈惟大ら、多士済々の顔ぶれが揃った。

参加校が多い神奈川の場合は、シード校であっても優勝まで7試合勝ち抜かなければいけない。計算上は、7試合×9イニング＝63イニングの投手運用が必要になってくる。今年はこれだけの枚数がいる分、投手起用が大きなカギを握ってくるのは間違いないだろう。誰をどこに使うか。そして、いつ継投を決断するか。

「常に考えているのは最悪と最高の結果。その中で収めることができれば、すべてが想定内として試合を進めることができます」

「想定内」は、2015年の夏から門馬監督が口癖のように使い始めた言葉である。何が起きても想定内。そう思うことができれば、目の前の結果を受け入れて、次に進むことができる。

ただ、予期せぬことが起きるのが高校野球でもある。

2018年夏、北神奈川大会の準々決勝では公立の雄・県相模原と対戦。「高めのストレートに弱点がある」と読んで、左の速球派の浅海大輝を先発に起用するも、1回表に5失点。1回表1アウトのところで、エースの齋藤を投入する予想外の展開となった。その後、中盤に打線が追いつくも、7回表に齋藤が3点を取られて5対8。9回裏に森下の起死回生の同点2ランで追いつき、最後はサヨナラで勝利したが、冷や汗ものの展開だった。

「あの試合は想定外。だから、すべてが後手に回ってしまった。想定外と思ってしまったぼくがまだまだ甘いということです」

例年以上に、複数投手で戦う今年の夏。「継投が大事になりそうですね」と話を振ると、門馬監督らしい言葉が返ってきた。

「そうやって決めつけてしまうのもね……。固定観念を持ちたくないから。それに、ピッチャーが何人いても柱はひとり。勝つには柱が必要。ただ、今まで期待をかけすぎて、背負わせてしまったところもあるから、期待はかけすぎずに、〝想い〟を持って戦います」

複数投手制による継投の時代に入ろうとも、エースはひとり。エースなくして、継投は成り立たない。それが、門馬監督の戦い方である。

おわりに

継投で勝つことは高校野球の理想の在り方

「継投の一番いいところは、『みんなで勝った』という充実感があることです。マウンドに送り出したブルペンキャッチャーも喜ぶことができる。ピッチャーで言えば、試合で投げるチャンスが増えるので、生徒たち自身で生きる道を探すようになりました」（山梨学院・吉田洸二監督）

「継投で勝つことは、高校野球の在り方として理想的だと思います。継投こそ、チーム力であり、全員で喜ぶことができますから。大事なことは、〝絶対的なエース〟よりも、〝投手陣〟として戦えるかです」（元健大高崎・葛原美峰先生）

「毎試合投げるということで、彼ら（竹内和也、島脇慎之介、清水信之介）が心と体の準備をしっかりと整えたうえでゲームに入ってくれました。継投策をするまでは、精神的にも甘いところがあったんですけど、『必ず投げる』という責任が、彼らを成長させてくれたと思います」（近江・多賀章仁監督）

取材中、胸にグサグサ刺さった言葉である。仙台育英の須江航監督からは「幸福論」という、野球の取材ではめったに出会わないキーワードまで出てきた。

「試合に出て活躍したい」と、野球選手なら誰もが思うことだろう。でも、試合に出られるのは9人しかいない。それが、継投で戦おうとすれば、代わりのピッチャーだけでなく、代打にも代走にも出場のチャンスが生まれる。ブルペンキャッチャーは試合には出場できないかもしれないが、「次のピッチャーを送り出す」という責任重大な仕事を受け持つことになる。

そして、ひとりのピッチャーに過度な負担をかけないことは、投球障害を予防することにもつながる。複数のピッチャーでつなぐことで、バッターの目が慣れる前に、新しいピッチャーをつぎ込むこともできる。特に3巡目以降になると、打者有利になりやすいので要注意だ。

とはいえ、プロ野球のように、明確な役割分担をもうけるのはなかなか難しい。抑えをやることもあれば、先発を務めることもあるだろう。そう考えると、プロ野球とは違う、高校野球だからこその継投論があるのではないか。近江の多賀監督は、9回を任せるピッチャーに求める要素として、こんな話をしていた。

「プロの抑えのようにすごいボールを投げるピッチャーはなかなかいない。高校生に求めるのは、精神的に強く、周りからの信頼度も高くて、チームの勝利のために相手に向かっていける子。『お前が打たれたら仕方ないよ』と思ってもらえるぐらいのピッチャーであってほしい」

真面目に黙々と練習を重ねる清水に、終盤のマウンドを任せたことで、「3本の矢」が完成した。

今の流れを見ていると、3年後、5年後には継投で戦うチームがもっと増えるはずである。背番号11や18が、勝利の瞬間にマウンドにいるのが珍しいことではなくなるだろう。令和の高校野球は、これまで以上に「継投」がカギを握るのは間違いない。だからこそ、最後はこの言葉で締めたい。

継投を制するものが甲子園を制す――。

最後に、本書の制作にあたり、取材にご協力いただいたすべてのみなさまに感謝を申し上げます。お忙しい中、お時間を作っていただきありがとうございました。

2019年6月　大利実

高校野球継投論

2019年6月28日　初版第一刷発行

著　　者／大利実

発 行 人／後藤明信
発 行 所／株式会社竹書房
〒102-0072 東京都千代田区飯田橋2-7-3
☎03-3264-1576（代表）
☎03-3234-6208（編集）
URL　http://www.takeshobo.co.jp

印 刷 所／共同印刷株式会社

カバー・本文デザイン／轡田昭彦＋坪井朋子
協力／青柳博文（健大高崎監督）、岡田友輔（株式会社DELTA）、葛原美峰（健大高崎元コーチ）、須江航（仙台育英監督）、多賀章仁（近江監督）、塚原謙太郎（トレーナー）、古島弘三（慶友整形外科病院）、門馬敬治（東海大相模監督）、吉田洸二（山梨学院監督）、稙田龍生（創成館監督）五十音順

編集人／鈴木誠

Printed in Japan 2019

ISBN978-4-8019-1917-4